徳間文庫

夢裡庵先生捕物帳 上

泡坂妻夫

徳間書店

徳 間 文 庫

夢裡庵先生捕物帳［上］

泡 坂 妻 夫

徳 間 書 店

目次

びいどろの筆

「大雅は久しく作られず——だな」

独り言のつもりが、相手の耳に入ったらしい。浜田彦一郎《はまだひこいちろう》はにやっと笑い、

「夢裡庵《むりあん》先生としては、大雅に殺してもらいたかったのですね」

と、言った。

夢裡庵はそうだと言おうとしたが、口をつぐんだままだった。浜田の言葉に軽いからかいを感じたからだ。

浜田彦一郎は中蔭武田菱《ちゅうかげたけだびし》三つ紋の黒の巻羽織《まきばおり》。月代《さかやき》を広く剃って、髷《まげ》先きを銀杏《いちょう》の葉なりに、洒落《しゃれ》て小さく広げている。それに較《くら》べると、夢裡庵の身形《みなり》は、同じ役職にありながら、かなり武骨で、野暮《やぼ》ったい。

夢裡庵の本名は富士宇衛門《ふじうえもん》、荒木無人斎《あらきむにんさい》流柔術《やわら》の達人だが、学芸が好きで、妙な筆才があり、若い時分、稗史《はいし》小説を書き、板行《はんこう》されたことがある。文人としての雅号が、空中《くうちゅう》楼《ろう》夢裡庵。今でも、八丁堀《はっちょうぼり》で夢裡庵先生といえば、本名より通りがいいほどだ。

ただし、その小説はあまり評判にはならなかった。時流が夢裡庵の考えていることと、かなりずれが生じてきたためである。世の中の全てが、柔弱となり、力強さに欠けるようになったと夢裡庵は考える。その見本のような屍体《したい》が、足元に転がっている。市中取締り同心《どうしん》というお役目がら、数多く変屍体の検視を勤めてきたが、こんな変わった屍体に立会ったことはなかった。

生かしておけぬとあれば、一刀両断に切って落とす。それで終り。古風《いにしえぶり》とはそうしたものだ。屍体も単純明快、それに小細工を施そうなどという人間はいなかった。

「何だ。俺に何か用事でもあるのか？」

浜田が戸口の方を見て言った。上がり框《がまち》の向うに、何人もの顔が見える。浜田がどすをきかせた声で言うと、好奇の目を光らせた顔が、こそこそといなくなった。長屋の連中が物見高くなるのも無理はない。最初、町《ちょう》役人の届け出が「絵に描いた人間が矢を放ち、絵師を殺害した」というのである。

「誰か死骸を動かした者が、いやあしねえか？」

と、浜田が町役人、上白壁町十三蔵店《とみぞうだな》の家主に言った。

「いえ、滅相《めっそう》もありません」

五十年配の男である。家主は鼻の先にいる蠅でも払うような手付きをした。

「最初、永観《えいかん》先生に診《み》ていただきました。へい。すると、永観先生はこれは変死だから、お役人のご検視が済むまでは、誰も手を付けてはいけない。そう言われましたので、わたくしがずっと番をしていました。手を付けた者は、誰もおりません」

「これは最初に見付けたのは？」

「隣に住む、西大寺の豊心丹《ほうしんたん》売りのかみさんで、お清《せい》。呼んで参りましょうか」

「うむ」

十三蔵は戸口から顔だけを出して、

「お清さん、ちょっと」

と呼んだ。今、追い払われた野次馬の一人らしい。

「……大家さん、あたしは何も――」

女の声だけが聞こえる。

「お役人様がお前の話を聞きたいんだと。恐がることはありゃしねえ。訊《き》かれただけをお答えしなさい」

戸口に出てきたのは三十ばかりの女。両手を前に組み、ぴょこりとお辞儀をしてから、上目遣《うわめづか》いに家の中を見る。

「入って、後《あと》を閉めなさい」

と、十三蔵が言った。

「何、そのままで構わねえ」

と、夢裡庵が口を挟んだ。

それでなくとも、狭い土間は一杯だ。入口と台所を兼ねた土間には、片端にへっついと水がめが並んでいる。その前に、のめるような形で屍体が転がっているのだ。屍体の傍《そば》に十三蔵と、夢裡庵たちを案内してきた手先《てさき》の康助《こうすけ》が立っている。奥の部屋は六畳の一間《ひとま》で、古びた机と簞笥《たんす》、畳の上には紙や絵具皿が散乱して、夢裡庵と浜田がいるのがやっとだった。


女を見て、浜田が康助に顎《あご》をしゃくった。康助は清に言った。

「お前さんが見た通りのことを申しあげな」

話し始めると、割合に要領よく筋道をたてた。

清によると、四ツ刻《どき》（午前十時頃）清は亭主を商《あきな》いに出した後、いつも早起きの隣人の姿が見えないのに気付いた。この長屋に住むようになって、三年になるが、一日も挨拶《あいさつ》を欠かしたことがない。変に思い、戸の隙間《すきま》から内を覗《のぞ》くと、この有様。すぐ大家に知らせ、医者のところへ走ったという。清は最初見たときまだ息があるものか、死んでしまったものか、よく判《わか》らなかった。

「車坂《くるまざか》……何とか言ったな？」

浜田は屍体を見下ろして言った。

「車坂一虎《いっこ》、でございます」

と、十三蔵が答えた。

「その一虎先生、昨日はどうしていた？」

「いつものように、一日中家にいて、仕事をしていたようですねえ」

と、清が言った。

「訪ねて来た者は？」

「さあ？」

清は首を傾《かし》げた。

獅子舞《ししまい》の囃子《はやし》が聞こえてきた。浜田は顔をしかめた。一歩外に出れば、のどかな正月の五日だということを思い出したのだろう。

「わたくしも……」

十三蔵が口を挟んだ。

「昨日は小半日、下谷の甥《おい》のところへ行っておりましたから、確かなことは申せませんが、一虎さんのところへ来客があった話は聞いておりません」

「夜はどうだった？」

「……夕方、家を出て行く一虎さんを見ましたよ」

と、清が言った。

「ほう……どこへだ？」

「知りません。後ろ姿を見ただけでしたから。一刻（二時間）ばかりで、一虎さんは帰って来ました。六ツ半（七時半）頃でした」

「顔は見たか？」

「戸をあけたてする音を聞いただけです」

「ふん……」

夢裡庵は角行燈《かくあんどん》を開けて中を見た。火皿は空《から》になっており、燃え尽きた燈心が底にたまっていた。

「一虎先生、寝ねえうちにやられたとみえる」

と、夢裡庵が言った。

「なるほど、行燈に火を入れたまま、一虎は目を覚ますことがなかったわけですね」

若い浜田は感心したように言った。

「それが、朝方、一虎先生の家で、変な音が聞こえたんですよ。朝、あたしが先生の戸口を覗いたのは、それが心にあったからです」

と、清が言った。

「どんな音だ？」

「それがよく判りません。まだ、目が覚めないうちでしたから」

浜田は夢裡庵の顔を見た。夢裡庵は十三蔵に訊いた。

「普段、一虎先生が付き合っていた人間は？」

「長屋の連中とは朝の挨拶をするぐらいだったでしょう。無口な変り者の先生で通っていましたからね。噂《うわさ》ではさる大藩のお抱《かか》えの絵師だったといいます。ところが、何かの不始末があって、その地位にいられなくなり、江戸へ出て来たそうなんです。それ以上精《くわ》しいことは判りません」

車坂一虎のところへ訪ねて来る客も滅多になかった。ただ、十三蔵は商家の若者らしい男がたまに一虎の家に入るのを見ている。神社の絵馬《えま》や台提灯《だいちょうちん》、行燈などに絵を依頼されることがあるようで、出来上がった絵は一虎が自分で届けていたらしい。

「一虎のことで、他に気付いたことがあったら、言ってみねえ」

と、康助が清をうながした。

「……そう言えば、昨夜の先生はご機嫌のようでした。鼻唄が聞こえましたから」

「ご機嫌――ね」

ひとしきり陽気にはやし立てていた、獅子舞の笛と太鼓が遠のいて行った。

「……他には？」

「そんなところですかねえ……」

「まあいい。後で思い出したことがあったら、康助に話すんだな」

と、夢裡庵が言った。

「……その、絵馬だがな」

清がいなくなると夢裡庵は六畳の部屋の壁に立て掛けてある絵馬に目を移した。

横が二尺（約六〇センチ）縦三尺（約九〇センチ）ばかりの、真新しい板である。一面に胡粉《ごふん》が引かれて、中央に弓を持った人物の像が墨で描かれている。髷を大銀杏に結い、丸に二《ふた》つ引《びき》の五つ紋の付いた黒の服に袴《はかま》を着けた姿で、水平に伸ばされた左手に、黒塗りの弓が握られている。右腕は肱《ひじ》を引いた形で、ちょうど今、狙いを付けた矢が放たれた直後という姿勢だった。

「お世辞にもうまい絵だとは言えませんな」

と、夢裡庵が批評した。

「第一に、弓を描く筆勢に力が籠《こも》っていません。これじゃあ、てんでへなちょこ弓で、矢が飛びそうにもねえ。それに、弓を放った瞬間、これを離れと言うが、どうも全身に力が入って力みすぎている嫌いがある。弓を握った左手は何だか緩い感じだし、反対に右拳が固い。というように、素人《しろうと》が描いた小絵馬ならともかく、絵師が描いた絵とすると、残念ながら落第でしょう」

「一虎の署名と落款《らっかん》があります」

と、浜田が言った。

「そう、人物の顔だけを見ていると、決して凡手とも思えないが。この絵師はどうやら、弓術を知らないとみえる」

「けれども、矢はちゃんと放たれています」

「そう、それが最初から気に入らない――」

土間に転がっている一虎の盆《ぼん》の窪《くぼ》に、小さな矢が突き立っているのだ。

矢は一尺ばかりの篠竹《しのだけ》で、三枚の白い羽根が付けられている。篦《の》に白紙が巻いてあり、正月の各神社で出される、縁起物の破魔矢《はまや》に違いない。それがちょうど、絵馬に描かれた弓の大きさとぴったり合う。絵馬が置かれた位置もそうだ。土間に降り立とうとする一虎の後ろから、絵馬の人物が狙いを付けて矢を放ち、一虎を倒した。屍体と絵馬の間には、そうした関係が成り立つ。

「大体、弓術家を描くのに、離れの姿を描くというのが変わっていると思いますが」

と、浜田が言った。

「左様。弓をいっぱいに引き納めた会《かい》の姿の方が、絵になり易《やす》い」

夢裡庵も同じ考えだった。

「もし、最初、一虎先生が描いたのが、会だったら？」

「絵の人物が一虎に向けて矢を放ち、離れの姿に変わったと言うのですか？　夢裡庵さん、本当にそんなことを？」

「いや、明日にでもなれば、江戸中にそうした噂が、まことしやかに流れるだろうと思っただけだ」

　夢裡庵は絵馬に顔を近寄せた。そういう怪しげな噂を流させないためにも、一刻も早く一虎を殺害した犯人をあげなければならない。

　絵は仕上がったばかりのようだ。顔を近寄せると、木と墨の匂《にお》いがする。指を舐《な》めて、弓の端を少しこすってみると、指に青黒い色が着いた。絵の面は綺麗《きれい》で、針で突いたほどの傷もない。表を調べた後、絵馬を傾けて後ろを見たが、背面には何も描かれていなかった。

「絵馬を注文した者が判るといいが……」

　夢裡庵は十三蔵を見て言った。

「さあ……一虎さんが住いに絵馬を持ち込んだことも知りませんでした」

　と、十三蔵が言った。

「それは康助にまかせよう。絵馬の依頼主は弓術に弘願《ぐがん》ある者で、定紋は丸に二つ引だ。絵馬はもう出来上がっているから、いずれ受取りに来るかも知れないが、いつまでも受取りに来ないとすると、そいつが怪しい。判ったな」

「判りました」

「その前に、一虎の首に立っている矢を見せてくれ」

　康助は屍体の前にかがむと、一虎の盆の窪に立っている矢を、注意深く引き抜いた。矢は深くなかった。矢の先きは斜めに断ち落されており、蘇芳《すおう》色になった血がこびり付いている。夢裡庵は懐紙《かいし》で矢を受取り、血の部分をじっと見た。

「……妙だな」

浜田も顔を寄せ、興味深そうに矢の根を見た。

「浜田さん。こりゃあ、一虎先生が息を引き取って、大分過《た》ってから、刺されたものですよ」

夢裡庵は死んだ浜田の父親と仲が良かった。浜田の父も俳諧《はいかい》などひねりだすことがあり、気が合ったのである。彦一郎が父の後を襲《つ》ぎ、定廻《じょうまわ》り同心になってから日が浅い。それで、事あるごとに、彦一郎を連れ出し、色色な体験をさせようとしているのだ。

「ごらんなさい。傷口にほとんど血がみえないでしょう。それに傷口が丸く綺麗だ。生きているうちに刺されると、皮膚に裂けを生じるものです」

「すると？」

「行燈の火皿から見て、一虎が息を引き取ったのは、一虎が帰って来てから、夜中までの間でしょう。その首に矢が刺し込まれたのは、それから大分廻ってから——隣のお清が明け方物音を聞いたという、その頃だと思いますね」

「すると……」

「屍体を裸にして、とことん調べる必要があります。一応、自身番に運ばせてからにしましょう」

　外で待たせておいた供の中間《ちゅうげん》が、屍体を抱き起こそうとしたときである。一虎の胸の下に、四角い石が転がり出した。

「……砥石《といし》ですよ」

　と、浜田が言った。

「何だって一虎は、砥石など抱えて死んだんでしょう――」


「新春一番、めでたく、初売りの筆でございます」

　神田須田町にある、文鋒堂《ぶんぽうどう》の番頭は、そう言うと、黒軸の一本の筆を取り出して、茶を飲んでいる夢裡庵の前に置いた。半紙を添えて、

「どうぞ、お試しを――」

　鳥追いの二上《にあが》りに交って、羽根つきの声が聞こえている。

　文鋒堂は間口が二間《けん》、小ぢんまりとした店で、正面に鏡餅を供え、神棚の注連縄《しめなわ》も真新しい。五日ともなれば、店先に屛風《びょうぶ》や毛氈《もうせん》こそ見えないが、番頭、若者、丁稚《でっち》は仕立おろしの小ざっぱりした身形で、晴れやかに客と応対している。

　夢裡庵は言われるままに、筆の鞘笠《さやかさ》を払った。穂先を見ようとすると、ふっと珍しい香りが漂う。穂先が濡《ぬ》れて光っている。香りはその穂先からくるらしい。

「これは？」

番頭は得意顔で言った。

「左様でございます。硯《すずり》いらずとも、泉筆《いずみふで》とも申します。そのように鞘笠を払うだけで、穂先には墨が泉のように、後から後から湧《わ》いてくるのでございますよ」

「硯がなくとも、物を書き続けることができるのだな？」

「お出先きの折など、何かにつけて、重宝な筆でございましょう」

話だけではちょっと信じられなかった。夢裡庵が知っている携帯用の筆記用具といえば、矢立てしかない。もっとも、矢立てに使われるのは普通の筆で、ものを書くときは、筆を入れる筒と一緒に付いている墨壺《すみつぼ》の中の墨を使うのである。今、手に取った泉筆を見ると、どうやら墨壺の必要もないらしい。

筆は穂先が短く、亀が首をすくめた感じだった。夢裡庵は半紙を取り、車坂一虎と書いてみた。ずっと、その名が頭に引っ掛かっているようだった。

「なるほど……」

筆はどんな字を書いてもかすれることがなく、適宜に墨を出している。書き工合も悪くはない。

「細い字でも太い字でも、半紙ならば十帖は、墨が涸《か》れることはございません」

と、番頭が説明した。

「この筆の軸に、墨が入っているのかな?」

夢裡庵は筆をひねくり廻した。

「――実は、その軸はびいどろでできております」

「ほほう……贅沢《ぜいたく》だの」

「竹の軸では墨が洩《も》れ易いんでございますよ。軸はびいどろの管でございますから、墨がなくなれば、透けて見えます。そうしましたら、こちらの墨を補充していただきます」

番頭は別に小さな壺を取り出した。この方は陶製だった。

「普通の墨ではいかぬのか」

「普通の墨をお使いになってはいけません。すぐ穂先が固まってしまい、使い物にならなくなってしまいます。これはオランダから渡って来ました、インゴという墨を参考にして、色色工夫を加えましてな、苦心の結果作りだしました、文鋒堂だけの特製でございます」

「なるほど。便利な筆が作られるようになったな」

夢裡庵は感心した。別に携帯用としてばかりではなく、この筆一本あれば、墨をすったり、硯を洗ったりする手間がはぶけるではないか。

夢裡庵が感心して筆をひねっていると、番頭は細長い桐の箱をそっと夢裡庵の膝《ひざ》の近くに押し出した。

「お気に召しましたら、お使いくださいませ。同じ品でございます。ほんの、お年玉代わりです」

「むう……そりゃ、いつも済まんな。ご主人によろしくお伝えください」

「なんの。いつもお世話になっております」

文鋒堂とは長い付き合いだった。暮にも文鋒堂から、八丁堀の組屋敷へ礼物が届いたばかりだった。夢裡庵は筆の箱を懐ろへ入れた。

それと、同時だった。

「ば、番頭さん、わたしにもその筆を見せてください」

何だか、ひどくあわてたような声が聞こえた。

泉筆に気を取られて、気付かなかったが、夢裡庵の傍にいて、藤原佐理《ふじわらのすけまさ》の『離洛帖《りらくちょう》』の木版本を繰っていた老人だった。上品な白髪の総髪で、黒羽二重《くろはぶたえ》、丸に梅鉢の五つ紋の羽織に仙台平《せんだいひら》の袴、白足袋雪駄《しろたびせった》をはいて小脇差しの一腰。小僧を連れて、年礼の途中という姿だった。本を放り出すと、皺《しわ》が多いがすらりとした手を番頭の方に伸ばして、手招きするような恰好《かっこう》になっている。

「これは、以前《いぜん》先生。お見それいたしました。本年もどうぞ……」

言い掛かるのを、

「挨拶など後じゃわい。早くその泉筆とやらを見せて……」

なくなりでもしたら、それこそ一大事という風だ。

夢裡庵は自分の前にあった、見本の筆と半紙を老人に手渡した。

「……こ、これはかたじけない」

老人は受取る手ももどかしく、半紙の上に筆を遊ばせては、穂先を見たり、軸を透かして見たりした。子供が珍しい玩具にでも出会ったときのようだ。

以前先生と呼ばれた老人の表情に、やがて、満足そうな笑みが泛《うか》んだ。

「確かにこれはびいどろの管。これ、二本頂きましょう」

「いつもお買いあげくださって、ありがとう存じます」

「いかほどかな？」

「一管、一両頂戴いたします。別に墨が一壺一分《いちぶ》……」

聞いて、夢裡庵は目の玉が飛び出そうになった。高いだろうとは思ったが、高すぎる。暴利だというので、沙汰《さた》になりそうな価だが、文鋒堂のことだから、打つ手は打って、価を定めたのだろう。

以前先生、驚くだろうと思っていると、

「それは、廉《やす》い！」

そそくさと勘定を済ませている。

「先生、この『離洛帖』は？」

と、番頭が言った。

「そんなもん、馬にでも食わせやい」

「どうも、恐れ入ります」

筆と壺を小僧に持たせると、

「邪魔したな」

どんどん外に出て行く。

夢裡庵は呆《あ》っ気《け》に取られて、老人を見送った。二両二分もの金をぽんと投げ出し、玩具みたいな筆を買って帰るというのは、どういう人物だろうか。

「以前先生と言われたな」

夢裡庵は番頭に言った。

「左様でございます。湯島横町にお住いの以前先生」

「以前先生と言うと、雅号のようだが」

「へい。元は蘭方《らんぽう》のお医者様でしたが、総領《そうりょう》に家督をお譲りになってからが以前先生で、本当のお名前は赤沢松葉《しょうよう》先生……」

その名なら、覚えがあった。

「すると、昔、黄表紙や妖術秘伝の本をお書きになった……」

「さすが、先生はよくご存知で」

夢裡庵は何気なく以前先生が書き残した、半紙を手にして見た。見事な筆蹟で、次の文

に起こった。
半紙を懐ろにねじ込んで、すぐに後を追おうとしたが、奇妙なことに、職業意識が同時

夢裡庵は飛び上った。

「大雅は久しく作られず……」

　大雅久不作

字が目に飛び込んだ。

さっき自分が書いた「車坂一虎」という字を番頭の前に突き付けた。

「最近、この者が筆を買いに来なかったか？」

番頭は不思議そうな顔をして、その文字を見た。

「聞いたこともないお名でございます」

「それなれば、よろしい」

夢裡庵は店を飛び出した。以前先生が歩いて行った方向を見る。筋違《すじかい》橋御門の方角だった。昌平橋を渡れば、すぐ湯島横町だ。猿廻しの猿の肩の向うに、白髪の総髪が見えた。

夢裡庵は茶が飲みたかったのである。自身番で一服しているとき、近くに文鋒堂があるのを思い出したのだ。自身番の薄い茶を飲むよりと思い、文鋒堂に立ち寄ったのである。

だが、以前先生の総髪を見たとたん、一虎は首の他、どこにも傷を受けていなかったことも、自身番で浜田や小者《こもの》が待っていることも、すっかりと忘れてしまった。

御門前の広場は行き交う人で雑踏している。以前先生の足は意外に早い。見逃してはなるまいと、夢裡庵は足を早め、追い越してから、声を掛けた。

「失礼ですが、松葉先生ではございませんか？」

以前先生は足を止め、大男の夢裡庵を見上げるようにして、目をしばたたかせた。

「はて？」

ちょっとの間、夢裡庵に隙ができた。夢裡庵は小僧の存在を忘れていた。小僧は空に舞う大小の凧《たこ》に気を取られて、夢裡庵と以前先生が立ちどまったことに気が付かなかった。小僧は以前先生の腰へもろに突き当たり、持っていた荷物を放り出してしまった。そのはずみに、墨の小壺が飛び出し、小石に当って、ぱしっと割れた。中の墨が夢裡庵の足元にまではね散った。

夢裡庵は身を引いたが、遅かった。裏白の紺足袋に墨のしみができた。

「……これは飛んだ粗相なことを」

以前先生があわてるのを、

「何の、足袋や雪駄の一足や二足、それよりも」

懐ろから以前先生の書いた文字を取り出して、相手の目の前に拡げた。

「……すると、あなたは文鋒堂にいらっしゃったお武家様」

「そうです。拙者《せっしゃ》はあなたの心意気が嬉しいのです。大雅は久しく作られず――」

以前先生は照れたような顔になって、

「吾《われ》衰えても、誰かが作るさ」

と、言った。

昌平橋を渡ると、右手が秋葉の原、以前先生はお堀に沿って左に歩を進めた。すぐ前に聖堂の森が見える。その右側が神田明神で、聖堂と明神に囲まれたような場所が湯島横町。以前先生はひょいと横町の小路に入る。角から四軒目。竪板塀《たていた》の切れたところに冠木門《かぶき》がある。以前先生は無造作に格子戸を開いて中に入ってゆく。わずかばかりの竹と雑木が植わっている小さな庭。その庭と居場所を譲り合うようにして建っているのが、以前先生の隠居所であった。

以前先生は夢裡庵を六畳の座敷に通し、すぐ女中を呼んで真新しい紺裏白の足袋を取り寄させた。

「お気に召すかどうか判りませんが、一時しのぎとしておはき替えください」

「これは痛み入ります」

座敷の隅に大きな薬簞笥《くすりだんす》があって、以前先生は引出しを開けると、買って来たばかりの泉筆を大切そうに蔵《しま》いこんだ。どうやら薬簞笥の中は、色色な珍奇な品物が一杯詰め込まれているようだ。

夢裡庵はそれとなく部屋を見廻したが、座敷というより、物置きに近かった。薬簞笥の横に書架があって、書物がぎっしり詰め込まれている。書物は書架だけでは足らず、薬簞笥の上から床の間の一部も占領して、地震でもくればすぐにでも崩れ落ちそうだ。その床の間で薄く埃《ほこり》をかぶっている馬の置物を見て、夢裡庵はすぐ唐三彩だと睨《にら》んだ。違い棚には遠眼鏡や、煙草《たばこ》入れに根付《ねっ》け、瓢簞《ひょうたん》、幻燈、寒暖計、天秤《てんびん》、大小の独楽《こま》などが、雑然と並んでいる。紫檀《したん》の文机《ふづくえ》に乗っている猿面硯《えんめんけん》は端渓《たんけい》だった。

以前先生は取り散らかっておりましてと言い釈《わけ》をしてから、

「よく、わたしが昔書いた本をご存じだ。その本を知っている人は、今ではほとんどいないと思っていましたよ。文鋒堂の番頭が教えましたか」

と、夢裡庵に言った。

「いや、以前先生という名を耳にしたとき、これは回文名《かいぶん》だということに気が付いたわけです。ほれ――いぜんせんせい。逆さから読んでも同じに読める名でしょう。それが判ったとき、昔読んだことのある黄表紙の題名を思い出したわけです。『団子花其名権太（だんごはなのそのなはごんた）』つまり、同じ回文の題名で、その作者が、確か、赤沢松葉……」

「これは恐れ入りました」

以前先生は欠けている前歯を見せて笑った。

「いかにも若気の過ちで、あんな妙な物を書きました。あなたのようなお若い方が、それを読んでいるとは思いませんでした」

「若くはありませんよ。今年で四十六になりました」

「それでは、わたしなどより、三十歳も若いではありませんか」

夢裡庵はまた驚かされた。顔の色艶を見ると、とてもその年齢には思えない。

「根が呑気《のんき》者で、それで若く見えます」

以前先生はにこにこして言った。

「あなたも、よほど書物がお好きなようですね」

「読む物がなくなると、薬屋の引札《ひきふだ》まで読みます」

「薬屋の引札が面白いですかな？」

「いや、一向に」

「昔、凝《こ》った景物本が出たことがありましたよ。日本橋紅問屋《べにどんや》玉屋《たまや》の宣伝本は、京伝《きょうでん》が書きました。平賀源内《ひらがげんない》も『箱入歯磨嗽石香《そうせきこう》』の引札を書いて評判をとりました」

「それです」

夢裡庵は真面目な顔になった。

「昔は引札一枚刷るにしても、作る者の心が感じられます。高が引札と言ってばかにしない。誰が読んでも感心するものを作り出す。それが、最近のものは、全てにつけて、安っぽくなったと思いませんか？」

以前先生は笑顔を崩さないで聞いている。

夢裡庵は以前先生を前にしているうちに、ふと、日頃の不満をぶちまけたいような気分になった。

八丁堀の組屋敷がすでにそういう風潮である。同僚たちは武術に励むより、髷の先きから履物の先きまで、身形に凝らなければ、町中を歩くこともできない。浜田彦一郎のような若者には特にそれが顕著で、羽織の紋にまで、武田菱を細めの中蔭に誂《あつら》えるなどして、得意顔である。

柔術にしても同じだ。最近、町道場では、道場を畳敷にしたものが現われ、どうやら、従来の板敷道場より人気があるという。夢裡庵が修業した道場は、無論板敷で、板の間の上で組み合い、投げ付け、乱取が行なわれていた。そりゃあ、畳の上で投げられた方が痛くないに決まっているが、実戦は野外が常識だ。柔術ばかりでなく、他の武術も、実戦武術とは縁もない、虚飾の動作を取り入れ、小綺麗に見せようとする流派が人気を集める。

夢裡庵が修得した荒木無人斎流は、竹内《たけのうち》流の流れをくんでいる。竹内腰の廻りというのは、武具を着けたまま行なう柔術で、実戦一点張り。当然見た目には粗野で、美しくはないだろう。足の運びにしても、他の流派で行なうすり足などという綺麗事はしない。大きく駈《か》け去って、敵から離れたり、油断を見すまして敵の身体《からだ》に飛び込むといった、跳び足が基本である。他流からは古色蒼然とされ、従って、人気も少ない。

「考えてみると、武芸ばかりではありません。坊主や絵描きまでがそうだとは思えませんか。黄表紙や読本、川柳《せんりゅう》雑俳、引札配札に至るまで、昔の方が立派でした。今のものは李白《りはく》の言う、綺麗にして珍《たっと》ぶに足らず、です。日頃からそうしたことを考えていたので、先生が文鋒堂でお書きになった、大雅は久しく作られずという文字を見たとき、ふと声を掛けたくなったのです」

「先生は痛み入ります」

と、以前先生は言った。

「以前さん、と、こう親しく呼んで頂いた方が気分がよろしい」

「それならば、わたしのことも、先生抜きで夢裡庵と呼んでください」

「それでは夢裡庵さん。目の寄るところに玉が寄ると申しますが、同じようなことを考えている人を、もう一人知っています」

「ほう。どんな方でしょう」

「なに、紺屋町に住む、まだ若い紺屋の職人ですが、ひょんなことから友達になりましてね。わたしのところへ、よく下手《へた》な狂歌を持って来ます」

「なるほど」

「その男に、天明期の歌集を貸してやったところ、熱に浮かされたようになって、自分で紺屋麻亭《こんやのあさてい》と名乗り、盛んにやっております」

「そういう人間が多く現われれば、また昔の大雅が……」

「いや、わたしは駄目だと思います」

「それは、なぜでしょう」

「世の中は時の流れというものがあり、それによって流れているものです。流れに逆らったり、流れを変えようとしたりすると、溺《おぼ》れてしまいますよ。そうして駄目になった人を、わたしは何人も知っています。大雅がお好みなら、一人でやっておればよろしい」

「それで、吾衰えても誰かが作るさ、という心境なのですね」

以前先生は静かに煙草をくゆらせた。

「わたしの若い頃には、今の若い男は駄目になったという老人が必ずいたものです。夢裡庵さんの前だから言いますが、武士道にしてからが、本当の武士は、享保《きょうほう》までであったと言います。享保といえば、もう百年も昔のことです」

「享保時代の若者なら、明暦ごろの老人に小言を言われていたわけですね」

「夢裡庵さんは、物判りが早い」

「何ですか、以前さんと話していると、楽しくなります。これからもときどき話に来て、かまいませんか」

「気の向いたときにはいつでも。今は道楽だけに忙しくなっている身体ですから。そのうち、麻亭を紹介します。なかなか面白い男です。いや、この年になって、友達が培《ふ》えるとは、春からめでたいことです。泉筆のお陰ですな」

「さっき、二本お求めになっていたようですが、一本はその麻亭という人に？」

「そう、ちょっと手を加えましてね」

「手を加える？　すると、あの泉筆には何か不足しているところでも？」

「いや、余分なものが付いているからです」

「余分、というと……」

「筆の穂先が余分なのです」

夢裡庵はよく判らなくなってきた。

「筆に穂先がなければ、物が書けませんが」

「これは言い方が足りませんでした。実は、わたしが欲しかったのは、びいどろの管だけだったわけです」

「びいどろの管で、何をなさりますか？」

「管の太さがちょうどなので、びいどろの臥竜竹《がりゅうちく》を作ります」

「びいどろの臥竜竹？」

ますます判らなくなってくる。

「ご存知ないかな。多賀谷環中仙《たがやかんちゅうせん》の『唐土秘事海《もろこしひじのうみ》』に載っています」

「環中仙は知っていますが、その本は見たことがありません」

「それならば、本などより実物をごらんに入れましょうか」

以前先生は気軽に立ち上がって、薬箪笥の引出しを開けた。泉筆を蔵ったところとは、別の場所だった。以前先生は引出しの中から、筆に似た細長い品を取り出して、座に戻った。

「これが、びいどろの臥竜竹です」

見ると、以前先生が持っているのは、透明なガラスの管である。なるほど、これなら泉筆の穂先を取り去り、墨を洗い流せば、同じ品が出来そうである。

「このびいどろの中には、少しばかり水が入っているのです。管の両端は、しっかり塞《ふさ》いでありますから、水が洩れるようなことはありません。この水をよくごらんなさいよ。実に妙な動き方をいたします」

以前先生はガラスの管を真っすぐに立てて見せた。管の下の方は、小指の先きばかりの長さ――全体の管の八分の一ばかりで、透明度が変わっている。それが水だなと思って見ていると、不思議なことが起こり始めた。

ゆっくりと、その水が上に昇ってゆくのである。

小きざみに揺れるような動きで、最後にはガラス管の上端にまで、行き着いた。

「いかがです？」

以前先生はさも楽しそうに、今度は管を逆さまにした。それでも、水は再び上に浮揚してゆく。

「この道理を応用すれば、水はいくらでも低いところから高いところへ運ぶことができるでしょう」

以前先生はガラス管を夢裡庵に手渡した。夢裡庵は管を立ててみた。自分の手の中でも、水は確実に上に移動してゆく。

「それをびいどろの臥竜竹といいます」

と、以前先生は言った。

「管は透明で、からくりなどあるとは思えませんね。何か、特別な水なのですか?」

夢裡庵は自分の手の中で起こっていることが、信じられなかった。

「いや、水は本物の水です。どこにでもある、ただの水です」

「だとすると、これは大変な発明ではありませんか。水を高いところへ自由に流せるとなると……」

「そりゃ、そうでしょうとも」

以前先生はおかしそうに言った。

「でも、管の中では、そんなことは起こってはいないのです」

「……でも、水が昇ってゆくとしか見えませんが」

「水は、矢張《やは》り、下に流れているのですよ」

「下に流れている？　いや、これは上に昇っています」

「そう見えるだけです」

「わたしの目があべこべになったのですか？」

「いや、いつまで欺《だま》していると、人が悪いと言われそうですから、種を明かしましょう」

以前先生は臥竜竹を受け取ると、管の中の水を差し示した。

「つまり、夢裡庵さんが水だと思っているのは、実は何もないところなのです」

「何もない？」

「左様。水は管の中八分を満たしてあるので、その部分は何もない、泡なのです」

夢裡庵はもう一度臥竜竹を見た。そして、はたと膝を打った。

「……そうでしたか。なるほど、泡であれば昇ってゆくのは当然です。それにしても、泡が水に見えたとは、皮肉ですね」

「種が判ればたわいもない。それなのに、人の目は手もなく欺されます」

夢裡庵は唸《うな》った。臥竜竹自体、不思議な品だが、それを宝物のように扱う以前先生にも、不思議なおかし味を感じる。

「環中仙はその他にも天人めがねというびいどろ細工なども書いています」

「『唐土秘事海』といいましたか」

「そうです。確か、この本です」

以前先生は書架から書物を掻《か》き分けて、一冊の本を取り出した。書架は一見乱雑そうだが、以前先生はどの本がどの位置にあるか、全て記憶しているらしい。その本は上巻が六丁、下巻十二丁の合巻《ごうかん》だった。奇術伝授本の習わしで、上巻は奇現象を絵で示した目録、下巻はその秘伝解説という体裁である。同種の本を何冊か見たことがあるが、この本で珍しいのは、目録に描かれた人物、衣装、調度品、座敷が、唐《から》風俗で統一されている点だった。

夢裡庵は何気なく本を繰っていたが、あるところで、ふと指が止まった。

その部分を読んでゆくうち、夢裡庵の顔色が変わってしまった。

「……どうなさいました？」

以前先生が言ったが、答えることもできない。

夢裡庵の目が釘《くぎ》付けになった文というのが、「絵の人形に矢をいはなさす術」である。

絵は唐人の武人でもあろうか。弓に矢をつがえて引きしぼり、今、放とうとしている。

夢裡庵はかすれた声を出した。

「――以前さん。たった今わたしは、この術で殺された男を、見て来たばかりなのですよ……」

車坂一虎の死は、一見、絵に描いた人物に射倒されたように見えた。実際はそんなことがあるべきではない。殺害者の作為に違いないと思えるのだが、今「絵の人形に矢をいはなさす術」があり、実際にその秘伝が解説されている書物がここにある。ということを知ると、何とも納得しかねる事態になった。

夢裡庵は事件の仔細を以前先生に話した。自分の考えをまとめるためもあって、夢裡庵は注意深く事実を再構成した。

「なるほど、そんな妙な殺され方は、今まで見たことも聞いたこともありません」

と、以前先生は言った。

「しかし、この秘伝の通りの術を行なったとして、はたして、大の大人が殺せるものでしょうか？」

その秘伝は繰り返し読み、暗唱できるほどだ。

秘伝はひどく現実的である。環中仙はこう書く。

矢を射る人形をゑがき相応《そうおう》の弓を竹にてこしらへ、弓もつ所を釘づけにして、扨《さて》矢を取る手を切ぬき、其あとへ松やにをつけ、さて矢を弓にはめ矢のさきを松やにの所へひつつけ、其上へ手をのせをけば弓の引せいにて松やにを引はなせば矢飛也

「つまり、絵に描いた人形というのは、絵そのもの。別にその絵に釣り合うような弓と矢を作っておく。これは小さいながら、本物です。その弓を絵に釘付けにして、矢をはめて

松やにで止める。最初は松やにで矢は絵の中で止まっているでしょうが、時がたつうち、弓の引きで矢が松やにから外れ、矢だけが飛んでゆく……」

「子供の玩具に同じのがあります。〈飛んだり跳ねたり〉は松やにを使うでしょう」

と、以前先生が言った。

「としても、それぐらいの力で人が殺せますか？」

「殺せないこともありません。矢に毒を塗っておけば」

「わたしも最初それを考えました。けれども、毒は身体に廻る時間というものがあります」

「なるほど、それで射られれば死ぬまで、多少は騒ぐでしょうね」

「それに、絵の人物に矢をいはなさすには、絵と人間と松やに。その時と場所がきちんと決まっていないといけない。この秘伝の通りで人殺しが行なわれたとなると、あまりにも皆、都合よく揃いすぎます」

「いや、毒ということで、一つだけ思い付いたことがあるのです」

夢裡庵は居住いを正した。

「どんなことでも教えてください。今のところ、何が本当に起こったのか、わたしは何もわからないのです」

「多分、そうじゃないかと思うのですが、毒と砥石について、です」

以前先生は世間話でもするような調子で言った。

「砥石……一虎の身体の下にあった砥石ですね？　毒と砥石とには、一体どんな関係がございますか？」

「言い伝えですが、河豚《ふぐ》の毒にあたったときは、砥糞《とくそ》を飲むといい。そんなことを聞いたことがあります」

「砥糞……」

「まあ、一種の口伝《くでん》迷信の類《たぐ》いで、効くかどうかは判りません。けれども、人がその立場になったら、迷信でも何でも、試してみるのが人情でしょう」

「一虎の死因は——河豚の毒だったのですか……」

「河豚毒は痺《しび》れ毒ですよ。指先から痺れ始め、気が付いたときには言葉が喋《しゃべ》れなくなり、歩行も困難になります。自分の家で食したのであれば、食べ残しでそれと判りましょうが、外で食し帰宅してから痺れを発したとなると、それが河豚毒で死んだと判定することはむずかしい。だが、一虎が砥石を抱えて死んでいったとすると……」

「河豚でやられたに違いありません。では、絵馬の人物は？」

夢裡庵はせき込んで訊いた。

「そう。その絵馬には、釘の痕《あと》や松やにが着いていましたかな？」

「——いや、絵馬は舐めるほど見ました。絵馬には針で突いたような傷もありませんでした」

「とすると、誰も『唐土秘事海』にあるような細工を施した者はいないことになります。ただし、環中仙の秘伝はある手掛りを与えているでしょう」

「それは？」

「暗示と言うべきでしょうかな。環中仙の秘伝では、絵の人形は手に何も持っていない姿に描いておくのではありませんか」

「あっ！」

夢裡庵は立ち上がった。

全ての謎が、以前先生の言葉で、音を立てて崩れ落ちたのである。

絵馬に描かれた人物も、最初は何も持っていなかったと仮定すると、全てが説明できる。

「お判りになったようですね」

と、以前先生は言った。

「絵に描いた人物が、弓を放っている姿勢にかなっていなかったのは、一虎さんの技量が低かったからではありません。もともと、あれは弓を放っている姿ではなかったからです。同じように、両手のあり方が変なのも、その理由からです。絵の人物は、最初、何も持っていなかった。つまり、決して凡手とは思えない顔を描いた人物と、へなちょこ弓を描いた人物とは、別人であったとは考えられませんか？」

「考えられます」

夢裡庵は書架の書物が崩れそうな声を出した。

以前先生はにこやかに、

「とすると、本来はあの絵馬から、弓を取り去った絵を考えるべきでしょう。覚えていらっしゃいますか。その姿は何をしているところでしょう?」

「それはすぐ判ります」

夢裡庵はその姿を頭に描いてみた。

「柔術の素振《すぶ》りです。柳生心眼流《やぎゅうしんがんりゅう》柔術〈弓構《ゆがま》え〉の形……」

柔術で素振りを行なうのは、柳生心眼流独特の稽古《けいこ》である。剣術のように、単純な木刀の振りおろしではなく、いくつもの業《わざ》を組み合わせた、連続基本技がある。素振りだから、独り稽古であり、これによって、体捌《さば》き、攻防の呼吸を体得するのである。

その素振りの中に、左手を伸ばし、右拳を右方に引く「弓構え」という形があるのだ。

「柳生心眼流柔術の使い手で、一虎に絵馬を注文した人物。定紋は丸に二つ引。そう判れば、愚図愚図はしていられません。いずれお礼にうかがいます。では――」

「まあ、落着きなさい」

と、以前先生が言った。

「さっきから気になっていました。夢裡庵さんの右人差し指に、青黒いものが付いているが、それは文鋒堂で付けたものですか?」

夢裡庵は自分の指を見た。

「いや、一虎の住いにあった絵馬が新しいかどうか、ちょっと舐めてこすってみたのです。そのときの痕が、まだ残っているのです」

「ちょっと、見せてください」

以前先生は夢裡庵の指をじっと見ていたが、

「墨は松煙から作るもの。いくら薄くしても、青くなるということはありません。ところが、薬物で作る西洋のインゴは薄めれば青くなり、乾いても水に溶け易く、指に付けば、落ちにくい……」

そこまで聞けば、下手人を捕えたのも同じだった。


泉筆が売り出されて間もないときだったのが幸いだった。文鋒堂の番頭は、泉筆を買ったほとんどの客を覚えていた。その中で、柳生心眼流柔術の心得ある男が一人いた。日本橋平松町に住む炭屋の息子で大五郎《だいごろう》という、武芸狂いだった。町人に武芸は不要だと言う親に内証で、五日の初水天宮に奉納するための絵馬を一虎に頼んだ。四日の夕方、絵馬が完成したことを知らせに来た一虎に、餅に飽きて河豚鍋を食べようとしていた大五郎が酒をすすめたのだった。

調べによると、それで一虎が死ぬなどとは思わなかったという。一虎が特に毒に弱い体質だったか、食べた量が多かったか河豚の食べどころが悪かったのだろう。一緒に河豚鍋を突ついた大五郎の方は何でもなかった。翌朝早く、絵馬を取りに行った大五郎は、一虎が死んでいるのを知り、表沙汰になることを恐れ、目撃者のいないのを幸いに、絵馬と一虎の屍体を細工して、長屋を立ち去ったのである。絵に弓を加えたのは、柔術を隠蔽《いんぺい》するため、そのとき簡便な泉筆をつい使ったのが、動かぬ証拠となった。

経師屋《きょうじや》橋之助《はしのすけ》

「はて……むら咲《さき》はこの辺りだと思ったが」

以前《いぜん》先生は、ふと足を止めて町並みを見廻す。

表通りの戸を開け、武者絵を描いた大行燈《あんどん》や燈籠《とうろう》に火を入れ、昼間のように賑《にぎ》わっている家がある。初午稲荷《はつうまいなり》祭の染幟《そめのぼり》がはためき、接待茶屋の前では子供達が太鼓をどんどん打ち鳴らしている。

昼はうららとした日和《ひより》だったが、日が落ちるとさすがまだ風が冷たい。以前先生は巣鴨《すがも》の相立寺《さがりゅう》の遅咲きの五色梅《ごしきうめ》を見に行った帰りだった。五色梅は江戸では相立寺と、あと、お薬園ぐらいにしかない奇木で、気候のせいかその年は紅、白、黄の彩りが特に鮮やかで、滅多に咲かない青花も混えていて見物人を満足させていた。

本郷の弓町。

坂を下れば、すぐ、以前先生の住んでいる湯島横町だが、そのまま帰るつもりが、途中で気分が変わった。少し前、町筋に張られた「むら咲」の寄席ビラが目に止まったからだ

った。

ビラは柿色の縁取りがしてあり、中央には独得の筆太の字で、神田伯馬《かんだはくば》の名があった。伯馬は生世話物《きぜわもの》で、最近めきめき売り出している講釈《こうしゃく》師だった。

以前先生はそのビラを見て急に伯馬を聞きたくなった。

「……おお、ここだ」

ちょっとまごついたのは年齢のせいではない。普段は目立たない稲荷が、初午の賑わいで、町の感じが変わっていたからだ。

以前先生は覚えのある横道を見付け、中に入って行くとすぐ突き当たりにむら咲の行燈看板が見えた。むら咲は定打《じょうう》ちの講釈場で、二階建ての小ぢんまりとした席亭。二百人も入れば、身動きが取れなくなる。

見ると玄関が変に薄暗くひっそりとしていた。上がり框《がまち》に顔見知りの下足番《げそくばん》が、ぼんやりと腰を下ろしている。玄関に人が立ったのに気付くと、何だかがっかりした感じで立ち上がった。

「……これは、以前先生。ようこそ」

ぺこりと頭を下げる。

「何だ、不景気そうだの」

下足番はにやりと笑って、

「先生、それが大違い。あれをご覧なさい」

指差す方を見ると、下足箱はぎっしり埋められていて、入り切れない履物が土間にまでずらりと並んでいる。

「今しがた、やっと落着いたところです。お客様をお断わりし続けて、すっかりくたびれてしまいましたよ」

「初午の、景気かな」

「いいえ、伯馬先生が演《で》てらっしゃるからです」

「伯馬が？」

以前先生は首をひねった。伯馬はいつから席亭を札止めにするような売れっ子になったのだろう。

「……すると、先生。何のご存知もなく、今日、ここにいらっしたんで？」

下足番は小声になった。

「何か……あったのか」

「あったんでやす。一昨日《おととい》、佃《つくだ》の潮入中洲《なかす》で人殺しがあったんですよ。その殺され方が伯馬先生が読んでいる〈経師屋橋之助〉の殺し場そっくりだという噂が流れましてね、こんな騒ぎんなっちまったんです」

「ほう……」

「なに、詰めて頂けば、あと五十や六十入れねえことはねえんですが、あれからお上《かみ》がやかましくって」

あれ、というのは、この正月、上野山下の席亭が大入満員になったため、二階が落ちてしまい、多数の怪我人が出た事件だ。

「その上、今晩は、八丁堀からお忍びでお役人がきてるんでやす」

「……それは残念だな。伯馬を聞けないのか」

「いえ、以前先生にお引き取りを願おうなどとは思いません。ちょっとお待ちになって下さい」

下足番は奥に入って行ったが、すぐに戻って来て、

「あるじが先生にお目に掛かりたいと言っています」

と、言った。

玄関の正面は幅の広い階段で、その裏を廻って奥の居間。席亭は長火鉢《ながひばち》の前に坐《すわ》っていたが、以前先生の顔を見ると、卓袱台《ちゃぶだい》の方に席を移し、座蒲団《ざぶとん》をすすめる。

鈴木辰三郎《すずきたつさぶろう》という五十がらみの肥《ふと》った男で、以前先生が昔、黄表紙や妖術秘伝の本を書いたのを知っていて、ひどく尊敬している。噺《はなし》とは口に新しいと書く。だから、講釈でも落とし噺でも常に新作を志さなければ駄目だという考えを持っている。

「今、ちょうど中座読みが読んでいるところです。間もなく終わって伯馬さんの番になり

ますから、それまで、お茶でもあがっていて下さい」

熱い茶をいれてくれる。

「大した入りようですが、いつからこうです」

と、以前先生が聞いた。

辰三郎は苦笑《にがわら》いして、

「いつもこうだと有難いですがね。今夜、急にお客さんが押し掛け、全く面食らいました
よ」

「一昨日、中洲で人殺しがあって、それが伯馬先生の読んでいる殺し場そっくりだった、
と聞きましたが……」

「私もついさっきまで知りませんでしたが、八丁堀の旦那がお忍びで見えたので、その噂
は本物のようです」

「八丁堀は、どなたでしょう」

「富士宇衛門《うえもん》様――」

「ははあ、夢裡庵《むりあん》さんですな」

「ご存知の方で？」

八丁堀定廻り同心で、荒木無人斎流柔術《やわら》の達人だが、文にも才能があって雅号を空中楼
夢裡庵という。今年の正月、ふとしたことから知り合いになり、以前先生の家へ遊びに来

ては珍しい本を借りて行く。

「……夢裡庵さんが飛び廻っているところをみると、その下手人はまだ捕まらないようですね」

「そうです。殺されたのは日本橋通《にほんばしとお》り左内町《さないちょう》にある菊花屋《きくばな》という炭屋の主人で、源之助《げんのすけ》という人だそうです。何でも首を山道の手拭いで締められた上、鯵《あじ》切り庖丁で首と胸に止どめを刺された殺され方が、伯馬が読む経師屋橋之助の殺し場そっくりだった、と言うんですよ」

「……そりゃあ近頃、妙な話ですね」

「そうでしょう。事件を講釈にするなら判りますが、講釈が事件になっちまったんですからね」

そのとき、また下足番が座敷に顔を出した。

「……更藤《さらとう》の小僧さんが、どうしても入れてくれと聞かねえんですが」

辰三郎は顔を和《なご》ませて、

「まあ、いいだろう。毎晩いらっしゃるお客さんだ。子供なら身体が軽いから言い訳になる。連れておいで」

下足番が玄関に戻るのを見て、以前先生が訊いた。

「更藤というと、上野広小路にある呉服屋ですね」

「そうですよ」

「その小僧が、毎晩、講釈を聞きに来るんですか」

「そうなんですよ。でも、小僧さんは店を抜けて来るわけじゃあないんです。これも仕事の内なんだそうです」

「講釈を聞きに来るのが仕事なんですか」

「実は、更藤のご隠居さんの言い付けなんですよ。ご隠居さんはここの常連で、毎晩来ていただいておりました。それが、去年の暮、はずみで足に怪我をなさいましてね、外に出掛けることができなくなってしまったんです。それで、小僧さんがご隠居さんの代わりに、毎晩、講釈を聞きに来る。それをすっかり覚えて、ご隠居さんの前で読むんだそうです」

「……ほう。その小僧は、講釈を一度聞いただけで、覚えてしまうんですか」

「ええ。頭の良い子で、すっかり覚えてしまいます。伯馬などは俺の弟子にしたいくらいだと言っていますがね。もっとも、軍談やご記録物は名前を覚えるのに骨を折るらしい。それで、今月からは伯馬の経師屋橋之助に目を付けました。これは世話物ですから、半分居眠りをしていても自然に覚えることができるようです」

「ほう……一体、その小僧さんはいくつなんです」

「今年で、十四だと言っていました」

以前先生はちょっとびっくりした。自分の十四のときを考えて、とてもそんな芸当ができたとは思えない。

　小僧は下足番に連れられて座敷に入ると、

「今晩は、益益ご繁昌のご様子で、お目出度《めでと》うございます」

　一人前に挨拶する。

　十四だと言うが、小柄なせいか十歳ぐらいにしか見えない。だが、色白で目が大きく、なかなか悧巧《りこう》そうだ。

「毎晩、ご苦労だね」

　と、辰三郎が言った。

「なに、店にいますより楽でございます。ものを覚えるのは苦になりませんから」

　以前先生が感心していると、裏梯子《うらはしご》を降りて来る音が聞こえて、高座を終えた中座読みが挨拶に来た。

「先程は大入りを頂戴し、有難うございました。まずはご繁昌、お目出度うございます」

　顔の汗を拭きながら帰って行く。

「じゃあ、先生。聞きに行きましょう。楽屋で申し訳ありませんが」

　裏梯子を登って楽屋へ。

　楽屋には二、三人の若い前講がいて、すぐ座蒲団を持って来る。客席の人いきれが、楽屋にまで伝わっていて、むっとする暖かさだ。

夢裡庵は黒羽二重の着流しで、高座口の近くの壁に寄り掛かっていた。以前先生の顔を見ると、おや、という表情をした。以前先生は無言で目礼する。

高座からは響きの良い、神田伯馬の声が聞こえて来た。

……暗《あん》に罪する人は天之《これ》を罰し、明かに罪する者は人之を罰すと申しますが、ここに経師屋橋之助、この家は代代表具師《ひょうぐし》で、おじいさんは京都の人でしたが、江戸へ出て神田雉《きじ》町《ちょう》へ店を持ちます。腕の良い人だったようで、橋之助が生まれる頃は何人もの職人を使い、手広く仕事をしていました。橋之助は子供のときから見様見真似で父親の仕事を手伝うようになる。門前の小僧習わぬ経を読む譬《たと》えで、十五にはもう立派に一人前、親も驚くほどの腕になりました。腕もさることながら、生まれ付き役者にでもしたいような良い男。降るほど縁談がございましたが、お父さんという人がごく堅い方で、息子の嫁は苦労人でなければいけないと、良い縁談《はなし》には耳も貸さず、当時、女中働きをしていたさよという娘を嫁に直しましたが、このさよが橋之助のお父さんに見込まれるだけのことがあって、花《か》見羞《けんしゅう》という、花も羞《はじら》うばかりの美人で、二人並べると一対のお雛様を見るよう。橋之助が十九でさよが十八の春、めでたく結ばれまして、毎日を嬉しく過ごしていましたが、人の災いはどこにあるか判りませぬ。

二人が祝言《しゅうげん》をあげた年の春、煤掃《すすはき》が済んだ翌日の朝まだき、隣家から出火いたしました。前日の疲れでぐっすり寝入っている折でしたから、階下《した》に寝ておりました橋之助夫婦《ふうふ》は身一つで逃げ出すのがやっと。二階《うえ》にいた二親《ふた》は無残にも焼死。一夜にして親と家財を失った橋之助は、一時、途方に暮れましたが、年若だがさよはなかなかしっかりした女。どうかわたしを吉原《よしわら》に身売りをして、その金で家を再興させて下さいと、自らすすんで、苦界《くがい》に身を沈めました。十年の年季奉公、年季が明けるまでの辛抱と、二人は泣く泣く別れ別れになりまして、橋之助はその金で元のところに家を建てて仕事を始めましたが、親という大きな柱を失ってからはなかなか思う様ではありません。

一方、さよが売られて行ったのは、吉原一丁目の野州屋《やしゅう》という店で、さよの器量が主人に気に入られまして、諸芸を仕込まれ、宵山《しょうざん》という源氏名で突き出しとして店へ。花園へ出ますさよは一際あでやかですから、いいお客ができる。野州屋の主人も特別にさよのことを目に掛ける。しかし、これもわずかの間でございました。そのときすでに、宵山は橋之助の子を身籠《みご》っていたのを当人も知らなかった。しばらくすると身体に変化が現われるのを遣《や》り手が見付けて主人の耳へ。主人は怒った。

この野州屋の楼主、権五郎《ごんごろう》というのは極悪非道な男。元をただせば斑猫《はんみょう》の権という名で、下野七珠《しもつけしちじゅ》が嶽《たけ》で山塞を構えていた大山賊。日光街道で一万両の御用金を奪い取った後、俺も今が盛りだが、これからは体力気力も衰えるだろう。今が潮時と思い定め、子分を集めて金を分配、足を洗って堅気になろうと申し合わせ、山塞を焼き払って自分は単身、江戸へ出て来て吉原一丁目の妓楼を買い取って楼主になりすました男だ。獣《けもの》の皮を脱ぎ捨てて、柔らかいものを身にまとったが、残忍非道な心は入れ替えられるものじゃありません。宵山を無理矢理に中条《ちゅうじょう》流の医者へ連れ立てる。腹の子は闇から闇へ葬られました。

中条へ行くと傾城《けいせい》安くなり。宵山はその後、身体が思わしくなくなった。我慢をして店に出るが、痛痛しく痩《や》せこけて陰気な顔をしているから昔のように客が付きません。ある日、機嫌を取りそこねて客をしくじった。野州屋には大切な客でしたから権五郎が激怒した。

いずれは上妓になって野州屋のためになる女と見込んでいた当てが外れた上にこの失態。可愛さあまって憎さが百倍、どうせもう売り物にならない、他の女郎へも見せしめというので、寒中丸裸にした上、手足を四つ手に縛り上げ、梁《はり》へぎりぎりと吊《つ》り上げておいて竹篦《たけべら》で打ち叩《たた》く。宵山は堪《た》えかねて、夢にまで見る恋しい橋之助の名を呼ぶと、権五郎の憎悪がまたつのりまして、宵山の口に轡《くつわ》のように手拭いを喰わせ、冷水を浴びせ髪をむしり立てる。

それでなくとも衰弱している宵山、すさまじい折檻《せっかん》に堪えられず、最後には息を引き取ってしまいました。

橋之助はこれを伝え聞いて、打ち倒れるほど悲しんだが、年季中は女にどのようなことがあっても異議はないという請状《うけじょう》を渡してあるのでどうすることもできません。泣く泣く亡骸《なきがら》を引き取って寺へ葬りましたが、さよのことをどうしても忘れることができませんので、それ以来仕事にも身が入らず、店の得意は減るばかり。橋之助を引き立ててくれていた職人も主人に見限りを付けて一人減り二人減る。終いには仕事をする気もなくなって、店を畳んでしばらくはぶらぶらしておりましたが、世話をしてくれる人があって、柳橋の亀屋《かめや》という船宿で働くようになります。気を紛らすために小船の漕《こ》ぎ方を習いますと、元より器用な質《たち》ですから、すぐに覚えて一人前の船頭で通る腕になった。

雪解けの草緑の色を発し、梅の便りも聞かれる季節でございます。

船宿は灯《ひ》ともし頃からが忙しくなります。その日も橋之助は遊客を柳橋から猪牙船《ちょき》に乗せて山谷堀へ。山谷堀の船宿に着くと、箱提灯《ぢょうちん》を持った若い者が吉原に遊客を送り込む。橋之助は一服しておりますと、船宿の女房が、

「橋さん」

「へい」

「ちょうどよかった。辰《たつ》さんが今、急にお腹《なか》が痛み出して困っているところだったんだよ。ご苦労だけれど、立花丸でお客様を柳橋までお送りしておくれ」

「辰はよほど悪いんですか」

「何か、下《くだ》らないものを口にしたらしいんだ。腰に力が入らないんだとさ。じゃ、頼んだ

よ」

「へい」

「お蒲団と煙草盆は船に運び込んで、出るばっかりになっているからね。お履物だけをお持ちしておくれ」

立花丸は猪牙船と違い、屋形船で、客はもう船に乗っております。橋之助は二足の草履を持って船へ。客は商家の旦那《だんな》風ですが頭巾《ずきん》のために顔は見えない。連れの女は柳橋の芸者とみえます。

すぐ支度が整うと、女房が船端《ふなばた》に手を掛け、

「ご機嫌よろしゅう。またお近いうちにどうぞ」

と、船を押し出す。

船は山谷堀を出まして大川へ。

吉原に行く船ではありませんから、急いで漕ぐことはないので、流れに沿って緩やかに船を流します。

三囲《みめぐり》を過ぎ、首尾《しゅび》の松に差し掛かったころ、

「……船頭さん」

内から芸者の声。

「へい……」

櫓《ろ》の手を止め、鉢巻を取って内へ。

「ようこそいらっしゃいました。また、今晩は暖かくて穏やかで何よりで――」

「旦那様が、ご祝儀をとおっしゃる。頂いておきな」

客は頭巾を取っております。

何気なくその顔を見た橋之助はびっくりした。恋しいさよをなぶり殺しにした野州屋権五郎だ。

「ご苦労だな。少ねえけれど、取って置きねえ」

顔も見ずに、紙にひねったものを橋之助の膝元に投げ出した。

「……へい、あ、有難うございます」

「なんだ、声が震えているじゃねえか、寒いのか？」

「いいえ……別段と……」

言葉を濁しまして、心の動揺を見られたくないものですから、すぐ立って用意の障子を持ち出して、屋形船の窓に断ち切ります。

その当時、屋形船の簾《すだれ》は、雨、雪、または波立つとき以外は巻き上げておかないとご法度でしたが、そこは船頭の才覚でどうにでもなる。船の中にも、ちゃんと障子が積み込まれています。船頭への祝儀は、勿論《もちろん》、その心で。

首尾の松のありますあたりは静かな浅草お蔵、対岸は向島、松浦《まつら》様のお座敷のありますうれしの森。人目離れた場所に船をもやいます。

「へい、ちょっと野暮用を思い出したので、用事を済ませて戻りやす。どうぞ、ごゆるりと――」

言い置いて船を降り、その場を外しましたが、独りになると激しい怒りがこみ上げて来た。

いとしい愛妻《めづま》を無残にも折檻して打ち殺した男が目の前にいて、栄華に明け暮れ歓楽に耽《ふけ》っている。これでは、さよが浮かばれまい。おのれどうしてくれようかと、蔵前通りに出まして、夢心地のうちに鰺切り庖丁を一丁買い求め、ぐるぐると山道の手拭いに巻き込んで懐ろに忍ばせる。

頃を見計らって大川に戻り、しばらく待っていると障子が細目に開きましたから、

「へい、お待たせしました」

と、船に乗り移る。

「まあ、急ぐこたあねえから、ゆっくりやってくれ」

けだるそうな権五郎の声。

もやいを解いて川中へ。ほどなく柳橋に着きますが、堀には着けません。そのまま、両国から永代へと漕ぎ出して行く。

気配に気付いたのか、

「船頭さん」

「……へい」

「ここは、どこだえ?」

「へい、間もなく柳橋でござりやす」

芸者は障子の間から外を見ている様子。気付かれちゃあ厄介ですから、中を窺《うかが》うと、権五郎は蒲団をかぶって寝ています。あたりに行き交う船はない。今だ、と思いまして、ぐっと一と漕ぎしてから、

「へい、ちょっとご免なさいまし」

中に入って、いきなり懐ろから鰺切りを引っこ抜いて、床に突き立てた。

「あれっ――」

と言うのを、

「姐《ねえ》さん、静かにしなせえ」

舳《みよし》の方へ追いやっておいて、権五郎が寝ている吉原枕を蹴飛ばした。

「わっ」

と、目を覚ます。

「……手前《てめえ》は誰だ?」

「忘れたか、宵山の亭主だ。権五郎、貴様はよくも腹の子までも闇から闇、挙句《あげく》の果てに

宵山をなぶり殺しにしやあがったな。今ここで可愛い女房の怨《うら》みを晴らすのだ」

手拭いで首を一巻き。

相手は寝覚めで身体の自由が利きませんが、元元、屈強の男。締められながらも、凄《すご》い力で振り解《ほど》こうとする。橋之助の腕が痺れそうになったとき、何を思ったのか芸者が飛び掛かって来て、権五郎に組み付いた。権五郎の利き腕を逆にねじり上げる。

不意を突かれた権五郎、くわっと目を見開き、

「……くっ、お、お前は宵山――」

さてはさよの霊魂が、見知らぬ芸者に乗り移って、俺に力を貸してくれるのかと、橋之助は百万の味方を得た思い。渾身の力を加えますと、さすがしぶとい権五郎も、身を震わしながら静かになった。

「……姐さん、済まねえ」

「なに、済まないことなんかないのさ。宵山さんと聞いてその気になったのさ」

「それじゃあ、宵山を？」

「知っているとも。わたしも元は野州屋にいたのさ。宵山さんとは朋輩《ほうばい》の仲だもの。宵山さんは気の毒だったねえ。思い出しても泣けてくるよ」

「そのお前がなぜここに？」

「権五郎に手を付けられたのさ。店に置くと何かと厄介なものだから、わたしを柳橋へ鞍《くら》

替えさせて、ときどきこうして呼び出されるんだ。顔をみても虫酸《むしず》が走る奴、だからと言って殺《あや》めるつもりはなかったのに——ああ、どうして大それたことをしてしまったんだろう」

「姐さん、話は後だ」

橋之助は再び櫓を張って、永代から佃《つくだ》の突端《とっぱな》、潮入中洲へ船を乗り入れる。船を汚しちゃありませんから、権五郎の身体をずるずるっと中洲に引き上げ、鰺切りでもって喉《のど》にぷつうりと止めを。まだ死に切れなかったものとみえて、どっと血が吹き飛びます。胸を二突き、屍体を蹴倒して船に戻ると、芸者は甲斐甲斐しく船の中を始末している。

「姐さん、さぞびっくりなさいましたろう。しかし、絶対ご迷惑をお掛けするようなことは致しません。これから、姐さんを無事柳橋へ送り届け、その足でお上に自首して出るつもりでございます」

「ちょっとお待ちよ。お前の気持は判るけれど、今、こんなものを見付けたんだよ」

蒲団の下からそっと取り出したのは南蛮皮《なんばんかわ》の財布で、開くと小判がざっと四、五十両の金が見えた。

「見たところ、お前だってまだ若いんじゃあないか。このままお召捕《めしと》りになれば獄門か遠島は知れている。二度と娑婆《しゃば》に出られる身体じゃあないんだよ。そうなりゃあ、わたしだって関わり合いだ。口を拭っていたところで、いずれ手を下したことが知れてしまうだろう。それよりも、この金さえありゃ何とかなる。もう一度花を咲かせたいとは思わないかえ？」

じっと、橋之助を見る。

芸者は男と肌を重ねたばかり、頰《ほお》のあたりにまだ血の色が残っていて、思わず橋之助の心が揺れ動いた。

「ねえ、さっき、権五郎の今際《いまわ》の言葉をお忘れでないやね。わたしには宵山さんが乗り移っているんだよ。わたしの中で宵山さんが、お前を欲しがっている……」

宵山と聞いて、橋之助は我を忘れて女の手を取って引き寄せる。女の身体が傾くと、膝が割れて雪のように白い肌が覗きます。強い風が吹いたと見えて、船の灯《あか》りがゆらゆら動いて暗くなる。

「……ねえ、橋之助さん。わたしだって権五郎を殺めたと同じこと。こうなったからは、死ぬならお前と一緒、どうぞわたしを捨てないで、一緒に連れて逃げておくれな」

この芸者は若鳴《わかしぎ》という名で、顔に似合わぬいい度胸をした女でございます。確かに、野州屋の女郎をしていたことはあるが、別に宵山と仲が良かったわけじゃあない。橋之助が権五郎を殺しにかかるのを見て、ああいけない、このまま権五郎が殺されれば、橋之助の顔を見たわたしも続いて殺されるに違いない。そう思った咄嗟《とっさ》の機転で橋之助に手を貸したのでございます。

この若鳴の手管《てくだ》に迷わされ、橋之助は次次と悪事を重ねます。

まず手始めに、若鳴が計って、野州屋へ二百両の金を強請《ゆす》りに行く。この首尾はまた明晩申し上げます。


「……ふうむ。こりゃあ、全く菊花屋殺しそのままだ」

と、夢裡庵が唸《うな》った。

神田伯馬は目鼻立ちの大きな、四十二、三の肥った男だった。

更藤の小僧は伯馬の高座が終るとすぐいなくなったが、以前先生は帰る気がしない。経師屋橋之助の殺し場そのままが実際に行なわれたという事件が気になって仕方がない。

楽屋に降りて来た伯馬は、以前先生達に軽く会釈《えしゃく》をしてから、若い前講が運んで来た湯呑を取り上げ、唇をしめした。

夢裡庵は独り言のように言う。

「……昨日の朝早く、中洲を通り掛かった釣船が葦の中に倒れている男を見付けたんだ。起こしてみると喉や胸を突かれているから、すぐ自身番に届け出る。調べてみると、その男は、日本橋通り左内町の炭屋で、菊花屋の主人源之助ということが判った。ところが、屍体の首に巻き付いたのが山道の手拭い、胸に差し込まれていたのが真新しい鰺切り庖丁。どうやら、下手人は源之助を締めた上、中洲に蹴込んで鰺切りで喉と胸を突いて止どめを刺したらしい」

伯馬はむずかしい顔をして夢裡庵の話を聞いている。

「ところが、自身番に講釈好きの男がいましてね、その男の言うことによると、今、神田伯馬という講釈師が得意として読んでいる経師屋橋之助という話がある。その中にある斑猫の権殺しの場がこれとそっくりだと言う。ただの偶然にしちゃあ道具が揃《そろ》いすぎているから、下手人はきっとその講釈を知っている上で、同じ手口を使ったのに相違ない。まさかと思ったんだが、こうして聞いてみると、なるほど菊花屋殺しとそっくり同じだ」

「菊花屋源之助という方に、怨みを持っている男がいるのでしょうか」

と、伯馬が訊いた。

「それだと話は早い。だが、そこだけが講釈とは違う。菊花屋源之助は権五郎のように極悪非道の男じゃない。反対に、大変人の良い好人物だそうだ。怪しいと言えば、子供のいない源之助が死んだ後、菊花屋の家は治兵衛《じへえ》という古くからいる番頭の思い通りになるらしいが、この治兵衛は源之助に大恩があるし、第一、船を漕げるような器用な男じゃない。菊花屋で働いていた女を女房にしたんだが、それを口説《くど》くときだって浄瑠璃《じょうるり》の文句をそのまま使ったという堅物だ」

「……とすると」

「そこで、伯馬さんに訊きたいんだが、この話は誰から教わったたね？」

「わたくしの師匠からでございますよ。わたくしは四代目ですから、三代目神田伯馬。三代目の師匠が演じていたのを、わたくしなりの工夫を加えて演じているのが、今の経師屋橋之助なのです」

「工夫──と言うと、人物を変えたりもするのか？」

「いえ、それはありません。わたくしの工夫は主に言葉の文《あや》で、人物や場面は、そのまま三代目譲りで演《や》らしていただいています」

「その、三代目は誰から？」

「経師屋橋之助は、師匠の作でございます」

「……なるほど、では、その拠《よ》り所となったものは？」

「昔の黄表紙だそうでございます。赤沢松葉作〈団子花其名権太《だんごはなのそのなはごんた》〉」

「えっ……」

今度は以前先生が驚いた。

赤沢松葉とは以前先生が昔使っていた筆名だ。とうに忘れかけていた黄表紙の題が、伯馬の口から出るとは思わなかった。

「原本はその黄表紙なのです。黄表紙ですから、山奥に住んでいた山賊がふとしたことから大金を持って江戸に出て吉原の楼主になりすます。ま、そこでぽっと出の田舎物の廓《くるわ》の失敗談を面白おかしく書いた、たわいないものでしたが、三代目はそれを元にして、この長い講釈に作り変えたのですよ」

「ううむ」

以前先生は感心した。

確かに伯馬の言う通り、以前先生が書いた黄表紙は短い滑稽《こっけい》話だ。それを一月も読み続く大作にしてしまった三代目伯馬は大した男だと思った。それにしても、経師屋橋之助の元が自分が書いた本だとは気付かなかった。

むら咲の辰三郎はにこやかに以前先生と伯馬を見較べて、

「こりゃあ私も初耳です。〈団子花其名権太〉がその元とはね」

伯馬は不審顔で、

「旦那、そんな昔の本をよくご存知ですね」

「それあ、よく知っています。その本を書いた赤沢松葉と言うのは、ここにおいでの以前先生のことですから」

「えっ……」

今度は伯馬が驚いた。

「いや、そうとは知らず、たわいないものだなどと申し」

「いやいや」

赤面する伯馬に、以前先生は手を振って見せた。

「本当にたわいないものだから仕方がない。何も先生が恐縮することなんかありません」

夢裡庵は四角な顔を不思議そうにして、

「では、以前先生、その話の元になるものは？」

と、訊いた。

「元になるものなど、ありゃしません」

と、以前先生は答える。

「全部、根も葉もない戯言《たわごと》ですわ。作者は空中に楼閣を築くなどと言うが、私の場合は空中にあばら屋をおっ立てたようなものでしたよ」

「では、斑猫の権の殺し場などは？」

「そう、そんな結構な殺し場や濡れ場を書いたことはありません。私の権太は、せいぜい欺されて、仲之町を逆立ちして歩き廻るぐらいのところでしたから」

「……すると、これは矢張り先代伯馬の作ったもの、ということになりますか」

「おっしゃる通りです」

と、伯馬が言った。

「しかし、作りものと申しましても、それなりに苦心はございますよ。実際にその場に足を運びまして、風景を頭の中に入れて置かなければ、お客様が目に見えるように話を聞くことができませんし、出て来る人物も、なるべく本物らしく演じなければならない。そのためには、その者の了簡になれと申しまして、まず心が出来ませんと、それらしい言葉が出て参りません」

「そこに、工夫が必要なわけだな。では、伯馬さん、この話を先代から聞いて覚えたのは、いつ頃でしたか？」

と、夢裡庵が訊いた。

「……大分前のことでございますな。もう、かれこれ、三十年も前になりましょうか。その時分、師匠はその他にも色色な新しい話を手掛けていました。これもその一つでわたくしは大変気に入っていたのですが、師匠の元気なうちは、この話を高座へ掛けたことがございませんでした」

「それは？」

「師匠が宥《ゆる》してくれなかったからです。その頃、わたくしはまだ若く経師屋橋之助のような生世話《きぜわ》物は荷が勝ち過ぎると判断したようです。ですから、覚えることは覚えても、人前で読んだことはなく、主に軍談や武芸物を手掛けていました」

「それで、伯馬さんが経師屋橋之助を読むようになったのは？」

「五年前、師匠が亡くなり、翌年わたくしが四代目を襲《つ》ぎまして、ふと、経師屋橋之助を思い出して高座に掛けたのが始まりでしたから、三年ばかり前のことでございます」

「それから今日まで、何度ぐらい読んだかかな？」

「さあ……一月置きに読んだとしても、年に六回。三年ですから、十八回。いや、実際には、もっと多かったと思います」

「……二十回として、今日のような大入りは別として、毎回、百人の人が聞いたとして……二千人か」

　菊花屋源之助殺しの下手人は、伯馬の経師屋橋之助を聞いている人間だと、夢裡庵は考えているようだ。しかし、それが二千人いるとすると、その方面からは簡単に下手人を割り出すことは難かしいようだ。夢裡庵は腕をこまねいて、

「今、以前先生が空中に楼閣を築くとおっしゃったが、今度の場合、絵空事が本当になってしまった。……以前先生、先生のご意見を伺いたいですな」

　以前先生はあわてて、

「いや、私にはまだ意見などありゃしませんですよ。さっきもお席亭と話をしていたところです。事件を講釈するのならよくある話だが——と」

　それとも、伯馬の芸が、神の域にまで達するほど見事だったので、何か判らぬ力が働き、現実の事件を引き起こしたのか、と言いそうになったが止《や》めにした。

　神田伯馬の芸は、まだそれほどまでではなかったからである。

　翌晩。以前先生が時刻を計ってむら咲に行くと、下足番が心得ていて、

「お席はちゃんと取ってありますから、しばらくお待ち下さい」

と、辰三郎の部屋に通される。

「あるじは楽屋に行っています。例の、富士様とご一緒でやす」

「……ほう、なかなか熱心だの」

部屋を見ると、昨夜も来ていた、更藤の小僧が、ちょこんと座蒲団の上に乗っている。

下足番が引き上げると、小僧と二人。以前先生は所在がないから小僧に話し掛ける。

「更藤の小僧さんだったね」

「へい。森林木十《もりばやしきじゅう》と申します。以後、お見知り置きを」

「森林木十？」

「左様《さい》でございます。字で書きますと、段段、森が裸になって行くような感じなんでございます。親が無学でございますから、そんな先細りみたいな名を付けたんでしょうね。あたしとしては気に入りませんので、本名をすっかりひっくり返しまして、十木林森《とおきりんしん》というのを雅号にしております」

以前先生は、なかなか面白そうな小僧だと思った。

「じゃあ、雅号で呼びましょうか。林森さん、講釈は好きかの」

「へい、お上手な先生の講釈なら、大好きでございます。お下手な先生のでは、ちょっと困りますが」

「神田伯馬は上手かな」

「もう一息でございましょう。ここだけの話ですが」

「昨夜《ゆうべ》の伯馬の出来はどう思ったかな」

「……お下手じゃあないんですが、矢張りもう一つ物足らないところがございましたね」

「どんなところが気に入らない？」

「へい。橋之助の憎しみが、もう少し強く出た方がいいんじゃないかと思います。ですから、殺し場全体の感じが粋《いき》になりすぎていました」

「粋じゃいけないかな」

「粋は結構なんですけれど、殺し場ですから、もう少し古風《いにしえぶり》に読んだ方が凄みが出ましょう」

「なるほど」

以前先生は心の中で舌を巻いた。とても小僧の口から出る言葉とは思えない。

「じゃあ、どうすれば凄みが出ると思う？」

「実際に人を殺してみると一番いいんですがねえ。もっとも、そりゃあ出来ない話ですが」

「林森さんは、ここで覚えた講釈を毎日ご隠居に聞かせるそうだの」

「左様です。ですから、昨夜は殺し場をもっとどろどろと、若鳴橋之助の色模様をもっとこってりといたしましたら、隠居は大層満足していました。少し聞かないうちに、伯馬もうまくなった、と」

以前先生は呆《あき》れ返った。この小僧は呉服屋になるより講釈師を志した方が大成するかも知れない。

「いつもそんな風にしてご隠居に聞かせるのかね」

「いつもじゃあございません。一昨日の伯馬先生の出来などは素晴らしゅうございましたから、手の入れ様がありませんでした」

「一昨日というと？」

「宵山の責め場でした」

「宵山の責め場はそんなに良かったかな」

「最近、稀《まれ》でございました。あたしの耳には、まだ宵山の泣き声が耳に残っておりますもの」

「……ひょっとすると、伯馬は女郎を折檻したことがあるのかな」

「講釈師の先生も大変でございますね」

「林森さんも大変だろう」

「なあに、あたしは隠居から木戸銭を貰《もら》うのを楽しみにしていますから」

「ご隠居は木戸銭を下さる？」

「へい、わずかなものですが頂いております。隠居はこう申します。話というものは只聞いてはいけない。話す方も聞く方も張り合いがなくなる、と」

　そのとき、下足番が迎えに来た。

　その夜は裏からではなく、表の階段を二階へ。

　客席は満員だった。

　中座読みが終えた後で、客席はざわついている。

「ご免下さりやせ、ちょっと……ご免下さりやせ」

　下足番は客を分けて、高座の前の方へ進む。右側の壁に長火鉢が置いてある。楽屋から前講が出て来て、下足番と二人、

「よいしょ」

　長火鉢を楽屋に運び込むと、ちょうど二人分の空席ができた。

「どうぞ、ごゆるりと」

　以前先生と林森は座蒲団をあてがわれて座に着いた。

　間もなく、神田伯馬が高座に現れる。

　前夜に引き続き、経師屋橋之助と柳橋の芸者若鳴のからみがあって、次は野州屋強請《ゆす》りの場だ。そこに、斑猫の権の元の子分が登場するから、話の筋はますます面白さが加わる。若鳴も毒婦の片鱗を見せたりするのだが、高座の伯馬は何か生彩がない。

　それでも、一般の客は充分に満足した様子で、伯馬が高座を終えるまで、立つ者はいな

かった。

「今日の伯馬をどう思うな？」

以前先生は伯馬が引っ込むと、そっと林森に訊いた。

「……先生、何か気にしているようですね。何か落ち着きがございませんでした」

「原因は何だろう」

「今日も楽屋に八丁堀の旦那が聞いているんじゃありませんか」

「昨夜もそうだった」

「今日は違うんです。八丁堀の旦那は、伯馬先生が橋之助の了簡を知ろうとして、本当に人を殺してしまった、そういう疑いで楽屋にいるんじゃないでしょうか」

以前先生は、すいと立ち上がった。

「林森さん、お前も一緒に楽屋へおいで――」

本郷一丁目「天庵《てんあん》」という蕎麦《そば》屋。

以前先生、夢裡庵、林森の三人が奥の座敷で卓袱《ちゃぶ》台《だい》を囲んでいる。

以前先生は林森の蕎麦の食べ方を面白そうに眺めながら、夢裡庵を相手に一杯飲《や》っている。

林森はもりを注文したが、まず、一枚だけ持って来させ、一箸《ひとはし》をそのまま口へ。二箸目

からたれを付け、三箸目からはたれに薬味を入れる。二枚目は熱《あつ》もりを注文し、

「玉《ぎょく》を一つ奢《おご》って頂きます」

たれに卵を割り込んで、うまそうに手繰《たぐ》り始めた。

「いつも、そんな風にして食べるのかね」

と、以前先生が訊いた。

「家《うち》の隠居の真似でございます」

と、林森が言った。

「こうして頂きますと、同じもりでも味が色色に変わりますから、楽しゅうございます」

以前先生は横目で夢裡庵を見た。

むすっとした表情だった。この、荒木無人斎流柔術の達人は、こうした小細工が嫌いに違いない。

「食べ物一つ見ても、昔とはかなり違って来ました」

と、夢裡庵が言った。

「物を食するのは、身体に精気を与え、血肉を作るため。ですから、滋養のある物を過不足なく食すだけでよい。だが、近頃ではただ口当りを尊び、蕎麦を糸の如《ごと》く細く切り、美しく器に盛り飾る……」

「講釈も同じことですよ」

と、以前先生が言った。

「私が子供の頃、講釈は〈太平記読み〉などとも呼ばれていました。実際、本を持ち出して読んでいたものです。内容も軍談、ご記録読みと武張ったものが多かった。ですが、いつの頃からか、講釈は本を離れ、物語中の老若男女の語韻を使い分けるようになりました」

「伯馬の経師屋橋之助にしても、昔では考えられんような筋立てですね」

「しかし、そうした生世話物にでも、粋過ぎては面白くない、古風を求めている人もいるのですよ」

「ほう……」

「この、林森さんなどもその一人です」

夢裡庵は不思議そうな顔で林森を見た。

林森が蕎麦を食べ終ると、頃合いを見計らったように、天庵のおかみが酒と湯桶《ゆとう》を運んで来た。小柄だが、目の大きい、口元に愛敬《あいきょう》のある美人だ。

林森は残りのたれに湯桶を注いでうまそうに飲み終る。

「さあ、木戸銭代わりの蕎麦を食べ終ったら、話をしてもらおうかな」

と、以前先生が言った。

「それでは、一番良かった宵山の責め場でも読みましょうか」

以前先生は苦笑して、

「いや、お前の講釈を聞こうというんじゃない。お前は伯馬の高座が終った時、伯馬が橋之助の了簡を知ろうとして、本当に人を殺してしまった、と、この夢裡庵さんが疑っているんじゃないかと言ったな」

「……何だ、あたしから聞きたいというのはそんなことでしたか」

「そうだよ」

「ですから、その疑いは間違っている、と申しました」

夢裡庵は太い指で猪口《ちょこ》をつまみ、一息で酒を飲み干す。

「どうして間違っているということが判った？」

「それは……伯馬先生の殺し場が、もう一つ物足らなく思ったからでございますよ。折角、芸を磨くために人殺しまでしたのなら、もっと橋之助に殺気がみなぎっていてもよさそうな気がしたからでございます」

「……なるほどな」

以前先生はにこにこ笑っている。

「私もそう思った。だから、あわてて楽屋へ行き、夢裡庵さんを無理にここへ連れて来たわけです」

「では、菊花屋源之助を殺した下手人は、なぜ経師屋橋之助の殺し場に似せたのでしょう」

と、夢裡庵が以前先生に言った。

「それを聞くために、林森さんに蕎麦を馳走しているのですよ」

「……この小僧に、それが判りますか」

「判るか判らぬか、とにかく、林森さんに訊いてみましょう」

以前先生は林森の方を向いた。

「つまり、それが訊きたいんじゃよ」

林森は目をくるりとさせる。

「昨夜、家の隠居も同じことを言いました」

「ほう、ご隠居に話したのか」

「へい」

「で、何と言っていたな？」

「――多分、お前の推量は正しい。しかし、外で滅多に喋ってはならぬ、こう申しました」

「ご隠居がそう言うのはもっともだ。しかし、ここにおいでの夢裡庵さんは話の判るお人だ。お前が喋っても、関わり合いにはしやあしない」

「……それでは言いますが、あたしが考えたのは、菊花屋のご主人を殺した下手人は、きっと、ご主人に怨みなどなかったんじゃないか、ということです」

「ほう……菊花屋源之助を怨んではいなかった？」

「ええ、反対に、ご主人から大恩を受けた人の仕業《しわざ》じゃあなかったか」

「……それは？」

「つまり、下手人は、菊花屋さんを憎んではいないのに殺さなければならないような立場に立ってしまったんです。けれども、菊花屋さんを憎んではいないものですから、なかなか殺すなどという気持が起こらない。そんな気持で事を起こし、思わぬところで手心が加わり、為損《しそこ》なっては取り返しが付かない。血も涙もない大悪人では、こんなことは考えませんから、下手人はきっと気の小さな人だったんでしょうね」

「…………」

「あれこれ思い悩んでいるとき、思い出したのが、伯馬先生の経師屋橋之助だったんです。今、評判の講釈ですから、きっとどこかの席亭で聞いたことがあったんでしょう。ご存知のように、橋之助が悪に走るきっかけ――一番初めは斑猫の権を殺すのですが、その原因というのは、不運な火事に遭って、仕方なく大切な恋女房を女郎にさせたのが無念。自分と愛《いと》しい女房の間に出来た子までが陽の目を見ずに闇に葬られてしまい、果てには女房もなぶり殺しにされてしまうという、誰が聞いても、腸《はらわた》が煮えたぎるような憎しみからでした。菊花屋さんを殺そうとして、なかなかその気持になることができなかった下手人は、その橋之助の憎しみを思い出し、こう思ったでしょう。ああ、自分も橋之助のようであったら、何のためらうこともなく菊花屋さんを殺すことができるのになあ、と」

「……それで、自分をそう思い込ませたんだね」

「そうです。菊花屋さんを野州屋権五郎に見立て、自分は経師屋橋之助だと思い込むようにしたのです。すると、菊花屋源之助は締め殺しても飽き足らない男、に見えてきたわけなのです。その気持は、最後の最後になっても変わってはいけませんから、橋之助と同じ方法を使ったに違いございません。まず、山道の手拭いで首を締め、相手が動かなくなったところを、鯵切り庖丁で止どめを刺す……」

「そ、そんなことをする人間は？」

と、夢裡庵が言った。

「普段は極《ご》く気の小さな人のようですね。例えば……女を口説くときでも、自分の口では言えない。芝居や浄瑠璃の台詞《せりふ》を覚えて、そのまま言う、といった」

夢裡庵は、ぬうっと立ち上がった。

「小僧――あいや、十木林森どの。以前さんが飲み終るまで、もう少しお相手をしていて頂きたい。拙者は菊花屋に行かなければなりません」

そう言うと、夢裡庵はあたふたと店を飛び出して行く――

十木林森の言う通りだった。

菊花屋の番頭、治兵衛に向かい、夢裡庵が「どうだ、お前《めえ》の若鳴さんは、権五郎の腕にむしゃぶり付いたか」と凄みを効かせて言うと、治兵衛は真っ青になり、問い詰めると全てを白状した。

下働きから治兵衛の女房になったしかというのが悪い女で、運の良いのにのぼせ上がり、菊花屋まで自分達のものにしようと、治兵衛をそそのかし、源之助殺害を企んだのだという。

夢裡庵の判らないことも明らかとなった。

源之助殺しの場所は稲荷橋の附近で、そこから治兵衛は屍体を大川に投げ捨てたものだが、潮の加減で佃の潮入中洲に流れ着いたのである。たまたま、それが伯馬の経師屋橋之助、斑猫の権殺しの場所と重なった。夢裡庵はそれを、不思議な因縁などと言うことを嫌ったが、そのために下手人捜しの目が曇らされたと、後後まで口惜《くちお》しがっていた。

南蛮うどん

「えー、桜草や、桜草……」

荷《にな》い売りの植木屋は鄙《ひな》びた調子。

「筍《たけのこ》はいかが。蓮根も候、慈姑《くわい》や慈姑……」

と、野菜売り。

「三国一のみぞれ糖、こりゃこりゃこりゃ、甘い甘い甘い……」

雛の祭が終ったばかり。日毎《ひごと》に陽差しが明るく暖かくなって、街道の荷い売りの呼び声も一段と威勢が良い。

御成街道、紺地に藤菱《ふじびし》の紋を白く染め抜いた暖簾《のれん》を張った更藤の店の前。林森《りんしん》が打ち水をしていると、いつ店から出て来たのか、せいがびっくりしたように植木屋を見送っている。

「あれ、あんな野花が売れるのかいね」

荷籠《にかご》の中には素焼の小鉢に薄紅色の小さな花が小ぢんまりと植付けられている。

「買う人がいるから、売る人がいるのさ」

　と、林森は言った。

「わしらの村じゃ、川辺にただで咲いているだよ」

　せいはこの三月、お目見得が済んだばかり。年齢は林森と違わないが、相模《さがみ》の田舎から初めて江戸に出て来たので、何を見ても珍しい。二、三日前には帰国の大名行列が続き、いちいち説明してやるのに骨を折った。もっともせいばかりではない。林森は行列を見るだけであの道中は何何様、本国や居城、知行高や家系まで言うことができるので、誰からも武鑑代わりだと重宝がられている。

「木十《きじゅう》どん、生薬屋《きぐすりや》はどこだかの」

　どうやら、使いに出されたようだが、せいの呼び方が気に入らなかったので黙っていた。

　せいはすぐ気が付いて、

「そうそう、林森さん」

　と、言い直した。

「何だい」

　振り返ると、せいは首を傾《かし》げた。

「林森とは子供らしくねえ名だな」

「名じゃねえ、俳諧の雅号だ。この間も教えたろ。正しくは十木《とおき》林森という」

「俳諧をやりなさるか」

「ああ。大旦那様が教えて下さるんだ」

「大旦那様は林森さんがお気に入りらしいね」

「早く行って来な。石霊園《せきれいえん》なら二つ目の通りを右へ三軒目だ」

「はて……」

「だったら、馬銭《まちん》だろ。この間から鼠《ねずみ》が出ると奥で騒いでいたから」

「そう、マチン、マチン……」

せいはつぶやきながら陽光の中を駈けて行く。

店の中から声がした。今度は自分が使われる番だろう。更藤では現在、林森と呼んでくれる人間は大旦那とせいしかいない。

「おい、木十」

林森は手桶《ておけ》を下げて暖簾の中に入る。

帳場格子の中にいる番頭が林森を見て、筆の尻で肩越しに奥を差した。

「大旦那がお呼びだよ」

「へい」

「いま、せいと喋っていたようだな」

「石霊園を教えていました」

「それならいいが、あまり変な智恵を付けるんじゃありませんよ」

「へい」

奥座敷に行くと、藤十郎《とうじゅうろう》は煙草入れの叺《かます》に叶屋《かのう》の五匁玉を詰めているところだった。とうに店は息子に譲って楽隠居だったが、大柄で髪も多く、とてもその年齢には見えない。気が向くとどんな遠くへでも独りで出掛けて行く元気。ただ、気が短くてそそっかしいのが玉に瑕《きず》で、去年の年の暮、二階から転がり落ちて足を挫《くじ》いた。傷の方は大したことはなかったが、それ以来、小僧を付けないと家の者が外へ出してくれないようになった。それで、外出のときはいつも林森が呼び出される。もっとも、それは表向きで、元気な藤十郎はどんな悪所《あくしょ》へ足を運ぶか判らない。家の者は林森に監視の役を負わせているのだ。

「出掛けるよ」

藤十郎は林森の顔を見て、煙草入れを博多の帯に差す。

「花にはまだ少し早いようです」

「なんの、花より団子さ。鍋町《なべちょう》に行く」

「阿波大夫《あわたゆう》のところですか」

「うん」

「また、富本《とみもと》をお始めになりますか」

「いや、富本はどうも性に合わないからもうやらない」

林森は内心でほっとした。藤十郎は一時富本に凝ったことがあるが、どうも覚えが遅い。稽古所で待っている林森の方がすっかり覚えてしまい、店を閉めてから、夜中迄《まで》稽古を付き合わされたことがあった。

「日本橋旗町の雁金屋《かりがね》を知っているね」

と、藤十郎が訊いた。

「はい、海苔《のり》問屋の雁金屋さんですね」

「その総領に与司郎《よしろう》という若旦那がいる」

「へえ」

「それが、ちょっとしたどら息子でね。今、雁金屋を飛び出して、阿波大夫の二階に転がり込んでいるんだ」

「すると、若旦那は大夫になるつもりなんですか」

「なに、雁金屋で宥《ゆる》しやしないだろうし、第一、わたしより声が悪い」

「……それはお気の毒で」

「その、与司郎さんから、さっき使いがあってね、珍しい物が手に入ったから、ぜひ、更藤さんにご馳走《ちそう》したいという。伏町《ふせちょう》の頭《かしら》や、以前《いぜん》先生もお呼びしてあるそうだ」

「伏町や以前先生なら、わたしもよく存じております」

「ということは、裏が見えるな」

「つまり、大旦那様や、頭に声を掛けて、若旦那と雁金屋さんの仲を取り持ってもらいたいんでしょう」

「そうだ。多分、そんなことだ」

奥座敷から店へ。番頭や手代の声に送られて外へ出る。

陽気が一時に良くなったせいもあって、気の早い花見客が目に付く。稽古事の連中らしい揃いの日傘、手拭い。若い女が十人、二十人と擦れ違う。上野の山は禁酒の地で、酔っ払いがいないので女子供が安心して花見を楽しめる。

藤十郎と林森は上野を背にして御成街道を下り、筋違《すじかい》橋御門を抜けて須田町に出る。通《とおり》新石町《しんごくちょう》に入ったところで、

「あら、更藤さんじゃありませんか」

声が追って来た。

見ると、浜縮緬《はまちりめん》の鼠の立涌《たてわく》に、黒繻子《くろじゅす》の帯、髷《まげ》は小ぶりの丸髷に結った、小柄だが目の大きな女性だった。

「これは……照月《てれつく》さん」

「木十どんはお供ですか」

如才なく声を掛けられ、林森はぺこりと頭を下げる。

本郷一丁目の天庵《てんあん》という蕎麦《そば》屋の女主人。若いときには富本の名手で、いずれその道で

身を立てようとしていたのだが、天庵の主人に見初《みそ》められて蕎麦屋の嫁になった。二、三年目、天庵の主人が死んでからは、一手に店を切り盛りしている女丈夫だ。富本の名が照月《しょうげつ》。天庵に来てからは天照月《てんてれつく》となってしまい、誰も照月とは呼ばなくなった。それほどのお祭好きでもある。

「当てましょう。阿波さんのところですね」

「おや、照月さん。この節は人相も見なさりますか」

照月の歯が漆黒にきらりと光る。

「実は、わたしもその口なんですよ」

「すると、あなたも珍物とやらの餌《えさ》に引き寄せられたわけですね」

「仕方がありませんわ。雁金屋さんには主人がずいぶん世話になりましたから」

「ところで、与司郎さんはだいぶ固くなりましたか」

「だといいんですけれどねえ。当人はそう言っています。けれども、あの女を諦《あきら》める気は毛頭《てん》からないようですわ」

「あの女……与司郎さんには女がいたんですか」

「あら、ご存知ない？」

「初耳です」

「でも、若旦那が吉原の京町一丁目、岡本屋《おかもと》に入り浸っていたことはご存知でしょ」

「ええ。だいぶ金をつぎ込んだようじゃありませんか」

「その、岡本屋の朝霧《あさぎり》という女に、若旦那が熱くなっているんですよ」

「冷める気配はありませんか」

「ありませんねえ。人の意見は悪《あ》しく聞き、塞《せ》かるればなお募《つの》り、という最中です」

「で、雁金屋の方は？」

「一時は大旦那が激しく言ったので、若旦那が家を出るようになったのですけれど、さて、いなくなってみると、親ですねえ。取り分けてご新造《しんぞ》さんが心配して、最近、大旦那もかなり弱気になっているようです」

「雁金屋の次男はまだ小さいですからね」

「若旦那としては、この辺りでわたし達を仲に入れれば、自分の言い分がかなり通るんじゃないかと踏んでいるわけです。おや……」

照月は前方に目を止めた。

「伏町だわ。伏町も阿波大夫のところね」

伏町の頭、為吉《ためきち》は図抜けて背が高いので遠くからでもすぐ判る。林森も為吉が鍋町の角を左に入って行く姿を見た。

「伏町が仲に入れば、大体纏《まと》まるでしょう」

と、藤十郎が言った。

阿波大夫の家は鍋町の表長屋、二階家で磨き抜かれた格子戸の横に「富本御稽古所」という小ぶりの看板が掛かっている。林森が手を掛ける前に格子戸が開いて、色白の若い男が顔を出した。

「お待ち申しておりました。今、以前先生と伏町がお見えになったところです。どうぞ、お上がり下さい」

「若旦那は？」

と、藤十郎が訊く。

「ちょっと、八百屋迄。唐辛子《とうがらし》などが切れていましたので」

「なかなかご趣向があると見えますね」

「それは後のお楽しみです」

与司郎は奥に声を掛けて通りに出た。

唐桟縞《とうざんじま》の着流し、七五三五分《しちごさんごぶ》廻しという身幅の狭い仕立てで、歩くと裾《すそ》が割れて白い脚がちらちら見える。身形《みなり》から見るとあまり固くなったようではない。

玄関に阿波大夫の女房が出て来て、三人は中に通される。奥の座敷に阿波大夫と向き合って、大柄な為吉と小柄な以前先生が夫婦茶碗《めおとぢゃわん》みたいな形で並んでいる。

林森は先客の二人に挨拶してから、そっと勝手に廻った。竈《へっつい》の上の大鍋が盛んに沸騰していて、内弟子のきぬが鼈甲《べっこう》色をした乾麺《かんめん》を器用な手付きで振り入れているところだった。

「何か、手伝いましょうか」

「あら、助かるわ。じゃ、お膳を揃えて拭いて頂戴」

きぬは普段話す声から美声だった。二年前には、これが更藤に新しく来たせいと似たり寄ったりだったとはとても思えない。

「ご馳走は、饂飩《うどん》かね」

「でも、ただの饂飩じゃないのよ」

きぬはお三輪の髷に手を上げ、落ちそうになった銀の耳掻き簪《かんざし》を差し直した。

「唐人が食べる饂飩ですって」

「まあ、雁金屋の方は、わたしが掛け合えば、難かしくはねえと思うんですが」

為吉の大きな声が勝手に筒抜けに聞こえる。変にしゃっちょこ張った調子だ。

菊五郎《きくごろう》為吉とも呼ばれている。親の代から尾上《おのえ》菊五郎の贔屓《ひいき》で、背中に菊五郎が扮した花川戸の助六《すけろく》の彫物があるからだ。小さい頃から並外れて身体が大きく力が強かった。当人は相撲《すもう》取りになりたかったのだが、一番組の頭を襲《つ》がなければならなかったので断念したという。

「実は、若旦那の他に、朝霧にゃ起請《きしょう》まで交わした男がいましてね」

と、為吉は難かしそうに言った。

「ほう……それは与司郎さんは知っているんですか」

これは、以前先生の声だ。

「薄薄は知っているでしょうが、岡本屋へ行って、そっと朝霧の朋輩に当たってみましたが、なかなかこれが容易じゃねえんです」

「すると、朝霧の方が熱熱《あつあつ》なんですね」

「そうです。もっとも、相手の男は回向院《えこういん》裏に住む徳次《とくじ》という指物師で、これは左程じゃありません。巡り合わせのいい奴ですが、あまり楽とも思えませんから、手切れを弾《はず》めば喜んで手を引いてくれるでしょ」

「それで、朝霧がうんと言うかな」

「そこです。朝霧はのぼせている最中ですから、とても尋常じゃあいけません。こんなことは思い切った手段がいいんで、これは以前先生の役だと思うんですが」

「ほう、わしに何かできますか」

「先生は有名な蘭方のお医者さんですから信用がある。朝霧のところへ行って徳次は死んでしまった、と言ってくれませんか」

「……しかし、生き死にの嘘《うそ》というのはどうも」

「それが、一番手っ取り早いんです。相手が死んでしまえば、どうすることもできませんからね」

「しかし……生木を裂くようなことは」

「朝霧のためにもそれがいいんです。惚《ほ》れた腫《は》れたは一時のもんでしょう。貧乏職人の嬶《かか》になったところで、忙しいだけでいいことはねえと思いますがね」

「そりゃ、そうかも知れんが、どうも死んだなどという手荒なことは」

格子戸が開く音がした。与司郎が帰って来たようだ。以前先生はあわてて言葉の調子を変える。

「じゃあ、頭。そのことはわしに委《まか》せてもらいましょう。なんどりと言って聞かせます」

与司郎はすぐ勝手へ来て、風呂敷包みを放り込むと座敷の方へ戻った。風呂敷包みから大根が覗いている。

「今、例のことで皆さんと話していたところですがね」

と、為吉から与司郎に言っている。

「ご本家の方じゃ、大層あなたのことを心配しておりますよ。若旦那がそうまで言うんでしたら、朝霧の身請《みう》けとまでおっしゃって下さいました。焼野の雉夜《きぎす》の鶴、親が子を思う心は有難いじゃあありませんか」

だったら、こうならぬうち最初から首を縦に振りゃよかったなどと言い兼ねない与司郎だが、流石《さすが》今日はしおらしくうなずいているようだ。

「それじゃと言って、廓《くるわ》から朝霧をすぐお店にというわけにもいかねえ。いかがでしょう。

そうと話が決まったら、朝霧を一時、更藤さんのところへ置いてもらうわけにゃいかねえでしょうか」

「行儀見習いということですか」

と、藤十郎が言った。

「そうです。どう考えても、あたしの家や、阿波大夫の家では手狭でしてね」

「よろしいですよ。家でよかったら、花魁《おいらん》の十人や二十人、すぐ引き受けましょう」

林森は驚いた。それでは更藤が女郎屋になってしまう。

「更藤さんがそうおっしゃって下さいましたら、大船に乗ったも同然です」

「なに、大したこともできませんが、雁金屋さんと職種は違っても、そこは商人ですから、商家の嫁の心得ぐらいは教えることができましょう」

「といって、若旦那。事が万事うまく行くと、ここでのぼせてはいけませんよ。嫁を迎えれば一人前、今迄の了簡を入替えて、身を固く保ち、親には孝行――」

と、為吉は一通りの説教をしてから、しゃんしゃんしゃんと一本締めの手打ち。すぐ、与司郎は勝手に顔を出す。欣欣《きんきん》とした表情を隠すことができないでいる。

「やあ、木十どん。今日はお前もお客様だよ」

「お膳を出しましょう」

「いいから、座敷の方へお行き」

「でも――」

「楽屋にいられると、こっちが困るんだよ。さあ、早く」

押し出されるようにして、林森は末座に坐る。しばらくすると、阿波大夫の女房ときぬが手分けをして津軽唐塗りの膳を運び出す。酒が添えられる。

勝手で何か指図していた与司郎も膳の前に着くと、すぐ料理が運ばれる。

「この前みたいのじゃないでしょうね」

と、為吉も打ち解けた調子になった。

「初めて食うのはいいが、この間の、オットセイの塩引きや、ミノムシの定家煮《ていかに》にゃびっくりしましたね」

「なんの、今回はそんなゲテじゃごわせん。南蛮渡りの珍品です」

与司郎は得意そうに言う。

前菜は季節の菜でごく普通だが、向こう付けに趣向があるらしい。林森は椀の蓋《ふた》を払って中を覗いた。一見、変哲のない饂飩に酢醬油が掛けられ胡瓜《きゅうり》が添えられている。

「おや？　この饂飩にゃ、穴が開いてるぜ」

箸で饂飩をつまみ上げた為吉がびっくりしたように言った。

饂飩の餡《あん》掛けに、饂飩と海老椎茸《えびしいたけ》の小鍋。饂飩の鴫《しぎ》焼きと料理は饂飩ずくめ。ギヤマンの杯に赤いチンタの酒が廻されると、林森も南蛮人になったような妙な気分になった。

「こりゃあ、なかなか旨《うま》いですよ。こうして見ると、穴のねえ饂飩は小町だ」

為吉も気に入ったようで、変なことを言いながら片端から饂飩をすすり込む。

それを見て、与司郎は満足そうににこにこして、きぬに茹《ゆ》で上げる前の乾麺を持って来させて皆に見せた。

「この材料は同じ饂飩粉でしてね。まあ、南蛮の乾麺というところですが、穴を開けたことには理由《わけ》がありまして、第一に茹でて芯になることがない。第二にたれのからみがいい」

藤十郎はしげしげと南蛮饂飩の切り口を見て、

「しかし、よく綺麗に穴を開けたものですね。どうしてこんな穴が作れるんでしょう」

為吉は碌《ろく》に考えもせずに言う。

「穴なら錐《きり》で開けるさ」

藤十郎はくすりと笑って、

「この乾物は石みたいに固いですよ。錐でこんな穴が開きますか」

「なら、竹輪《ちくわ》と同じだろう」

「竹輪？」

「そう、竹輪。前に職人が作っているところを見たが、面白かったね。ありゃ、竹に饂飩粉の練った奴を巻くんです。そうして置いて、竹をすぱっと引き抜く」

「それにしてもこの穴は細いですよ。長さだって竹輪よりはずっと長い。そんな細くて節もない竹がありますかねえ」

「南蛮にゃ、あるだろうさ。ねえ、先生」

為吉は面倒になったようで、以前先生に難問を押し付けると、ギヤマンの杯に手を伸ばした。

「さあ、そんな竹は知りませんね」

「先生は昔、長崎にいらしったことがあるんでしょう」

「長崎なら長崎チャンポンですかな。でもその麵に穴はありませんでした」

「天庵さんなら麵の専門でしょう。この、作り方が判りますか」

藤十郎はこういうことになるとしつっこい。好奇心が旺盛なのだ。

照月はちょっと首を傾げてから、

「これと同じかどうかは知りませんが、そういう技術は昔からありました」

「そりゃ、本当ですか」

と、与司郎がびっくりしたように言った。

「昔、内の主人が習ったことがあると、打って見せたことがありましたわ」

「……矢張り、紐革《ひもかわ》のようにしたものを丸めて？」

「そうじゃなくて、手加減で出来てしまうんですよ。麺の作り方は三通《みとお》りあると聞いています。蕎麦のように生地を伸《の》して切る方法、それから、索麺《そうめん》のように生地を引いて行って細くするやり方、最後に、心太《ところてん》のように、小穴から突き出す方法。その三つです」

「それで、麺を管に作るのは？」

「わたしの知っているのは、二番目の方法です。紐に刻んだ生地に菜種油を薄く塗りながら手で引き伸ばすんです。すると、手の加減で自然に管が通ります。主人はこれを索餅《むぎなわ》だと言いました」

「手妻《てづま》みたいですね」

与司郎も感心したように身を乗り出す。

「それを店には出さなかったんですか」

「ええ。とても難かしいので、若い者に稽古させても、どうしてもできなかったからです。店に出すとなると主人の腕だけではとても間に合いません。それで、主人はその勘を忘れないように、ときどき思い出しては打ってみるだけでした」

「すると、今、それが出来るのは？」

「広い世間にはおいでかも知れませんが、同業者の中にも聞いたことがありません」

「それは、残念ですね。この南蛮のものも、それでしょうか」

「それで、さっきから考えていたんですけれど、主人が打ちましたのは、もっとずっと細い麺でした」

「なるほど、江戸前ですね。それじゃ、最後は盛り仕立てでいきましょう」

小ぶりの蒸籠《せいろう》が運ばれる。蕎麦猪口《ちょこ》に薬味を盛った小皿。

与司郎は猪口に薬味をたっぷり加え、箸《はし》で麺の急所をつかむと、ちょっとたれに浸しただけで口に入れて歯を立てない。猪口と口と喉と胃袋が麺で一繋《つな》ぎになるといういなせな姿で、蒸籠がまたたく間に空になった。

為吉も負けてはいない。与司郎を横目で見て、これも一息。ちょうど麺の方が自分で口の中に踊り込んで行くような食べっ振りで思わず、音羽《おとわ》屋と声を掛けたくなる。

林森も続いて麺をたぐり込む。なるほど、与司郎が講釈した通り、たれのからみが良く、喉越しが爽やかだ。

「ほう、木十どん、なかなか見事だね。更藤さんの仕込みかい」

と、与司郎が言った。

藤十郎は笑って、

「さあ、林森や。お前もご膳を頂いたのだから、前座に何かやりなさい」

林森はちょっと茶をする。

「そうだろうと思って待っていました。ではご祝儀に〈老松《おいまつ》〉でも」

「ばかを言いなさい。本職のいらっしゃる前で図図しい。それよりも、芥子之助《けしのすけ》を見て来て覚えたのをおやり」

「へい。お好みとあれば勉《つと》めさせていただきます」

林森はちょっと膳を離れ、空になった三本の徳利《とっくり》を前に並べた。

「東西――さてこの度は、三本の徳利の曲芸でございます。徳利は空中にて変幻自在。早い手玉や品玉の、品よくかよう綾襷《あやだすき》、掛けて思いの鹿《か》の子玉、空けて惜しき玉手箱、お囃子《はやし》に乗りまして、まずはお染久松《そめひさまつ》通いの徳利から」

阿波大夫の女房が心得て三味線を引き寄せ「竹に雀」を弾き出す。林森は三本の徳利を両手に分けて持ち、呼吸を計って一本ずつ空中に投げ上げて乱取りの芸に掛かった。三味線が鳴り出して座が盛り上がる。林森の曲芸が終ると為吉が立って、斜に鉢巻を結び、傘を持ち助六を踊り始めた。与司郎は屏風《びょうぶ》の陰で何か仕度をしていたが、為吉の芸が済むと入れ替わって、

「東西――さてこの度は、魔醯首羅《まけいしゅら》王の術。四国の山中に異形《いぎょう》の者あり、その形人に似て三つ目青く光り、口に火を吹きそのゆくこと飛ぶ如《ごと》く、その化け物を現わし見せまする」

と、何やらわけの判らぬことを言い、屏風の陰から燭台を持ち出した。懐中から白紙を取り出して蠟燭《ろうそく》の火に翳《かざ》し、焔《ほのお》になったところをぱくりと口に入れる。火を食すこと三、四度、最後には燭台から蠟燭を外すと、火のついたまま、むしゃむしゃと食べてしまった。皆が度胆を抜かれていると、与司郎は一時屏風の中に入ったが、すぐ屏風を開く。すると、

屏風の薄暗がりに、不思議な化け物が現われた。

青光りする両眼の他に、額《ひたい》の中央にも同じ目がある。口は赤く、せわしく息をする度に火の粉が吹き飛ぶ。この世のものとは思われない異様さに、林森は一瞬ぞっとした。

与司郎は心得たもので、長い時間化け物を見せておかない。皆があっと言った瞬間にはもう屏風を引き廻し、元の顔になって屏風から出て来て、

「さあ、今度は照月さんの番です。久し振りに良い喉を聞かせて下さいな」

と急《せ》き立てた。

「若旦那の魔醯首羅王を見せられたんだから、わたしも何か出さなければね」

照月は阿波大夫に軽く頭を下げると、阿波大夫はすぐ三味線の調子を合わせる。

だが、誰も照月の富本を聞くことはできなかった。

急に、与司郎の工合がおかしくなったからだ。

最初、与司郎は胸苦しそうに胸へ手を当てていたが、そのうち膝が崩れ、

「火を食ったので当たったのかな」

冗談を言ううちはよかったが、起きていられなくなり、林森が慌てて水を持ってきたときには口から泡を吹き出して水を飲むこともできない状態になっていた。

「吐かせよう」

以前先生は無理矢理に与司郎の口を開き、手拭を噛《か》ませたが、見ているうちに顔色が変

わっていく。踵《かかと》と後頭部を床に付けて弓形《なり》にのけぞり、もの凄い力で以前先生を突き倒すと目を引き吊らせ、全身が痙攣《けいれん》に襲われる。

自身番からの変死の報らせで、廻りの同心、富士宇衛門《うえもん》こと夢裡庵《むりあん》が、同役浜田彦一郎《はまだひこいちろう》と連れ立って阿波大夫の稽古所へ駈け付けて来た。雁金屋の与司郎が息を引き取って、四半刻も経《た》っていなかった。夢裡庵は一通り与司郎の屍体を改め、事情を聞くと以前先生に向かって言った。

「どうも、お道楽が過ぎるようですな」

子が親に諫《いさ》めるような調子だった。だが、口調はもの柔らかだ。夢裡庵は以前先生のところへ、ときどき知恵を借りに行くことがあるので、並の人間に対するような扱いはしないのだ。

以前先生はすっかり恐縮して、

「いや、判っておりますよ。人が腹を空かせ、身体が食を欲しているのであれば、素の麦、玄米を口に入れても美味なるもの。食に飽いていればこそ、贅沢に走り、珍味を求め、いらぬ手間を掛け、味を捻《ひね》って美美しく飾り立てるようになる」

「その通りです。そして、終いには奇に心を奪われて、異国南蛮の食物にまで手を伸べるようになる」

「大雅《たいが》の心がこの世になくなって残念と言うのでしょう。しかし、今日の場合、南蛮の麵を食しても、全員この通り元気。与司郎さんだけが異国の食物に当たってしまったとは考えられません」

「なるほど。すると先生は与司郎の死因は何だったと見ますか」

「……ころりなら似たような死に方をします」

「冗談でしょう」

　夢裡庵は苦笑いした。

「これが本当のころりなら、先生はそうして落着いていないでしょう」

「では、破傷風《はしょうふう》ですかな」

「駄目ですよ、先生。身不肖《みぶしょう》なれども富士宇衛門、親の代よりお役を勤めています。多少の医術も心得があります。破傷風は毒が傷口より体内に入って身体を侵されるもの。今、死人の身体を改めたところ、針で突いた傷もありませんでした」

　夢裡庵は声を落とし、

「先生は今日集まった連中のことを庇《かば》おうとしてそんなことをおっしゃる。ですが、わたしの目は誤魔化せませんよ。与司郎は馬銭《まちん》を盛られたものと睨んでおりますが、いかがです？」

　と、以前先生の顔を覗き込む。

馬銭、番木鼈子《ばんぼくべっし》ともいい、フジウツギ科の木に成る円板状の種子。これが猛毒で鼠取りとして薬屋で売られているが、間違えて食べれば人でも死ぬ。現在、その毒はストリキニーネと呼ばれているアルカロイドだ。

以前先生は兜《かぶと》を脱いで、

「いや、さすが夢裡庵さん。確かに、おっしゃる通りです。与司郎さんは馬銭で殺《や》られたと、わたしもそう思いました」

と、言った。

「南蛮の食物を全員が食べたが何ともない。すると、与司郎は他に何かを食べましたね？」

「食べました。与司郎さんは余興に火を食べて見せました」

「火を？　あの、燃える火をですか」

「そうです。与司郎さんは白紙に火をつけて、何枚かを食べ、その後で、火のついた蠟燭まで食べたものです。その後ですぐ、与司郎さんは苦しみだしましたよ」

「火などを食べ、どうしようというのでしょう」

「火を食べた後、今度は火を吹く化け物に変装したわけです」

夢裡庵は呆れたような表情になった。

屏風の陰に、化け物の変装用具一式が見付かった。変装用具といっても大したものではない。煙草盆の中に小さな消炭《けしずみ》のかけらと、目なりの大きさにした鮑《あわび》の青貝が三つ転がっていただけだ。化け物になる方法はすぐに判る。青貝を両方の眉毛《まゆげ》の下と額とに貼《は》り付け、消炭を半ば火にして歯でくわえ、屏風で外の明りを遮《さえぎ》った薄暗いところで、せわしく息をすると、消炭の火の粉が散り、青貝が火に映って怪しく光って見えるのである。種を知れば実に他愛がない。

「火と食物の食い合わせということは聞きませんね」

と、夢裡庵が言った。

「聞きません」

以前先生も同意する。

「しかし、火を口中に入れれば、熱くてかなわないでしょう」

「いや、そんなことはないのですよ。もっとも、ただ口に入れることはできない。これには骨《こつ》がありまして、火を口の中に入れたらすぐ口を閉じて息を止める。そうしますと、火は口中の湿気ですぐ消えてしまい、紙のほとんどは燃えてしまっていますから残りは少ない。飲み込んだとしても身体にさわるようなことはないのです」

林森は最初から二人のやり取りを部屋の隅にいて聞いていたが、火を食べる術と首羅王に化ける術にはすっかり感心した。自分も早速、試してみなければならないが、蠟燭を食べたために死んだのでは詰まらない。夢裡庵も、当然、そのことを気にしているようだ。

「与司郎は火の付いた蠟燭まで食べたというではありませんか」

「そうです。かけらも残さず食べてしまいました」

「蠟燭を食べれば死にますか」

「死なないでしょうな。腹下しぐらいは覚悟をしなければなりませんが」

「その蠟燭はこの家にあったものでしょうか」

夢裡庵は阿波大夫の方を見て言った。

阿波大夫と女房は顔を見合わせる。首を傾げながら、阿波大夫が答えた。

「若旦那は蠟燭が欲しいなどと言ってきたことは一度もありませんでしたね。といって、黙って家の物を持ち出すような人じゃありません」

夢裡庵は玄関の方へ声を掛けた。

「康助《こうすけ》、いるか」

「へい」

手先の康助が障子を開けて顔を覗かせた。格子越しに、物見高い連中が稽古所を遠巻きにしているのが見える。

「近所の、蠟燭や生薬屋を当たってみてくれ」

「へい」

康助はすぐ障子を閉めて外に出て行った。

「富士さん、毒はその蠟燭の中に仕掛けられたのだと思いますか」

と、浜田彦一郎が言った。

「それしか、考えられねえでしょう」

「しかし……馬銭はとても苦い味がするものでしょう」

「うん」

「与司郎はそんな苦いものを口に入れ、変だとは思わなかったんですかね」

「なるほど、浜田さん、いいところへ気が付きなすった」

夢裡庵は阿波大夫の女房を呼んで、あり合わせの蠟燭を持って来させた。先《ま》ず、匂いを嗅《か》ぎ、底の方を齧《かじ》る。すぐ、眉間《みけん》に皺《しわ》を寄せてぺっと懐紙に吐き出し、

「ただ、腥《なまぐ》せえだけだ。浜田さん、やって見ますか」

夢裡庵が蠟燭を差し出すと、浜田は慌てて手を横に振った。あまり愉快でないものには手を出さぬ主義らしい。

「この味の上に、もう一つ苦みが加わったとすると――」

夢裡庵は頭の中でその味を調合するようにちょっと目を閉じていたが、

「とても食えめえ」

と、つぶやくように言った。

「与司郎は何かを飲みませんでしたか。蠟燭を食った後に、茶とか水とか」

夢裡庵は一同を見渡したが答える者はなかった。口直しに茶でも飲んだか知れないが、皆が阿波大夫と照月の方に気を取られていたのだ。

全員の膳がそのままになっている。

夢裡庵は迷惑そうな浜田をうながして、一緒に与司郎の膳に残された椀や盃の毒見をした。ついでに、全部の膳も同じように調べたが、特に異常は見付からない。

「すると、与司郎は納得ずくで毒を食べたとしか思えませんね」

と、浜田が言った。

「そうかな」

多少、焦りが感じられる表情で、夢裡庵は一同を見渡した。

「与司郎は死ぬのを承知して、毒を食ったと思いますかね？」

為吉が口を尖《とが》らせる。

「死ぬなど飛んでもねえ。さっきもお話し申しました通り、あたし達がここへ集まったのは、若旦那のご縁組みの相談で、とんとん拍子に話が進んでいましたから、若旦那は上機嫌で、変な余興まで見せる気になったのだと思います。一番嬉しいときですからねえ。死ぬなんてことは夢考えもしなかったでしょう」

「雁金屋の方もうまく行っているのかね」

「そりゃもう、若旦那は総領ですから」

その雁金屋は大騒ぎになっているはずだ。知らせに行ったのは為吉で、番頭と手代が横っ飛びにやって来て、検視が済むまでは手が付けられないと言い渡されると、番頭だけが取って返し、手代は次の部屋で事態を見守っている。

「岡本屋と朝霧とは、身請けを納得しているんですな」

「へえ。明日にでもわたしと以前先生とで岡本屋へ行くつもりでおりました」

と、藤十郎が答えた。

そこへ、手先の康助が帰って来た。近所の蠟燭屋には、最近、与司郎のような男の客はなかったという。

「今、通りの八百屋の前を通ると、親父《おやじ》が出て来まして、今日、与司郎が買って行ったのは、唐辛子と大根と銀杏《ぎんなん》だそうで」

と、康助が付け加えた。

「唐辛子と大根と銀杏？　妙な取り合わせだな」

「若旦那は料理に唐辛子が必要だと言って、ご自分で買って来ました」

と、阿波大夫の女房が言った。

「唐辛子は料理に使った」

「そうです」

「大根と銀杏は？」

「料理には入っていなかった、と思うんですが」

照月もうなずいて、

「確かに、今日のお料理には大根や銀杏はありませんでしたわ」

と、口を合わせた。

林森も記憶をたぐったが、どうしても大根や銀杏を食べた覚えはなかった。

「生薬屋の方は?」

と、夢裡庵が康助に訊く。

「へえ。石霊園で今日、顔の知らない若い女が来て馬銭を買って行ったそうです。馬銭を売った者の話ですと、奉公に来たばかりの下女のようだった、と」

林森はそれを聞いてどきんとした。それなら、更藤のせいに違いない。

与司郎の屍体は、浜田彦一郎と雁金屋の手代が付き添い、自身番に運ばれたが、夢裡庵は阿波大夫の稽古所を動かなかった。毒物の経路が判らない。従って、稽古所に集まった全員に疑いを持っているようである。

家の中に屍体はなくなったものの、夢裡庵が動かない。阿波大夫はすっかり気が詰まったように煙管《きせる》をいじっていたが、

「膳を片付けても構いませんか。お茶でも入れさせましょう」

と、夢裡庵に言った。

「ああ、もう片付けても結構ですよ」

夢裡庵は気軽に答える。

阿波大夫がきぬを呼ぶ。きぬは表情をこわばらせて勝手から出て来た。夢裡庵はじろりと見て、

「あんたは？」

きぬは脅えたように言葉を口の中で淀《よど》ませた。

「わたしのところの内弟子でございます。もう、二年も修業をしています」

と、阿波大夫が答えた。

「与司郎は今日の料理をずっと指図していたのかね」

夢裡庵はずっと砕けた調子できぬに言った。

「はい。わたしには麵の茹で加減などがまだ判りませんでしたから」

「まだ、というと、与司郎は前にもその麵を料理したことがあるんだな」

「はい」

「それを食ったことがあるかい」

「ええ。一度ご相伴させてもらいました」

「味はどうだった？」

「若旦那さんは旨い旨いとおっしゃっていましたが、わたしには、どうも……」

「そうかい。それで、今日の話だが、与司郎は買って来た大根をどうしたんだろう」

「……皮を剝《む》いておいででした」

「皮を剝いた？　だが、料理には使わなかったんだろう」

「ええ」

「皮を剝いて、どうしたのかな」

「さあ……そこまでは知りません。わたし、料理の方が忙しかったので」

「そうかい。この家に、馬銭はあるかい」

「いいえ」

「買ったことは？」

「ありません」

「まあいいや。片付けねえ」

言われても、きぬはこちこちになっていて、膳を下げる手元がもどかしい。林森は立って手伝うことにした。じっと坐っているよりずっと気が楽だ。

勝手に戻ってきぬが湯を沸かす。林森が洗い物をしていると、照月が勝手に顔を出した。

「木十どん、済まないが水を一杯おくれ」

林森が湯呑に水を注いで渡すと、照月は上がり框《がまち》に腰を下ろし、湯呑を額に当てた。どうやら照月も気散じに勝手へ来たようだ。しばらくして、照月は一口飲んだだけで、湯呑を林森に返した。

「おや？」

照月は俎板《まないた》の上を見た。

「大層、大根を剝いたねえ」

俎板の上には大根の皮が一山積み上げられていた。

「……すると、銀杏は？」

照月は何を思ったのか、急に興味深そうな顔になり、立って勝手中を見廻す。銀杏はすぐに見付かった。俎板の横に、紙の小袋が口を開けて、中に銀杏が入っていた。

「大根に較べて、使った銀杏はたった一つかい」

照月は大根の皮の中から小さな銀杏の皮を取り出した。

「どうやら、これが手妻の種だ」

林森は思わず手を休めて照月を見た。

「銀杏の実が、ですか？」

照月はにこっと笑って、林森に大根の皮と銀杏の皮を示した。

「そう。若旦那が使った手妻の種が判ったよ。いいかい、こんなに大根の皮を剝いたとすると、大根は蠟燭ぐらいの太さになりゃしないか？」

林森は目を丸くした。

「すると、あの蠟燭《ろうそく》は大根……」

「そう。いくら若旦那でも、本物の蠟燭を食べるほど茶人じゃない。あの蠟燭は本当は大根で、芯は銀杏で作ったのさ。銀杏や胡桃《くるみ》は油が強いからよく燃える。けれど、蠟燭の芯よりはずっと食べ易い」

照月はきぬの方を向いた。

「ねえ、きぬちゃん。あんたは若旦那に口止めさせられているでしょうけれど、若旦那は死んでしまったから、大丈夫。あれは大根で作った蠟燭だったのね」

「……ええ」

「とすると、大根と銀杏を食べたからといって人は死ぬもんじゃない。若旦那は矢張り毒で殺された、といっても、大根の中に毒が仕込まれたとも思えない」

「若旦那が誰にも判らないように蠟燭を作ったからですか」

「それもある。それに、大根に毒を仕込めば、大根は丸呑みにはできない。あの毒は苦いというから、相手はこれは変だと思って吐きだす心配がある」

「とすると、毒は？」

「若旦那が他に食べたのは南蛮の饂飩しかないよ」

「じゃ、どうして若旦那は味が判らなかったんです」

「それはね、あっ、お待ち！」

照月は低く叫び、きぬに飛び掛かった。

前から読んでいたようだった。それでなかったら間に合わなかったはずだ。きぬがそっと鯵《あじ》切り庖丁を逆手に持ち、自分の喉へ突き立てようとした瞬間、照月は袖《そで》を翻して庖丁に巻き付け、咄嗟に手に触れた布巾《ふきん》をきぬの口に押し込む。

「静かにおし。悪いようにはしねえから」

きぬの手から庖丁が放れ、床に落ちる。なお踠《もが》くのを照月はこめかみに青筋を立てて押え付ける。

尋常でない物音が外に届くと思い、林森は思い切って大皿を竈《へっつい》の角《かど》に叩き付け、

「済みません、やってしまいましたあ」

と、座敷に聞こえるように間抜けな声を張り上げると、照月も心得て、

「怪我はなかったかえ？」

落着いた声で言った。

「大丈夫です。手が滑っただけですから」

林森は手拭いを取って、きぬに猿轡《さるぐつわ》を嚙ませる。声が出なくなれば一応は安心だ。林森が庖丁を拾って俎板《まないた》の上に置くと、きぬは観念したものか静かになった。

「誰も、お前をお役人に引き渡そうとは言っちゃいないんだよ」

照月はきぬの髪から落ちそうになっている簪に目を止め、そっと抜き取って置いた。

「こりゃ、美事な銀細工。まして、総体が新しい。これ、買ったものかね?」

きぬは首を振った。

「そうだろうねえ。失礼だが、あんたの小遣いで買えるような品じゃあない」

照月は簪を髪にしっかりと戻してやった。

「どうやら、段段と判ってきたようだ。この簪は姉さんから貰いなすったんだね?」

きぬの肩が震えだし、喉が嗚咽《おえつ》した。涙が頬に光る筋を作った。

「あんたの姉さんは、多分、岡本屋の朝霧さんだね。あんたは吉原へ行き、久し振りに姉さんと会った。そのとき貰ったのがこの簪。話をするうち、姉さんは指物師の徳次という いい人と、年が明けたら一緒になる約束ができていることを教えた。あんたのところは、その時代、姉さんが苦界に身を沈めなければならなかったほど困っていた。だが、あんたの時代は違う。娘を好きな富本の師匠のところへ、内弟子にさせるほどのゆとりができていた。だったら、誰だって姉さんを思い、情を寄せるのは人情ですよ。今度こそ、姉さんの思い通り、好きな徳次と一緒になって幸せになって欲しい。朝夕、神仏にそう願っていたのでしょう」

きぬの肩が更に大きく波打った。

「ところが、その二人の間に、思わぬ邪魔者が割り込んで来た。それが、雁金屋の与司郎さんだ。悪いことに、若旦那は金ずくで朝霧さんを身請けするという。無論、年明けを楽しみに待つほどだから、職人の徳次には花魁を身請けするほどの金はなく、あんただって同じこと。といって黙っていれば、あんたの目の前で姉さんは若旦那に落籍《ひ》かされてしまう。姉さんが苦労するようになった元はといえば金。そして、またここで姉さんが最後まで金で操られるのを放って置くことができなかった」

きぬはさいごの土壇場まで待ったのだ。今日、朝霧の身請けが本決まりになり、明日、藤十郎と以前先生が岡本屋へ行き、手付金でも渡してしまえば最後だった。その前に、きぬは最後の非常手段に出なければならなかったのだ。

「あんたは若旦那がここへ来るようになってから、若旦那の気取った食べ方を知ったんですね。取り分けて蕎麦の食べっ振りが恰好いい。蕎麦だけかと思うと、南蛮の饂飩を食べるにも、同じように歯を当てないでたぐり込んでいたんでしたね。つまり、茹で上がった麵の穴の中へ、毒を詰め込んで置けば、嚙まない人なら毒の味が判らない理由《わけ》。あんたはそれに気付いて、若旦那に出す麵に毒を仕込んだんでしょう」

「あっ！」

林森が思わず叫ぶと、

「しっ、これ以上、皿は割れないよ。静かにお聞き」

と、照月は続けた。

「ですから、若旦那のお腹に毒が入っても、すぐには効いてこない。木十どんの曲芸や、頭の踊りが終るころになって、やっとお腹の中の饂飩がこなれだし、毒が身体に廻り始めたんです。たまたま、若旦那が蠟燭を食べたときと重なったので、毒は蠟燭に仕込まれたのだと誰でも思う。しかし、それを知っているのはまだわたし達だけ。あの大根の蠟燭が、もしかしてきぬちゃんを助ける手立てとなるかも知れない」

照月はじっと考える。そのとき、

「林森や」

藤十郎の声がした。

「富士様がお前の話も聞きたいとおっしゃる。すぐ、来なさい」

照月は林森の目を見た。ぞくっとするほど鋭い視線で喋ってはいけないと言っている。林森も元よりその気はない。思い切って大きな眼《まなこ》で照月を見返し、一つ大きくうなずいた。

照月は急いできぬの猿轡を解き、衣紋《えもん》をつくろってやった。

「いいかい、何もなかった顔で、お茶を運ぶんだよ。わたしがずっと傍にいてあげるから恐いことなんかねえよ」

翌日、林森は忙しくなった。

まず、湯島横町の以前先生の家へ行き、蔵書の中から、やっと『神仙秘事睫《ひじまつげ》』という上下の合本を探し出した。

その足で八丁堀の夢裡庵の家へ。どうにか出勤する前の夢裡庵を捕まえ、本を拡げて見せた。

そこには「蠟燭の火を空中に点《とも》す術」というのがあり、その秘伝は術を行なう前、蠟燭を立ててある真上の天井に蟇《がま》の油を塗っておく。一方、蠟燭の方にも仕掛けがあって、蠟燭の芯を大きく刳《く》り貫《ぬ》いて、その中へ青蜘蛛《ぐも》と水銀《みずかね》を練り合わせたものを詰め込んでおく。この蠟燭に火を点すと、不思議なことに火は芯を離れ、天井と蠟燭との間に浮揚するというのである。

夢裡庵はそれを読んで、

「なんの、眉唾《まゆつば》な秘術だの。だが、物好きな人間なら試してみたくはなるだろう。青蜘蛛と水銀とを食やあ、なるほど死んでもおかしくはねえ」

夢裡庵は林森の顔を覗き込み、

「それで、与司郎は火を食らう方の蠟燭と取り違えてそれを食い、死んだというのか」

「へえ」

「こりゃあ、お前の智恵か?」

「いえ。照月さんです」

「うむ。なかなかなもんだが、俺だってきぬが朝霧の妹ぐらいのことは見通していた。しかし、こういう証拠が出て来ちゃ、仕方がねえな」

夢裡庵はにこっと笑い、ぽんと本を叩いた。

泥棒番付《ばんづけ》

「お神さん、昨夜《ゆんべ》寝ながら考えたんですがね」

「何だい」

「今日この頃と掛けて、猫に用心てんですが」

「……その心は？」

「乾物《かんぶつ》（灌仏）の前」

「ちっとも面白くないねえ」

「じゃあ、普通に立っていても逆《しゃか》（釈迦）立ちとは？」

「……飛んでいても初寝《はつね》（音）と言うが如しさ」

「うむ……季が揃っていますねえ。綺麗ごとだ」

めっきりと日が長くなって、緑は一段と深みを増し、杜鵑《ほととぎす》の初音が聞こえたばかり、明日が四月八日の灌仏会《かんぶつえ》。

「そういやあ、もう花祭だねえ。早いねえ。時は失い易し、こう怨みがましいことを言うと？」

「……さあ」

「釈迦怨みだ」

「お神さんにあっちゃあ敵《かな》わねえ」

本郷一丁目、天庵《てんあん》という蕎麦《そば》屋の板場。女主人の照月《しょうげつ》が若い者と軽口を叩きながら、朝の仕込みに忙しい。

本名は照《てる》、照月は常磐津《ときわず》の名で、若いときは浄瑠璃以外のことは考えなかったが、天庵の主人に見初《みそ》められて蕎麦屋の嫁になった。二、三年前、主人が病死してからは、一手に店を切り盛りしている女丈夫。

「ねえ、お神さん」

「また、駄洒落《だじゃれ》かい」

「そうじゃねえんです」

と、芳三《よしぞう》は真面目な顔になった。

芳三は本店、神田天庵の長男で、本郷に修業に来ていた。それほど、本店は照月の腕を信用している。

「久し振りに外が明るくなっています。この分じゃあ、明日も請《う》け合いますから、お釈迦様にいらっしゃいませんか」

「……そうだねえ」

「店のことでしたら、一切あたしに任せて下さい」

「頼もしいことを言うじゃないか」

「大体、お神さんは普段働きすぎます」

「芳さんが折角そう言ってくれるんだから、じゃあ、明日はお参りをしますか。お参りだけなら半日で済む」

「そんなことを言わずに、一日のんびりして来て下さいよ」

「じゃあ、そうするか」

ところが、ゆっくりと羽根を伸ばすことができなくなった。

まだ、暖簾《のれん》も出さないうち、一人の小僧が店に転がり込んで来た。

「て、てれつく……」

それだけ言って、小僧は舌でも噛んだようだ。

照月が店に出て見ると、本店の剣一《けんいち》だった。

照月は天庵に嫁に来て、天照月《てんてれつく》となったので、本店の主人などは、てれつくさんと呼んでいる。それが、つい、剣一の口から出てしまったのだろう。

「どうしたい、急用かい」

剣一は忙《せわ》しく舌を出し入れしてから、

「そうなんです、内が大変なことになりました」

と、息を弾ませた。

「大変？」

「へえ、昨日から急に内ん中がひっくり返って」

「ひっくり返った？」

「そ、そうじゃあないんです。ひっくり返ったような騒ぎなんで」

「どうしたんだ」

芳三も蕎麦を打つ手を休めて板場から出て来る。

「店を開けると、すぐ沢山のお客さんが押寄せて来たんです」

「……結構じゃあないか。お客様が多ければ」

「それが結構じゃあないんです。お客さんで店が潰《つぶ》されそうなんです」

「よく判らないねえ。芳さん、水を一杯持って来てやりなさい」

剣一は水を飲むと少しは落着きを取り戻した。

その話をよく聞くと、店開けのときは普段よりは客の足が多いと思った程度だったのが、時分どきを過ぎても客が減らない。ばかりでなく、どんどん客が詰めかけ、普段は使っていない二階座敷も一杯になる。そのうち、まだ食べ終っていない客の後ろにも客が立つ。店の前には長い行列が出来る始末。四ツ（午後十時）になっても客がいるので火を落とすことができない。

そのうち、天ぬきで一杯飲《や》っていた職人風の客が、

「さすが、番付の大関を張っただけはある。実に、うめえ」

と、言ったのを聞いて、全てが判った。

前の日に売出された見立《みたて》番付で、神田天庵が西の大関に居坐っていたのだ。

「それが、これなんです」

剣一は懐ろから小さく畳んだ一枚刷りの瓦版《かわらばん》を取り出して照月の前に拡げた。

体裁は相撲番付そのままを模してある。肉太の相撲字で中央に「東都名物味競《くらべ》」と黒黒と書かれ、上には蒙御免の字、その左右は東と西、全部で五段の中に、さまざまな食物屋の名がずらりと連なっている。

東の大関が深川のてんぷら料理ひげ新、西の大関が神田の蕎麦屋天庵、東の関脇が橋場の割烹茶《さ》の市、西が上野山下のすっぽん料理有江屋。以下、順に文字が細くなっていくところは本物の相撲番付そのままだった。

「なるほど、西の大関が神田天庵となっている」

芳三が感心したように言った。

「親父《おやじ》、最近、何か工夫でもしたのかな」

「いえ、昔のまんまですよ」

と、剣一が賽《さい》を振る手付きをした。

「さっきも、親方は夜中まで蕎麦を打つよりこれが打ちてえと言っていました」

天庵の金三郎《きんざぶろう》なら言い兼ねない。金三郎は勝負事が飯よりも好きで、碁《ご》将棋も滅法に強い男だが、何がしかを賭けなければ満足しない。

「すると、親父、番付の板元に金でもつかませたのかな」

今度は剣一が頰を脹《ふく》らませた。

「親方はああいう気性ですから、絶対そんな真似はしやあしません」

「そうだろうな……じゃ、何で天庵が大関なんだ」

「そんなこと判りません。とにかく、今日もまだ店を開けないのに、店の前にはお客さんが沢山来ているんですよ。そんなわけですから、本郷も忙しかろうが、もし手伝える者があれば誰でもいい、助っ人に来てもらいたいと、こう親方に言われて来ました」

金三郎が照月のところに手を求めて来た気持は判る。ここで、あわてて人手を増やしても、後がどうなるか知れない。急に多くなった客など、高波のようなもので、すぐ足が引いてしまうに違いないのだ。

照月はちょっと考えて言った。

「そうかい、じゃあ、わたしが手伝いに行こう」

剣一はびっくりして照月を見た。

「てれつ……いや、お神さんが？」

「ああ、自慢じゃあないが、これでも職人の三人分は働く。わたしが行った方がいい」

すぐ、身仕度を整え、剣一と外へ。

陽差しは夏のように眩《まぶ》しい。道にはとうなす冠りの苗売りや植木屋が行き交う。

大体が、見立番付というような刷物《すりもの》は高が遊び。種類も雑多で、長者番付、火事番付から化け物番付などというものまで出たことがある。扱っているのも届出をしないもぐりの出版業者だから板行者の名も記されていないのが普通だ。

番付を売るのは流しの辻売などで、物を売るのだから乞食ではないが、下谷山崎町や四谷天龍寺門前などにたむろする乞胸《ごうむね》仲間。家を勘当された者や、罹災者が落ちぶれて仲間に入ったりする。

元元が無責任な出版物なのだが、中には番付で大関を張った店のものを食っていないでは話にならないという、好奇心の強いおっちょこちょいが世の中には多いとみえて、そういう連中が天庵に押し掛けて来たのだ。

神田天庵は店構えこそ大きいが、普段はあまり流行《はや》らない蕎麦屋だった。というのが、三代目金三郎が面白い男で、生き甲斐は賭博だけ、食い物には一切執着がない。元元、腹が減っていれば、どんなものでも旨く食えるという持論を持っているから、材料は吟味するものの、蕎麦を糸のごとく打ち、気の利いた器に色色盛り分けるなどという売り方を好まない。

天庵の蕎麦はかなり太目で固く大盛り。馬方船頭なら喜ぶかも知れないが、口の奢《おご》った食通連中と反《そ》りが合うとは思えない。

照月が天庵の板場に入ると、釜前《かままえ》で血走った目をしていた金三郎が振り返って、

「やあ、てれつくさんか。あんたが来てくれりゃあ千人力だ」

と、嗄《しわが》れた声をだした。

「剣一から聞いただろうが、神田天庵が味競べの大関とは悪い洒落だ。どこの酔狂が作ったか知れねえが、冗談も甚《はなはだ》しい」

「でも、客が来ないというのではなし、結構じゃありませんか」

「なに、少しも結構なものか。お陰で昨日から、天手古舞いさせられている」

照月は早速、片襷《かただすき》になって、蕎麦庖丁を手にした。いくら忙しくとも、さすが庖丁は磨き立てのようだ。

傍で金三郎が言った。

「内のやり方を覚えているね」

「勿論ですとも。太い細いはどうでもいい。肝心なのは速さですね」

「その通り、蕎麦も魚と同じだ。ぐずぐずこねくり廻していちゃあ、生きが悪くなっちまう」

金三郎はしばらく水車のような照月の手元に見惚《みと》れていたが、

「てれつくさん、あんたは本当に名人だ。芳三もあんたの傍で仕事を覚えるとは果報なことだ」

と、言った。

「なに、昨日来た客で、帰り際に本郷の天庵の味が良いとぬかした奴がいてね」

「そいつはきっと、阿呆ですよ」

「そうなんだ。嫌なら来なきゃいい。だが、そんな風なごたくを並べる奴が多くってね」

「神田と本郷じゃ、客筋が違います。神田は親方のが一番いいに決まっていますよ」

「だと思うがね。ああ、嫌な奴にゃ、食わせたくねえな」

そのうち、話もしていられなくなる。

驚いたのは、かなり遠方から天庵の蕎麦を食いに来る客も多いことで、一日中客の途切れる間がない。

四ツ過ぎ、やっと火を落としたときには、さすがに膝《ひざ》ががくがくして、全身の力が抜けたような感じだった。

「これが、商売繁昌というものか」

と、金三郎が銭箱の中を掻き廻しながらしみじみと言った。

「ただ、闇雲に働かされて、手垢《てあか》に汚れた銭がこれだけ。面白くもなんともねえ。それなのに、世の中にゃ繁昌を神に願う者が多いのは不思議だ」

「元気を出して下さいよ。明日もまた手伝いに来ます」

と、照月が励ました。

「そうかい。だが、本郷の方は大丈夫なのかい」

「ええ、芳さんが一生懸命やってくれています。明日、わたしは休んでお釈迦様をお参りすることになっていますから、お参りのつもりで親方の顔を見に来ます」

「そりゃあ、済まないな。そう言やあ四月八日か。こっちは盆も正月もなくなったな」

「大丈夫ですよ。噂が静まれば、元通りになりますよ」

「そうですよ」

と、剣一が口を挟んだ。

「三日もすりゃ、呆れ返って客が遠退《とおの》きます」

「何だ、そりゃ、どういう意味だ」

「親方を慰めているんです」

「それより、あの分はちゃんと取ってあるだろうな」

「へい、大丈夫です」

「……あの分、というのは？」

と、照月が訊いた。剣一は丼に別にしてあった蕎麦を竹の皮に包みながら、小声で言った。

「最近、子供連れのお貰いが来るんですよ。汚いから追い払ってしまえばいいものを、親方が気の毒がって、いつも余ったのを渡してやっているんです」

「………」

「親方も人が良すぎると思いませんか。普段ならともかく、いくらでも売れちまう日にも、ちゃんとお貰いの分を別にしておくんですから」

その金三郎も、店の者達の前では元気の良いところを見せ、三、四人の若い者に大入袋を渡して茶碗酒を振舞い、

「皆、ご苦労だった。明日も忙しくなるだろうから、一杯飲《や》って早く寝てくれ。まずは商売繁昌で目出度い」

と、景気良く茶碗を乾《ほ》した。

ところが、好事《こうず》魔多し。その夜、神田天庵に押込み強盗が入り、家中の者が全員、縛られてしまった。


翌朝、照月が神田天庵へ行くと、表に「都合により本日休業仕候」と大きく書いた紙が貼られている。

金三郎は昨夜、忙しすぎると照月にはぼやいたが、休んでしまうような気配はなかった。

それとも、朝になって急に商売繁昌に嫌気が差したのかと思って中に入ると、座敷の上がり框《がまち》にぼんやり腰を掛けていた剣一が、

「あれから、大変な目に遭いました」

と、べそを掻くような顔をした。

「一体、どうしたの？」

「押込みにやられたんです」

「……で、親方は？」

「良い塩梅《あんばい》に、家中は無事です。さっき、八丁堀のお役人が来て、今、奥で事情を訊かれているところです。もっと早く本郷へお報らせしなきゃいけなかったんですが、何分、まだごたごたしていて……」

「そりゃあ、災難だったねえ。で、八丁堀は？」

「富士宇衛門《うえもん》さまと、佐久間小路の康助《こうすけ》親分です」

「……夢裡庵《むりあん》さんね」

富士宇衛門、八丁堀定廻り同心で、荒木無人斎流柔術の達人だが、妙な文才もあって、又の名を空中楼夢裡庵という。照月は前に鍋町で起きた殺人事件に関わり合い、夢裡庵をよく知っていた。

「お神さんもご存知でしょう。何しろ昨夜は皆疲れ切っていましたから、誰も気が付かな

かったんです。身体をひっくり返されて目が覚めると、手足を縛られて口には猿轡《さるぐつわ》を嚙まされていました」

後になって見ると、裏木戸が乱暴に打ち毀《こわ》されていたが、全員が酒を飲んで寝入っていたので物音を聞いた者は誰もいなかったという。

賊は三人組で、黒装束に黒頭巾。面体《めんてい》は判らないが、若い侍のよう。その内の一人は薩《さつ》摩《ま》訛《なま》りがあった。

剣一が目を覚ますと、同じ部屋に寝ていた若い者は全員柱に縛り付けられている。賊はぎらぎらする抜身《ぬきみ》を目の前に突き付けるので生きた心地がしなかった。

そのうち、賊の一人が金三郎を脅して店にあった銭箱の金を一文残らず奪ったが、それだけでは不足だった。

金三郎には金の貯えがない。金三郎はもし、賊が腹立ちまぎれに、血の雨でも降らせようなら、元も子もない、と思ったという。そこで、初代が残しておいた金の阿弥陀如来像《あみだにょらいぞう》が仏壇にあるのを思い出し、わざわざ賊に教えてやった。

賊はそれで満足し、薩摩訛りが、

「三ツ（午前二時半頃）の鐘が鳴るまでそのままでいろ。さもないと皆殺しだ」

と、言い捨てて外に出て行った。

そのうち、三ツの鐘が聞こえたので、身体の柔かい剣一がまず縄を抜け、皆の縄を解いてやった。

それからはもう眠ることができない。恐ろしくて外へ出ることもできない。夜の明けるのを待ち兼ねて、自身番へ届け出た。

金三郎は自身番から帰ると、

「もし、阿弥陀様がなかったら、どうなっていたか判らない。これも、皆ご先祖様のお守りだ」

と言って、本尊のいなくなった仏壇に、普段合わせたことのない手を合わせた。

「そういうわけで、折角お神さんに来ていただきましたが、親方は店を開ける気がなくなってしまったんです」

と、剣一が言った。

「それはそうでしょう。お気の毒に、今日も忙しかったでしょうに」

「そうなんですよ。今休んでしまっては、たちまちお客さんが来なくなるでしょう」

照月の声が奥に聞こえたようだ。

「てれつくさん、来たようだね」

金三郎の声がした。

「こちらへいらっしゃい。富士様がお前の話も聞きたいとおっしゃる」

板場の隣の小座敷に、金三郎夫婦と夢裡庵、佐久間小路の康助が顔を寄せ合っていた。

「おお、てれつくさんか、ちょうどいいところへ来た」

夢裡庵はやや茶っぽくなった黒羽二重の五つ紋の巻き羽織を着流し、いかつい顎を照月の方へ向けた。

「今、剣どんから事情を聞いて、びっくりしたところですわ。親方、とんだことでしたねえ」

金三郎は疲れ果てたという表情でうなずく。夢裡庵が言った。

「今、ご主人から、昨日の客でおかしな素振りの者を見なかったかと訊いたんだが、ご主人は一日中釜前にいてあまり客の顔は見ていない。お神さんは取り分けて変わった客はいなかったと言う。てれつくさんは店へも出なすったか」

「ええ。片付けものでちょいちょい店へは出ましたが……特に変な人というのは気付きませんでしたねえ」

「じゃあ、家の中をきょろきょろ見廻していたような者は？」

「さあ……」

「ところで、てれつくさん、今日もお手伝いかな」

「そうなんです。一昨日《おととい》から、急にお客さんが押し掛けるようになったんです」

「……ほう。神田じゃ蕎麦を食うのが流行《はや》っているのか」

「そういうわけじゃないんです。今、お見せしようと思っていたところなんですが、妙なものに家の名が出ました」

　金三郎はそう言って、剣一に例の番付を持って来させた。

　夢裡庵は食い入るように相撲字を見ていたが、そのうち眉間に深い皺《しわ》を立て、無言で番付を康助に渡した。康助はちょっと見るなり、

「おっ、旦那。これは？」

　と、顔色を変えた。

「そうだ。一昨日の夜、深川のひげ新というてんぷら料理屋に三人組の賊が押入り、売上げ金を銭箱ごと奪って逃げた。賊の手口は天庵と同じ、裏口を破って侵入し、寝込んでいる店の者全部を縛り上げて、主人を脅して金のあり場所を知る。まず、天庵と同じ賊だと睨んだ」

「……すると、一昨日襲われた店が、この番付にある東の大関で、昨夜やられたのが西の大関」

「そうだ。順序から言うと、今夜は東の関脇だ」

　康助はあわてて番付に目を戻す。

「東の関脇なら、橋場の割烹料理屋、茶の市です。いや、そうだと知っちゃ、こうしちゃいられません」

　すぐ、駈け出そうとするのを、

「まあ、待ちゃ。賊は夜だからまだ急ぐことはねえ。それより、この刷り物はどこで出したんだか判るか」

「……こうっと、右下に小さく〈頓〉という字が見えます。紺屋町《こんやちょう》に住む、頓鈍《とんどん》という男です」

「頓鈍……何だそ奴は」

「戯作者《げさくしゃ》の崩れです。呪《まじな》い札とか、有卦絵《うけえ》、悪摺《わるずり》などを出している男です」

「そうか、紺屋町ならすぐそこだ」

「引っ張って来ましょうか」

「そうしてくれ」

二晩も続けて強盗事件があって、しかもいずれもが味競べ番付の東西両大関を張ったばかりという。夢裡庵ならずとも、その番付を作った者の顔が見たくなるのも当然だ。

ほどなく、康助に連れられて天庵に来た頓鈍は、戯作者の崩れというより、役者崩れといった方がぴったりといった感じの男前。年齢は三十五、六、郡上紬《ぐじょうつむぎ》に紺の一本独鈷《どっこ》を小さく貝の口に結んでいる。

「これを刷ったのはお前のところか」

と、夢裡庵は番付を差した。頓鈍はちょっと見て、

「さようでございます」

と、言った。

「稿本は誰が書いた」

「私でございます」

「ここにある全部の店のものを食って歩いたのか」

「はあ、あらかたは」

「じゃ、食ったことのねえ店もあるわけだ」

頓鈍は照月の見える方の片頰で笑ったようだった。

「まあ、江戸中のものを食って歩くとなると、こりゃ大変ですし、懐ろの方も充分じゃありませんので、こういう商売柄、人の出入りは多うございますから、色色な意見も聞きまして、これなら間違いのないというところで番付にしました」

「何か、番付に載せるからというので、銭をせびったことはねえか」

「飛んでもございません。私の仕事は金で動かねえという点だけが取り柄ですから」

「大風《おおふう》なことを言うじゃねえか」

「まあ口幅《くちはば》ったいようですが、どこでお訊きになってもようがす」

「そうか。じゃあ言うが、この番付にある東西の大関の店が、一昨日と昨日の夜、押込みに入られた」

頓鈍の目がきらりと光ったようだった。

「驚きました。本当ですか」

「何で俺が嘘を吐《つ》く。本当だったら、どうする。早速、読売《よみうり》にでもするか」

「ご冗談でしょう。そんな無分別じゃございません」

「だが、どうも気に入らねえ」

「深川のひげ新、神田の天庵ですな」

「……今夜は橋場の茶の市、どうだ？」

「まるで、私がぐるのようですな」

「違えはなかろう。いいか、これぞと狙いを付けた食い物屋を大関関脇にする。番付に載せられた店は忙しくなるその当座、店の者達が疲れて寝が深くなっているのを見通して押し込みに入りゃ、ちっとやそっとの物音じゃ気付かれねえ道理だ」

「……そりゃあ、いい手だと言いたいんですがねえ。八丁堀の夢裡庵先生のお言葉とは思えません」

「何だ……俺の名を知っているのか」

「ご雷名《らいめい》はかねてより」

「下手に持ち上げるな」

「それでしたら、先に一昨日と昨夜、私がどこにいたかお聞きになるのが順でしょう」

「……じゃあ、どこにいた」

「へえ、あんまり芳《かんば》しかねえんですが、北州《ほくしゅう》の岡本屋に流連《いっづ》けていまして、相方は双蝶《そうちょう》さんという子で、この子がどういう加減か、なかなか扱いが……」

「もういい。ここで、お前の首尾を聞いても始まらねえ」

夢裡庵は顔をしかめた。

強盗に入られて金品を奪われたものの、神田天庵に怪我人はなかった。照月は一応安心はしたが、店へ帰ってからも何となく落着けない。芳三を神田へ見舞いにやって、店を早目に閉め、床に入ったが、なかなか寝付けない。とろとろとすると、もう朝。食事を済ませてその日の仕込みを済ませたころ、紺屋町の頓鈍が飛び込んで来て、

「お神さん、お手間は取らせません。ちょっと話を聞いて下さい」

と言う。

「一体、どんなことですか」

「例の事件。私が売出した番付の店が次次と押込みに入られた。前代未聞、これを放って置くという手はない」

「……すると、読売に？」

「ええ、見ていてご覧なさい。江戸中が沸き返りますよ」

「だって、夢裡庵さんの前ではそんなことはしないと」

「あれは方便。世間の人があっと言うのに、黙っちゃいられねえ」

「……お咎《とが》めでもあったら？」

「そんなどじは踏みません。私は稿本を書くだけ。刷り出しはさるところ。流し売りはすばしっこいのを揃えてある」

「……なんでそんなことまでしなきゃならないのかねえ」

「私も因果だと思うこともありやす。昨夜なんざ、一晩中、茶の市の近くにいたんですからね」

「まあ、驚いた。強盗の来るのを待っていたわけ？」

「そう。今時、作り話の読売なんかじゃ、江戸っ児に通用しません」

「茶の市へは八丁堀も張込むと言っていたでしょう」

「だから苦心しました。連中に見付かったら只じゃ済まねえ。まあ、陽気は良くって、その点助かりましたが」

「……それで、強盗は来たの？」

「いや、朝方になっても、とうとう現われませんでした。流石《さすが》、向こうさんも三晩となると疲れるのかなってね」

照月は一応ほっとしたが、頓鈍はそれが不服そうだった。

「でも、私の勘だと、このまま落着きそうにもねえんです」

「ああ恐い、そんなことを言って――」

「ところで、昨日、神田天庵では親方から塩を撒《ま》かれちまいましてね」

「そうでしょう。読売で囃《はや》し立てられるなんて、いい気分じゃあないわ」

「でも、よく考えてご覧なさい。こういう人間がいねえと、世の中、どんな事が起こっても、誰も知ることができませんよ」

「知らなくても、差し支えないじゃあありませんか」

「ところが、違う。この間も黒船がやって来た。ただのお客かも知れない。ところが、強盗かも判らない。それを、何も知らなくても差し支えないと言えますか」

照月はおやと思って頓鈍の顔を見た。ただのお祭好きとはちょっと違うようだ。

「頓鈍さん、昔からこんなことをしていたの」

「いえ、これでも、元は二本差していたこともありやす。だが、私のことなど喋ったって面白くもねえ。それより、神田天庵ですが、金三郎さんは何代目ですか」

「……嫌ですねえ。わたしの口からそんなことが……」

「それは大丈夫。口が腐っても、お神さんから訊き出したなどとは言いません」

「……今の親方なら三代目です」

「三代目ね。初代はご存知ですか」

「顔は知りませんけれど、何でも大変な蕎麦好きで、それが嵩《こう》じて店を開いたそうです」

「なるほど。幸せな人だったんだな」

「ですから、未だに天庵じゃ初代が選んだ信州柏原の蕎麦を使い、醬油は野田の花紫です」

「……初代の天庵は旨かったろうな」

「それ、ご覧なさい」

「へ？」

「今の天庵は不満なんでしょう」

「………」

「不満な店を、なぜ大関に持ち上げたんです。おかしいじゃありませんか」

頓鈍は笑った。だが、憎めない笑顔だった。

「こりゃあ、一本取られました。実はあの番付を作るのに、一つの趣向がありました」

「趣向？」

「ええ。大体食い物などは、人によって好みが違う。野菜の好きな者なら魚は腥《なまぐさ》くていけねえと言うのは当たり前。食い物屋は勝負師じゃありませんから、番付で順序を決めるのが無理だというぐらい、百も承知なんです。ということで、この番付、実はお菰《こも》さんに人気のある店の順でいっているんです」

「……お菰さん？」

照月はちょっとびっくりした。

「そう、一名、乞食腹。お貰いをして歩くような人間というのは、あれで色色なものを食っているんです。案外、口も肥えていますよ。まあ、お菰さんを追い払うような不人情な店は私の方から採らない。まあ、その方面の人間と割に近しいもんですから、大勢のお菰さんの意見を聞きましてね。三役どころは実際に私も食べてみまして、これならというところでこの番付が出来たんです」

「……そう言えば、神田じゃあの忙しい最中、お貰いさんの分を別に分けていましたっけ」

「そうでしょう。深川のひげ新もそうでした。実に主人の人情が厚く、しかもものが旨いという点で、こりゃあ東西の大関を張るのにふさわしい。でも、お菰さんに人気のあるような店というのは、おおむね、金など溜まらない」

「それはそうです」

「という点を考えると、強盗がなぜそんな店を狙ったかが、ちょっと引っ掛かりやす」

「でも、神田では金の阿弥陀様が持って行かれましたよ」

「それ。天庵に金の阿弥陀様があるというのは有名なんですか」

「ちっとも。わたしも初めて聞いたぐらいです」

「親戚同様のお神さんも知らないとすると、賊もそれが目当てじゃなかったわけだ」

「……ええ、盗み出す金が少ないので、八つ当たりされると困ると思い、親方の方から阿弥陀様のあることを強盗に教えてやったそうです」

「ひげ新の場合、金目な品もありませんでしたよ。ですから、持って行かれたのは売上げの銭だけ。三人で割るとなると、じつに割の悪い仕事だ。賊は盗みが目的だけで押入ったと考えるのは手落ちじゃないかという気がします」

「……盗みが目的でないとすると」

「まず、怨みかな。それで、どうでしょう。神田天庵を怨んでいるような者は誰かいませんか」

「親方は人情のある人です。今、頓鈍さんもそう言ったばかりじゃありませんか。神田に怨みのある人だなんて、聞いたこともないわ」

「そうでした。じゃ、お家騒動なんてのは？」

「……お家騒動」

「ええ、今の金三郎さんが三代目。それで、四代目を継ぐごたごた。金三郎さんには実は落とし胤《だね》があるといった式の」

「それも、駄目。親方の息子さんは内に修業に来ている芳さんだけだし、親方は女よりも打つ方」

「……じゃあ、袁彦道《えんげんどう》の方で。最近、大勝をしたとか大負をしたとか、仲間内でごたごたがあったとか」

「聞きませんねえ。大体、親方の賭博は大きなもんじゃないんですよ。決めただけのお足を持って行って、なくなれば帰って来る。借金して打つようなことは一切しませんし、あまり勝ったという話も聞きません」

「……いい楽しみ方だなあ。それじゃあ天庵さんのお神さんも怒りようがねえ」

「そうですとも」

頓鈍は腕を組んだ。

芳三が暖簾を外に出す。それを見た頓鈍は、

「どうも腹が減ったと思ったら、昨夜から何も食べてない。一つ、蕎麦を頂戴しましょう」

と、ざるを注文した。

ざるが上がるころ、店の戸が開いて、若い男の顔が覗いた。店の中を見廻して、すぐ、頓鈍を見付けた。

「頓鈍さん、矢張りここでしたか」

店に入って来るところを見ると、ぞろりとした派手な唐桟《とうざん》に三尺帯、頭に置手拭をすると、たちまち読売が出来そうな男だった。

「おお、貞《さだ》さんか。何かあったか」

「何かあったどころじゃありません。頓鈍さん、あんたの見込みは当たった」

「……当たった？」

「ええ、昨夜、茶の市がやられたんです」

「しかし……俺達は朝迄」

「それが、橋場の茶の市じゃなかったんで。茶の市の元の主人、利兵衛《りへえ》の隠居所が山谷堀にある。その家に昨夜、押込みが入って、利兵衛が殺され、有り金が全部盗られました」

「な、何だって？」

頓鈍は立ち上がった。

「しかし、今行っちゃまずい。八丁堀が血相を変えて取調べ中です」

「でも、幸い、あたしのほうが八丁堀より一足早かった。門前の千吉《せんきち》親分から一通りは聴いて来ました」

と、読売の貞次《さだじ》は言った。

頓鈍は蕎麦を鵜《う》呑みにする。ほとんど味わっていないようだった。

「茶の市には隠居がいたのか」

「ええ。まだ四十五だそうですが、神さんを亡くしてから働く気もなくなった。何でも死んだ神さんというのが男勝りで、年中、利兵衛の尻を叩いていたようです。ええ、商売熱心な方じゃなかったんですね」

貞次の話によると、茶の市の利兵衛は山谷堀に隠居の身となってから、栄《えい》という女中を使って気ままな生活をしていた。

栄というのは、小松川で生まれた百姓の娘。読み書き算盤《そろばん》は不得意だが、真っ正直な性格で蔭日向なく働く。年齢は十九、利兵衛はそのうち茶の市の若い者の中から適当な者を選んで所帯をもたせるつもりでいた。

昨夜、たまたまその栄が利兵衛から休みをもらい、前の日から小松川の実家へ帰っていて隠居所は利兵衛が独りだった。

四ツ（午前十時）頃、栄が小松川から帰って来ると、まだ玄関の締まりがしたままだった。

年を取ってからの利兵衛は朝が早かった。日の出とともに起きて朝食を済ませ、茶の市に行って前日の売上げ金を受け取って隠居所に帰る。それが日課で四ツには帰っていなければならない。

栄は利兵衛が茶の市で何か手間取っているのかと思い、何気なく庭に廻ると、雨戸が一枚外れている。よく見ると、無理にこじ開けられたように、戸の一部が毀されていた。部屋の中を覗くと、居間の障子が明け放され、血の中に利兵衛が倒れているのが見えた。

利兵衛は夜着ではなく、寝た形跡がなかった。文机には書きかけの半紙があり、ものを書いている最中に襲われたようだ。後で判ったのだが、利兵衛が最後に書いた文字は「五《ご》大力《だいりき》サ」の四つだった。

「五大力サって、何だ？」

と、頓鈍が言った。

「手紙の封じ目に書く字です」

と、貞次が言った。

「遠くまで願いが届くように、という意味です」

「とんと、その手の文《ふみ》をもらったことがねえ」

頓鈍は照月に訊いた。

「文の封じ目に五大力などと書くのは女だけでしょう」

「まず、そうでしょうねえ」

「すると、利兵衛は女か」

「でも、最初から封の字を書く人間はいないでしょう」

と、貞次が言った。

「そうだな。その上、五大力なら五大力だけでいい。サの字が余分だな」

「見方によっては五大傘とも読めます」

「……なるほど、力の字がカか。それにしても判らねえ」

「それ、五大力菩薩《ぼさつ》の書きかけじゃないかしら」

と、照月が言った。

「なるほど、五大力菩薩なら、五大力に続く菩の字の草冠はサだ。しかし、利兵衛は五大力菩薩と書いてどうしようというのだろう」

「句のような感じはしませんでしたか」

と、照月は貞次に訊いた。

「そう言えば、句のような字配りとも言えます。しかし、利兵衛は普段、句など捻《ひね》り出すような男じゃなかったようです」

「まあいい、先を続けねえ」

びっくり仰天した栄はすぐ自身番へ駈け付ける。すぐ総泉寺門前の千吉という岡っ引きが飛んで来て、手下を八丁堀に走らせた。

たまたま貞次は総泉寺の灌仏会《かんぶつえ》の人出を当て込んで、朝からその辺りをうろうろしていたので、門前の千吉が駈けて行くのを見て、何かあったなと、ぴんときて後を追った。貞次は以前、千吉に有力な情報を提供したことがある。

隠居所に行って見ると、利兵衛は何個所か傷を負っていたが、背から心臓にかけての刺傷が致命傷のようだった。

家の中は家探しされた形跡で、駈け付けて来た茶の市の主人は、かなりの金品が持ち去られていると言った。

「その賊はひげ新や天庵を襲った連中なんでしょうか」

と、照月が言った。

「そこが、気に入らねえ」

と、頓鈍が腕を組んだ。

「ひげ新と天庵に押入った賊は、店の者を縛っただけで殺しはしなかった」

「利兵衛が騒ぎ立てたとしたら？」

「相手は大の男が三人だ。殺さなくても、どうにでもなったはずだ」

「……そうですねえ」

「それに、ひげ新と天庵の賊なら、なぜ隠居所の方を狙ったんだろう」

「茶の市の方には金がねえのを知っていたんでしょう」

と、貞次が言った。

「茶の市にゃ、金がねえ？」

「利兵衛は茶の市には金を置かなかったそうですよ。茶の市の主人、藤助がそう言っていました」

「……益益気に入らねえの。なぜ、賊はそんな内所を知っていたんだ。ひげ新と天庵のときとは、大分違うじゃねえか。しかも、女中が留守だ、ときている」

「押し込むのには全く、お誂《あつらえ》だ」

「お栄とか言ったな。なぜ、休んだんだろう。身寄りに病人でも出たか」

「そうじゃねえんです。昨夜、利兵衛はお栄が邪魔だったんです」

「ほう……」

「というのは、利兵衛の奴、月に何度か女を隠居所に引き入れて泊めていた。その度に、お栄は休みをもらっていた」

「……相手はどんな女だ？」

「何でも、近くに住んでいる後家《ごけ》さんということですがね」

「それで、女は来たのか」

「どうも、来た形跡がねえんです。来ていりゃ、その女も巻き添えになっていたでしょう」

「なぜ、来なかった」

「女の方で嫌気が差したようです。利兵衛は床の中で妙な癖を出すとかいいます。好かねえ爺《じじ》いだ」

「……反対に、今の茶の市の主人は評判が良いようだの」

「ええ。腕が立って働き者です。藤助と言うんですが、利兵衛の娘の婿になった男です。十歳《とお》のときから板場で洗い物をしていた。苦労人です」

「利兵衛にゃ、息子はいなかったのか」

「いたことはいたんです。でも、この安雄《やすお》という倅が親に輪を掛けた道楽者。しかも、悪でしてね。親が金を渡さなければ泥棒でもしかねない。酒乱で吉原の女郎に大怪我をさせたこともある。利兵衛夫婦もほとほと手を焼いたとみえて、十七のとき勘当。それ以来、今、どこにいるかも判らねえようです」

「なるほど」

「まあ、茶の市では息子の安雄をすっかり諦め、娘が年頃になると、悪い虫でも付いて嫁に出すようなことがあっちゃならねえと、分別が定まらないうちに、眼鏡にかなった藤助を婿にしたんですが、藤助にとっちゃ、迷惑したでしょう」

「なぜだ」

「だって、茶の市の主人になったといっても名ばかり。扱いは今迄の奉公人と少しも変わらない。おまけに、娘も藤助が奉公人だという頭が抜けねえもんだから、すっかり尻に敷かれているそうです」

「利兵衛が隠居しても同じか」

「もっと悪いようです。利兵衛は着道楽で自分では金を惜し気もなく使う癖に人には吝嗇《けち》。毎朝、茶の市が起きるころを計ってやって来ては、前の日の売上金を一文残らず持って隠居所に引き上げる。近くですからね、その金を持って吉原の安女郎を買う。四十五ですがまだ脂ぎっている。最近じゃ、女郎にも飽きたとみえて、例の後家さんにも手を出している」

「面白えな」

と、頓鈍はちょっと照月の方を見た。

「そう来なくちゃいけねえ。お家騒動の下拵《したごしら》えがすっかり整っている」

「天庵がそうでなくて、お気の毒でしたねえ」

と、照月は言った。

「いや……他人の家の火事なら面白い。そういうもんなんです。お神さんだって、他人の火事は好きでしょう」

「大好きね」

「まあ、それで、私達のおまんまの種ができるわけで、その、茶の市の安雄はそれからどうしているのだろう」

「一昨日、女中のお栄がその姿を見掛けたと言っています」

と、貞次が言った。

「ほう……どこでだ?」

「お栄が昼過ぎ、買物の帰り、隠居所の方から歩いて来た男が、あまり利兵衛に似ているので、はっとしたと言っています」

「お栄は安雄の顔を知らないのか」

「ええ、安雄が家を飛び出したのが十年も前、お栄が隠居所で働き始めて一年にもなりませんから、実際の顔は見たことがない。しかし、鼻筋から口元へかけての感じが利兵衛そっくりだったそうです」

「なるほど。その男はどんな様子だった」

「何でも、粗末な身形《みなり》で、不景気そうな面《つら》をしていたらしい」

「もし、安雄が茶の市に姿を見せるようだと、事だろうな」

「そりゃあ、そうです。順当にいけば、茶の市の主人になっていた男です」

「困っていりゃ、利兵衛にそれを言い出すだろうな」

「話がこじれたら、かっとして殺《や》りかねませんよ」

「藤助はどう思うだろう」

「藤助だって大変です。これまで苦しくとも辛抱して来たのは、利兵衛が金を持って死ねないことを知っているからです」

「いくら悪でも親子は親子。利兵衛が財産を分けるような気になったとすると――」

「その前に、藤助は利兵衛を殺してもおかしくはない」

「昨夜、藤助はどこにいた？」

「……そこまではまだ判りません。今頃、門前の千吉が駈け廻っているでしょう」

「よし、判った。お前はその方を当たってくれ。俺は帰って稿本に取り掛かる」

照月はほっと溜め息を吐《つ》いて、

「何でも読売にしなけりゃ気が済まないのかねえ。お上が嫌がることを」

「そうですとも、お上が煙たがらなきゃ、面白くも何ともねえ」

と、頓鈍が立とうとしたとき、二人連れの客が入って来た。それぞれ手に青竹を持っている。

それを見た頓鈍が棒立ちになった。

頓鈍はちょっと顔を上気させたが、すぐ元の表情に戻った。

「お神さん、今日は灌仏会でしたね」

「そう……それが、どうかしたんですか」

「利兵衛殺しの下手人が判りましたよ」

「…………」

「ほら、虫除《よ》けの呪《まじな》い」

「あっ――」

「ですから、下手人は女中のお栄以外、考えられねえでしょう」

頓鈍はその日のうちに夢裡庵と会い、自分の考えを話した。

翌日、頓鈍は照月のところへ夢裡庵と話した事件の顚末《てんまつ》を報告に来た。頓鈍が利兵衛殺しの下手人はお栄に違いないと言うと、夢裡庵はそんなことは百も承知だと負けぬ気で言った。夢裡庵の方では、利兵衛の屍体の硬直が遅いところから、死亡した時を疑っていたようだ。

しかし、夢裡庵の方は証拠がないという点で、頓鈍の話は大いに得るところがあったに違いない。

一つの嘘が明らかになってからは、栄は観念したようで全てを白状した。

殺された利兵衛は栄とも火遊びをしていたのだ。栄は最初の甘言を真に受けて本気になっていたが、利兵衛はすぐに栄に飽きて例の後家と懇《ねんご》ろになってしまった。栄は日頃、そんな利兵衛を深く怨んでいた。

四月七日もそうで、栄は悲痛のうちに隠居所を後にして実家で一晩泊った。翌朝、戻ると、女は来なかった様子で、利兵衛は文机の前で書きものをしていたが、栄の帰って来たのを見ると筆を放り出した。前の晩、満たされなかった利兵衛は力ずくで栄を押し倒そうとした。栄は台所に逃げ、咄嗟《とっさ》に出刃庖丁を手にしていた……。

栄は気を取り直すと、大変に恐ろしくなった。理由はどうあろうと、主殺しは大罪。何とか逃れる工夫はと考えあぐねた結果、利兵衛殺しを強盗のせいにしようと思った。

同じ料理屋の事件だから、ひげ新と天庵のことはすぐ仲間内に拡がり、利兵衛も茶の市で聞いて来て、栄に戸締りには気を付けるように言ったばかりだった。

栄は急いで家の中を荒らし、強盗が押し入ったような小細工をして自身番へ届けたのだが、文字の読めない悲しさで、利兵衛が半紙に書きかけていたものの意味が判らなかった。ましして、それで自分が捕まるようになるとは夢にも思わなかったと言った。

「お洒落な利兵衛のことですから、女みたいに衣装を大切にしていたんです」

と、頓鈍が言った。

「利兵衛はお栄が帰って来る前、総泉寺の花祭に行ったんです」

「わたしも、神田のことで頭が一杯になっていましたから、つい、お釈迦様の日だということを忘れていました」

と、照月が言った。

灌仏会の日、各寺では青竹の手桶に入れた甘茶を売る。その甘茶を戴き、墨にすって「五大力菩薩」と三行に書いたものを衣類の櫃《ひつ》に入れておくと、その一年間は虫が寄り付かないのだ。

利兵衛はその呪いを書いていたわけで、強盗が入ったという七日にはまだ寺が甘茶を売り出していない。だから、利兵衛は八日の朝までは生きていなければならないのだ。

栄が安雄らしい姿を見たというのも嘘。怪しい人物を登場させ、疑いをその方に向けようとしたのだ。

一方、三人組の強盗もすぐにご用となった。この方はその内の一人に薩摩訛りがあったことが手掛かりで、夢裡庵の情報網がものを言った。

強盗は薩摩藩の浪人《ろうにん》だった。三人組は番付の大関を張っている店なら繁昌しているだろうと単純に考え、最初にひげ新を襲ったのだが、意外と有り金が少なかったので、翌日、続けて天庵に狙いを付けたのだ。天庵から盗み出した金の阿弥陀如来像は強盗の一人が持っていたので、無事天庵に戻された。

その日の内、連続強盗事件の顚末を書いた読売が出、前の番付と一緒に大いに売りまくった。

夢裡庵はどう画策したのか、栄のことは表に出さなかった。頓鈍もそれに従って、あたかも強盗が連続三軒を襲ったように書いたので、読売は一層面白くなった。

ただ、そのために神田天庵がいつまでも忙しくなり、金三郎だけが不服を言った。

砂子四千両

船堀の渡しを越えて大島《おおじま》、大島をすぎて猿江《さるえ》。江戸はもう間近だった。頓鈍《とんどん》は日の傾き工合を見て、これなら明るいうちに、大川を渡れそうだ、と思った。

長かった梅雨《つゆ》がやっと明け、一年中で一番日の長い季節。畑の夏作が緑を濃くして、伸び盛りの勢いが感じられる。遠くに冴《さ》えて郭公《かっこう》の声。歩き続けて汗ばむ額を、白南風《しらはえ》が快く過ぎていく。

頓鈍が無心に歩を進めていると、背後で何人かの話し声が近付いた。振り返ると、小名木川を江戸に向けて進んでいく平田《ひらた》船で、胴の間に五、六人の若い者が丸くなって、何やら大声で笑い合っている。船はすぐ頓鈍を追い越して見えなくなった。

しばらくすると、これも同じような船が一隻、この方は二組の家族らしいのだが、矢張り賑やかな調子で江戸に向かっていった。

その船が見えなくなるころ、行く手で雷のような音が聞こえた。さっきから空を見ているのだが、雷を起こしそうな雲は見えない。頓鈍がふと立ち止まると、今度は遠くの地上近くに白煙が立ち、一呼吸してから同じ爆音が聞こえてきた。

「そうだ。今日は、大川の川開きだったんだな」

頓鈍を追い越していった二隻の船は、花火見物の船だったのだ。そう思ってあたりを見ると、道には連れ立って江戸に向かう人が多くなっているようだ。

とすると、夕刻までには大川端一帯は大混雑が予想される。毎年のことながら、橋の上も人で埋まり、うっかりすると、思うように向こう岸へ渡れないかも知れない。が、それもまあいい。そのときはそのときで、花火見物だと腹を決めたのだが、不思議なもので、花火の音が続けて聞こえるようになると、ゆっくり歩いていられなくなる。独りでに足が早くなって、ほどなく隅田川に着いた。

案の定、川沿いには人が犇《ひし》めいていてもう酒に酔って赤い顔をした奴《やつ》がいる、と思うと三味線や太鼓を持ち出して、どんちゃんどんちゃんやっている一団がある。並茶屋は揃って絵行燈《あんどん》を出し、軒先の提灯《ちょうちん》がどこまでも続く。

そのうち、あたりが暗くなると、騒ぎは一段と盛り上がった。

屋形船、伝馬船《てんません》、平田船、釣船。あらゆる船が人を満載して川筋から漕ぎ寄せ、川面《かわも》を埋め尽し、それぞれに燭をともす。その火が波頭に照返して空よりも川の方が明るくなる。橋の上も人で鈴生《すずな》りだ。

頓鈍は長旅というのではなかったが、歩き疲れたので手近の腰掛け茶屋で一杯やることにする。鳴物、唄声、人のざわめきの中、一発が打ち上げられると、嘆声や誉《ほ》め声が轟《とどろき》となって、大川の流れも変わるかと思うばかりだ。

夜空に開く巨大な乱菊、緋牡丹《ひぼたん》、その間を縫《ぬ》うようにして、流星《りゅうせい》、虎の尾、星下り。何しろ、一発が十何両もする尺玉が、一瞬にして次次と煙となってしまうのだから、江戸中の人間が沸き返るのも無理はない。

頓鈍は花火と歓声と酒で、目眩《めまい》に似た酔いを感じていると、すぐ近くでざわめきが起こった。

花火の誉め声とは違う種類のもので、頓鈍がその方向に目を移すと、人混みを切り裂くように、一人の小柄な男が飛び出して来た。

「掏摸《すり》だ、掏摸だっ」

男は叫びながら頓鈍の前を駈け抜け、あっという間に人混みに紛れてしまった。

すぐ、その後から、

「畜生、待ちやがれ」

これは老婆だった。

しっかりと懐ろを押え、白髪の小さな髷《まげ》を振り乱すようにして駈けて来たが、頓鈍の前で立ち止まると、地団駄を踏んだ。相手を見失ってしまったらしい。

「今の奴、どこへ行った?」

と、頓鈍に訊く。

年にしては大柄で、気の強そうな顔だった。その顔に見覚えがあった。

「小桜屋《こざくら》の、ご隠居じゃありませんか」

老婆は焦《じ》れったそうに声を荒くした。

「どこへ行ったと訊いているんだよ」

あくまで掏摸を追う気らしい。頓鈍は苦笑いした。

「駄目ですよ、ご隠居。相手は玄人《くろうと》でしょう」

老婆は頬を脹《ふく》らませた。

「野郎、捕えて腕をおっぺしょってくれると思ったのに」

「……相変わらずだな。まあ、落着いてください」

頓鈍は縁台から腰を浮かせて、坐るだけの場所を作ってやった。老婆はそこにどっかりと腰を下ろした。

深川切っての大きな茶屋、小桜屋の隠居で、たけという名だった。若い頃は小桜屋の抱え芸者で、器量がよく芸がしっかりしているというので、大変な売れっ子だったそうだ。それが、小桜屋の若旦那に見初められて嫁入りし、やがて小桜屋を継いで女将《おかみ》となった。今はその若旦那も死んで隠居の身だが、身代《しんだい》はしっかりと握って放さない。評判の吝嗇《りんしょく》家《か》なのだ。

以前、吉原が全焼したとき、焼け出された多くの遊女屋が一時深川に仮宅《かりたく》したことがあった。頓鈍はそのとき、際物《きわもの》の深川細見《さいけん》を出板しようとして、小桜屋に出入りし、たけと顔見知りになったのだ。

「何か、盗られましたか」

と、頓鈍が訊いた。

「なに、盗られるような、どじじゃあねえや」

たけは押えていた菊五郎格子の浴衣《ゆかた》の胸を少し開けた。中から黒い猫の顔が覗いた。

「おれの隙を見て、野郎、懐ろへ手を入れやがったんだ。それで、痛えと悲鳴をあげやがった。まるに指を引っ掻かれたんだよ」

「じゃあ、被害がなくてよかったんじゃないですか」

何だろうと、たけを見守っていた見物人も、一人立ち二人去る。

「ご隠居、お独りなんですか」

「いや、供とはぐれちまってね。だが、まあいいや。こうしたところで飲《や》りながら花火見物も乙だの」

頓鈍は手を叩いて酒を取り寄せる。

まるが懐ろから出て来て、たけの膝にうずくまった。だが、何となく落着かない。

たけは頓鈍の前の小皿を覗いた。

「お前さん、読売屋さんだった」

「へい。名は頓鈍」

「そうそう、頓鈍さん。ところで、まるが腹を空かせているらしいんだ。その芋《いも》を一つ馳走してやってくれねえか」

「じゃ、別に取りましょう」

「そうかい。遠慮はしねえ。じゃ、これはまるにやり、新しいのはおれが馳走になりましょう」

だが、まるは芋の小皿には見向きもしなかった。

「はて、妙だの」

たけは首を傾ける。

「もしかして……頓鈍さん、何か持ってやあしませんか」

「……さっき、行徳から帰って来たところで、土産《みやげ》に栄螺《さざえ》と蛤《はまぐり》を少少持っています」

「それだ。まるは贅沢《ぜいたく》な子でしてね。貝に目がないんでござんす」

「それなら、一つあげましょう」

「悪いですねえ。折角のお土産なのに」

「なに、家は嬶《かかあ》と二人きりですから、そんなにはいりません」

頓鈍は荷の中から大きな蛤を一つ取り出した。たけがそれを地面に置いた石で割ると、まるは膝から滑り降りて蛤を食べ始めた。

「前にお会いしたときは、まだお独りでしたね」

と、たけが言った。

「先月、やっと、身を固めました」

「そりゃ、よござんした。今日は？」

「物干からでも見物しているでしょう」

「おや、まあ。一緒んなってまだ間がないのに。それじゃお神さん、淋しいでしょう」

「なに、私はいい年。嬶も後家さんでしたから、そんなべたべたはできません」

「すると？」

「へい、入婿と洒落《しゃれ》ました」

「で、お神さんの家は？」

「本郷の、天庵てえ蕎麦《そば》屋で」

「ふうん。天庵と言や、通《つう》の間じゃ評判の蕎麦屋だ」

「通はあまり好きませんねえ。口喧《くちやか》ましい癖にとんちんかんで」

「じゃあ、お前さんを目の前にして言うのも悪いが、玉の輿《こし》だ」

「その通りでやす。気にはしません。私は素寒貧《すかんぴん》でしたからね」

「で、堅気の商人《あきんど》になった気持はどうだい？」

「悪かぁありませんね。今じゃ、庖丁を握ったり、釜前に立ったりしています」

「天庵のお神は男嫌いだと聞いたことがあったよ。どんな手を使ったんだい」

「ですから、ちょっと洒落てみたんです」

「……どう洒落たんだい」

「つまり、娘は常磐津《ときわず》の名が照月《しょうげつ》てんで。それが天庵に嫁入りして、照月はてれつくとも読めますから、てんてれつくで。それで、私の号が頓鈍ですから、続けますと、てんてれつくてんとんどん」

「結局、それが言いたくて、天庵に入婿したのかい」

「そうなんで」

たけは嫌な顔をした。どうやら、洒落が嫌いのようだ。天庵の財産が目当ての入婿なら、勘弁できるという顔だった。

「で、行徳へ行って来たというのは、魚の仕入れか何かでかい」

「いえ、蕎麦の仕事じゃねえんです。行徳の漁師が、金の伊勢海老《えび》を網で引き上げたという噂を耳に挟んだものですから、どんな塩梅《あんばい》かと思って行ってみたんです」

「……金の伊勢海老？」

「へえ。本物なら、大した代物《しろもの》でしょう」

「そりゃあそうだが、相変らず物見高え男だ」

「なに、これも仕事の内で、それが本当なら刷物にして売出そうと思いましてね」

「なんだ。まだ、あの方もやっているのかね」

「へえ。元、内にいた若い者が、私に読売を止められちゃあ困ると言うんで、たまさか天庵の二階で書きものをすることもありやす」

「それで、その海老は本当に金だったのかい」

「それがねえ」

頓鈍は口惜《くちお》しそうな顔をした。

「その海老を引き上げた漁師もびっくりして、こりゃあ前代未聞、きっと目出度え瑞祥《ずいしょう》に違えねえ。だから、お上に届け出るべいとわいわいやっているうち、海老の奴息をしなくなってしまった。すると、奇妙なことに金の皮が段段褪《さ》めていって元の木阿弥《もくあみ》。ただの伊勢海老に戻っちまったということです」

「……じゃあ、詰まらねえじゃねえか」

「そうなんです。金だという証拠がなくなっちまったもんですからね」

「ふうん……金ねえ」

空には金色の大玉が散った。たけは花火を目で追って、

「今日は金に縁がある日だの」

そして、声を落とした。

「頓鈍さんは世間が広いようだから訊くんだが、この世に砂から金を作り出す者がいるかえ？」

「砂から金？」

頓鈍は返事ができなかったが、聞き捨てにならない話だ。

「絶対、他言しない約束なら喋るが」

と、たけは言った。

「約束します。それはどんな話なんです？」

「実は、おらんだ人から砂を金にする秘術を教わったという者が江戸に出て来ているんだよ」

その男の名は草藤十兵衛《くさふじとうべえ》、号を蘭魚《らんぎょ》と言う。

草藤家は代代、長崎奉行所のおらんだ通詞《つうじ》で、蘭魚ももの心ついたときには日本語とおらんだ語をちゃんぽんに喋り、十五のときから稽古通詞になったほどだから、おらんだ語は下手なおらんだ人よりも達者だという。

それがあるとき、ジョベノン　ローコキというおらんだの医者と識《し》り合いになった。このローコキは三十五ぐらい。金髪で目が青く透き通り、鉤鼻《かぎばな》だった。ローコキは一度会ったときから、蘭魚のことをひどく気に入ってしまった。しばらく付き合っているうちに、他人には言えないようなことも打ち明ける。

蘭魚はローコキが女好きで、毎夜、空閨をかこっていることを知って、一夜、丸山の遊廓に案内してたっぷりと遊ばせてやったところ、ローコキは大感激した。その後、ローコキは丸山に足繁く通うようになり、馴染《なじ》みもできたほどだったが、そこまではよかった。ローコキは調子付いて、今度は藩の奥向き膳所女中に手を出した。最初、その女中がおらんだ料理についてローコキのところへ話を訊きに来たのがきっかけだったというのだが、それが露見しそうになった。この国で不義はお家の法度であるから、表沙汰になれば、おらんだ人であろうと、死罪になっても文句は言えない。

ローコキは蒼《あお》くなって、蘭魚のところへ助けを求めて来た。蘭魚はそれを丸く収めてやったのである。実際、蘭魚がいなかったら、ローコキの首は胴につながっていなかったはずだ。

そのとき、ローコキは蘭魚を命の恩人だと深謝し、何か礼をしなくてはならないが、異国のことゆえ、思うようなことができない。その代わり、おらんだ国でも秘中の秘、ローコキ家に伝わる、砂を黄金に変える術を教えたい、と言った。これが他に洩れれば、世界中が混乱に陥るに違いないから、他人にも絶対の秘密、蘭魚一代の術とすること。その契約で、ローコキはローコキ家の秘伝を蘭魚に教え、おらんだに帰って行った。

この術になくてならないのは、マテリヤプリマという薬水であった。ローコキは蘭魚に一瓶のマテリヤプリマを渡したのだが、蘭魚はもっと多くのマテリヤプリマが欲しくなり、病気ということで役職を辞し、マテリヤプリマを求めて日本中の山山を歩き廻る旅に出た。

妻はそうした蘭魚を狂人だと思い、子供を連れて実家へ帰ってしまった。蘭魚の貯えも二、三年で尽き、それからは乞食同然の姿になったが、それでも変わらぬ執念。とうとう、飛騨《ひだ》のある山奥で、念願のマテリヤプリマを発見したのだ。ローコキに秘術を得てから、七年の歳月が過ぎ去っていた。

さて、薬水は手に入れることができたが、身の廻りを振り返ると、一物も持っていない。金を作るには吹き場を作り色色の道具も揃えなければならない。蘭魚は江戸に出れば自分を助けてくれる人がいるに違いないと思い、やっとの思いで江戸に上ったのだが、長年の疲労と食物の不足とで、橋場の路上でぶっ倒れてしまった。

この蘭魚を拾ったのが、橋場の菜飯《なめし》屋、上野《こうずけ》屋善右衛門《ぜんえもん》という男だった。蘭魚は元気になってから自分の身の上を話して、最後に、

「もし、五十両の金があれば、人里離れたところに吹き場を作り、いくらでも砂を金にして見せましょう。ローコキの約束もあり、秘伝を教えることはできないが、作った金はいくらでも差し上げます。元金の五十両はすぐ千両にも二千両にもなるはずです」

と、言った。

上野屋は外から見ると立派な構えだったが、その実、内証《ないしょう》は火の車だった。蘭魚の話に自分だけ乗りたいところだが先立つものがない。そこで、上野屋善右衛門は自分の識り

合いの中から、金があって、口の固い何人かを選び出して金主になってもらおうと思った。善右衛門が金主として選び出したのは、茅場町《かやばちょう》の呉服織物問屋、大坂屋《おおさか》清兵衛《せいべえ》、上野広小路の薬屋、石霊園長右衛門《ちょうえもん》、そして小桜屋のたけだった。

「選《よ》りに選ったね。どれも、金持で欲の深い人間ばかりだ」

と、たけは他人《ひと》事のように言った。

「蘭魚の秘術が本当かどうか、近い内、石霊園の裏にある納屋《なや》で、その試しを見ることになっているんだ」

「じゃあ、それが本物なら、金主になろうってわけですか」

と、頓鈍が訊いた。

「そうなんだがね。どうも話が旨すぎる。五十両の元がすぐ千両にも二千両にもなるなんて聞いたことがねえ」

「それで、皆を集めて試すんでしょう」

「ところが、おれは最近目が霞《かす》んであまりよくものが見えねえから、作り出されたものが金だと欺《だま》されてもよく判らない。悪く考えると連中ぐるみ、おれを欺しにかかっているかも知れねえ」

「じゃ、お止めんなったら？」

「そうはいかねえ。その術が本当なら、金も欲しい」

「困った人だね」

「それで、頓鈍さん。その試し会に立ち会ってくれないかね。ここの勘定と、まるが食った蛤の代金はおれが払うからさ」

たけが身銭を切るというと、これはよくよくのことだ、と頓鈍は思った。

それが本当なら捨てては置けない。蘭魚がぺてん師なら読売のいい材料になる。どっちへ転んでも面白い話で、頓鈍はすぐたけの頼みを承知したのだが、よく考えると、肝心の金というものがよく判らない。金は金山から掘り出すぐらいなことは知っているが、砂から作れるものか問題だ。

翌日、頓鈍は神田お玉が池へ行くことにした。自然、天産物を研究している偉い先生がいるのだ。

田岡千代之助《たおかちよのすけ》、号は岩成《がんせい》。江戸城の天文方だったが、すでにお役は息子に譲って隠居の身。隠居をしていても、学者の間では相当有名な先生とみえて、いつも本草《ほんぞう》学者や医者の出入りが絶えない。

頓鈍もよく岩成のところへ出入りする。商売柄、顔が広いので、色色な鑑定を受けることがよくある。わけが判らないと岩成のところへ持ち込む。岩成先生はそれを一目見ると、だいたいどんなものか言い当てるのだ。

前に、河童《かっぱ》の頭蓋骨というのがあって、言われるとなるほど河童の頭に見える。だが、どうも眉唾《まゆつば》なので、そのときも岩成に見せると、これは白長須鯨《しろながすくじら》の背骨の一部だと、すぐに出所が判った。こんな例を持ち出せば、限りがない。

その日も、頓鈍がお玉が池の岩成の家に行くと、目が吊《つ》り上がった、癇癖そうな若侍が門から出て来たところだった。その後を女中が塩を撒《ま》いている。

頓鈍が訊くと、今の侍が岩成に変な問答を持ち掛け、すっかり岩成の機嫌をわるくさせたと言う。

「じゃあ、出直した方がいいかな」

「いいえ、先生は町方の人が好きですから、気分を直してやって下さいな」

と、女中がすぐ奥に案内した。

岩成は八十余歳、禿《は》げ上がった広い頭に、髷《まげ》を小さく結っている。長く白い眉の下に優しそうな目がある。八畳の部屋に、ところどころ引出しの閉まりきっていない古い薬箪笥《くすりだんす》が一つ。あとは書物や拓本の山、器物のかけらや見馴れない石や玉がごろごろしていてうっかり足も入れられない。岩成は机と書物の隙間に、よれよれの紺の十徳《じっとく》をだらしなく着て、あぐらをかいていた。

「先生、お冠りのようですが、どうなさいました」

と、頓鈍が訊いた。

岩成は長い耳を引っ張って、

「いや、どうも今の若い者は何を考えているか判らない。あの若造、日輪は火が燃えているのではない、と言いおった」

「へへえ。お天道様は誰が見ても火の玉ですがねえ」

「それを否定するというのは威勢がいいがの」

「先生、万物の根本は木火土金水《もっかどごんすい》なんでしょう」

「古《いにしえ》からそう言われて来ておるな」

「つまり、若侍はそれにけちを付けに来たんだ」

「しかし、言われてみると、もっともな点もあった。日輪が火だとすると、何万年も昔から燃え続けていられる道理がない」

「途中で沢山の薪か何かを放り込んだらどうです」

「そんなことができる者がいるかな」

「いませんね。お天道様が火でないとすると何でしょう。真逆《まさか》、水じゃあねえし、木でもない。土や金はつべてえしね」

「まず、日輪が火でなければ、砂から金が作れるわ。一応はそう言ってやった」

「……先生、砂から金が作れないもんですかね」

岩成は歯の欠けた口を開いて笑った。

「どうも、お前方の話は理にかなっていないから面白い」

「と言うと、ばかにしているわけですね」

「いや、そうではないが、ものには道理というものがある」

「でも、おらんだ人なんかは、色色妙なものを作り出しているでしょう」

「そうだな。しかし、それらをよく見ると、いずれ道理にかなったものばかりだ」

「じゃ、その道理を呑み込めば、おらんだ人が作ったと同じようなものが作り出せますか」

「それは当然だな。その道理を極めるのがわしの仕事。究理《きゅうり》の学問である」

「なるほど、究理ですか。じゃあ先生、茄子《なす》を極めると、どんなことになります」

「相変わらずおかしなことを言う。植物は皆同じだ。茄子も繊維というものから出来ておる」

「じゃ、繊維をどんどん細かくしていくと？」

「細胞というものに突き当たるな」

「じゃあ、その細胞は？」

「原形質と核とに分けられる」

「それをどんどん細かくしていくと？」

「いくらでもできるな。しかし、その究理もどんどん難かしくなる」

「じゃあ、結局は胡瓜《きゅうり》も茄子も同じことですか」

「まあ、蛋白質という点では同じだ」

「それなら先生。金をどんどん細かくしていくとどうなります」

「砂金となる」

「砂金を細かくすると」

「金粉だな」

「じゃ、金粉を」

「しつこいな、お前は。金はいくら細かくしても金である」

「……そりゃあ、変でしょう。胡瓜も茄子も行く着くとこは同じなのに、金は金ですか。胡瓜や茄子が聞いたら、きっと怒りますよ」

「胡瓜や茄子が怒るか」

「でも先生。金を細かくして、これ以上細かくすると、全く同じものになってしまうということは、絶対にないんですか」

「ううむ……理屈としては、あるかも知れない」

「そうでしょう。すると、金も砂も、究理は一緒だ」

「……だが、まだそれを実際に極めた者はいない」

「でも、それを極めれば、砂を金に変えることができますね」

「……お前は一体、何を考えているんだ」

「最後に一つだけ。先生、マテリヤプリマてえ言葉をご存知ですか」

「マテリヤプリマ……西洋の言葉で、物質の根元という意味だが」

「そうですか。いや、それだけ判ればいいんです。お邪魔しました」

「待て待て。その言葉をどこから覚えて来た？」

「……ちょっと、小耳に」

「ばかを言いなさい。ちょっとやそっとで、そんな難かしい言葉がお前の耳に入るわけがない」

「まあ、お気になさらずに」

「気にするな。お前は今、大宇宙の核心に迫るような問題を口にしたぞ。一体、何があったんだ。言わなければ、今後、一切出入り差し止めだ」

「……困ったな。先生、これは大秘密ですよ」

「判った」

「実は先生。ジョベノン　ローコキというおらんだ人から、砂を金に変える術を教わった男が、この江戸に出て来ているんです」

頓鈍の話を聞き終ると、岩成は優しい目を光らせ、

「それが真実なら、おらんだ人は宇宙の究理に行き着いたに違いない。ひょっとすると、

日輪の熱と光の法理をも察知しているかも知れん」

しきりに首を動かしていたが、

「その、草藤蘭魚という男の試し会に、わしもぜひ立ち会いたい。頓鈍、一つ骨を折ってくれないか」

「かしこまりました。でも、究理の大先生が来ると言うと、相手は秘術を盗まれると思い、断わってくるかも知れませんよ」

「何とかならないか」

「こうしましょう。強欲な金持の隠居ということにして連れて行きます」

「金主になるなら、いくらでも金を出す。勿論、それは十倍にも二十倍にもなって返って来るだろうな」


上野広小路の石霊園に集まったのは、大坂屋清兵衛、上野屋善右衛門、小桜屋たけ、それに田岡岩成と頓鈍、石霊園主人の長右衛門だった。

しばらく待つうち、石霊園の番頭、儀八《ぎはち》が皆の前に現われ、蘭魚の用意が整ったと言った。

儀八の案内で全員が石霊園の裏手に廻る。裏はすぐ二戸前の土蔵が並び、その間を抜けると、古い納屋があった。

「少少、むさ苦しゅうございますが、人目に立たぬところというので、急遽《きゅうきょ》ここに手を入れて吹き場としました」

と、長右衛門が言った。

全員が中に入ると、戸が締め切られる。何本かの燭台が照らす土間の中央に、炉が作られて、中に赤赤と炭火がおこっている。正面には急拵えらしい神棚ができていて、真新しい注連縄《しめなわ》が張られ、燈明と神酒《みき》が添えられていた。

草藤蘭魚は白の狩衣《かりぎぬ》に立烏帽子《たてえぼし》という姿で、南蛮煙管《なんばんぎせる》をはすにくわえていたが、全員が納屋に入るのを見て煙管をかたわらに置き、炉の向う側に立って皆を見廻した。

蘭魚は大柄で色浅黒く、骨張った四角い顔で、目の鋭い三十五、六の男だった。全員が炉の廻りに置かれた床机《しょうぎ》に腰を下ろすのをじっと見ていた蘭魚は、たけの懐ろに目を向けて顔をしかめた。たけの懐ろがもぞもぞ動いている。

「ご老女、猫をお持ちですな」

「ええ、まるとはいつも一緒なんですよ」

と、たけが言った。

「いけませんな。おらんだでは猫は魔物とされています。これからの術の妨げをするかも知れません」

「……そりゃ困りましたねえ」

「術の終るまで、一時、別室にお預け下さい」

番頭の儀八がたけの傍に来た。たけは仕方なく懐ろからまるを出して儀八に渡す。まるは喉を鳴らして相当もがいたが、すぐ儀八に連れて行かれてしまった。

儀八が帰って来るのを見て蘭魚は、これから術に取り掛かる、すでに注意があったと思うが、これからのことに関してご他言は固く無用、と言った。

蘭魚は炉に向かい、ふいごを使って一しきり火を煽《あお》り立ててから、傍にあった植木鉢ほどの坩堝《るつぼ》を手に取った。

「中をお改め下さい」

蘭魚は坩堝の口を立会人の方へ向けた。中は空だった。

「ちょっと、手に持たせてもらって、いいかの」

と、岩成が遠慮勝ちに言った。

蘭魚はじろりと岩成を見て、無言で坩堝を差し出した。岩成は坩堝を手に取ると、透かしたり底をひっくり返したり、指で弾いてみたりしてから、蘭魚に返した。

「念の入った改め方、不審なところでもありましたか」

と、蘭魚が訊いた。

「いや、ありません。ただの坩堝です」

と、岩成が答えた。

蘭魚は長右衛門の方を向いた。

「砂と亜鉛《あえん》を持って来られましたか」

長右衛門はうなずいて、二つの布袋を示した。

「砂は大川河畔で集めましたもの。亜鉛は識り合いの薬種問屋で求めて来たものです」

「いずれも、まだ拙者の手には触れていない品ですな」

「はい。先生のお言葉に従い、今迄、私の手元にありました」

「では、まず、その砂を一合、この坩堝の中に入れなさい」

頓鈍はじっと長右衛門の手元を見詰めた。蘭魚がいかさま師なら、手妻《てづま》使いのような手を使って、坩堝の中に金の塊《かたま》りなど投げ込むかと思っていたのだが、坩堝は岩成が手に取って改め、砂と亜鉛は長右衛門が用意したものでは、今のところ公明正大である。

長右衛門は言われた通りに、砂を坩堝に移した。

「次は、亜鉛を一合」

長右衛門は亜鉛の粉末を坩堝に入れ、竹篦《たけべら》で充分に中を攪拌《かくはん》した。

「このまま、しばらく置きまする」

長右衛門は神棚の下にある台に坩堝を置いた。台は三本足で、坩堝がきっちり乗る大きさに作られている。

蘭魚は神棚に向かい、柏手《かしわで》を打った。

「だぶらえ、あなとみかえ……」

　意味は判らないが呪文のようだった。

　しばらくして、蘭魚は懐ろからギヤマンの瓶を取り出した。瓶の中には無色の液が八分目ほど入っている。

「これが、マテリヤプリマという神秘の薬水でござる。この数滴が、砂と亜鉛の混合物から、黄金を取り出すのです。ご存知の通り、砂も亜鉛も、共に火には絶対に燃えない物質。ところが、このマテリヤプリマを加えますると、奇跡が起こるのでござるよ。砂と亜鉛が火を発するのです」

　そして、蘭魚は長い鉄の棒を手にした。棒の先端は円形になっている。蘭魚はそこに坩堝の口を挟み、少しゆすってから炉の上に置いた。

　しばらくすると、坩堝の中から薄く白煙が立ち昇る。頃合いを見ていた蘭魚は瓶の栓を取り、坩堝の上に傾ける。一滴、二滴。薬水は見えるか見えないほどだ。だが、坩堝の中は確実に変化を起こし始めたのが判った。

　坩堝はもくもくと大量な黒煙を吐き出したのだ。頓鈍が今迄に嗅いだこともない異臭が物置の中に立ち籠める。と思うと、蘭魚の言う通り、砂と亜鉛が火となった。

　呼吸を計った、というより、煙に堪えられなくなったという感じで蘭魚は坩堝を炉から下ろした。煙は少しずつ少なくなり、その内、坩堝も冷めていくようだ。

「術は成功しました。後は坩堝の底に生じた金を取り出すだけでござる」

と、蘭魚が言った。

「では長右衛門どの、坩堝の中に固まった滓《かす》を突き崩し、他の器に明けてみなさい」

蘭魚は最初から最後迄、坩堝に触れようとはしなかった。これでは、どんな手妻使いでも、いかさまは出来ない。

長右衛門は用意しておいた素焼の盆を土間に置き、竹篦で坩堝を突いてから、中のものを盆の上に明けた。

立会人が固唾《かたず》を呑んで、長右衛門の手元を見守る中。

「あっ……」

黒く焼け焦げた残滓《ざんし》の上に、きらりと金色の光が輝いた。

残滓はまだ熱そうだった。長右衛門が火箸でその塊りを突き崩す。金は空豆《そらまめ》ほどの大きさだった。

「先生……この金の品位は？」

岩成が慌てた声を発した。

「正真正銘、混りなし、完全な金でござる。お疑いなら、この金を持ち帰り、自由にお改め下さい」

岩成はしばらく牛みたいに唸っていたが、

「いや、驚きました。手順には疑いを挟む余地はなく、これぞ本物の錬金の術。さすがはおらんだ国、万物の法をついに突き止めましたか」

と、手放しで讃嘆した。

蘭魚が言った。

「左様、最初はそれを作った拙者もびっくりいたしましたよ。ただ、肝心のマテリヤプリマ、今はこれしかござらぬ。いずれ、資金調達ができれば、もっと多くの薬水を採取することができましょう」

「それでしたら、ご心配なく。わしが千両でも二千両でもお目の前に積み上げましょう」

と、岩成が言った。

頓鈍は気に入らなかった。あまりにもあっさりと岩成が兜を脱いでしまったからだ。本草究理の大先生、田岡岩成が太鼓判を押したのだから、試しに立会った連中は、先を争って蘭魚のところへ金を運んでいくに違いない。

翌日、頓鈍が岩成のところへ行くと、先生、出来立ての金を秤《はかり》に掛けたり下ろしたりして悦に入っていた。

「こりゃあ、頓鈍。これは純無垢《むく》、完全な金であるよ」

「それはねえでしょう、先生。私が最初、砂から金を作るという話をしたら、大笑いしたじゃありませんか」

「しかしな。こう、真実を目の前に突き付けられたんだから仕方がない。お前だって、両の目玉で見ていたはずじゃ」

「そりゃ見ていました。野郎、変な真似をしたら、飛び掛かってその手をねじ曲げてやろう、と」

「蘭魚は何か怪しいことをしたか」

「しませんでしたね。試しの最中、蘭魚は坩堝に手も触れませんでした」

「後で長右衛門に聞いたのだが、砂や亜鉛は勿論、坩堝や竹篦まで長右衛門が用立てたものだ。蘭魚が自分で使ったものはマテリヤプリマだけだったと言う」

「それで、先生。ころりと欺されちまったわけですか」

「欺されたのではない。蘭魚が一切いかさまを用いなかったのであるから、当然の理《ことわり》として、蘭魚が本物の錬金術を得た。こう考えてよろしい」

「それも、究理の内ですか」

「そうだ。究理には先入観が禁物なのじゃよ。お前のように、最初から蘭魚を疑って掛かるのはよくない。気に食わぬ奴がやりおっても、真実は真実、虚偽は虚偽。それが、究理の第一歩である」

「そういうのを、目先が利いて寝返りが早いと世間で言います」

「これは究理であるから、世間で誰が何を言おうが平気だ。だが、世間には理が判らぬのか、無欲な者もいるな」

「……誰です」

「小桜屋のたけ婆さん」

「なぜです」

「先程、石霊園から使いが来て、わしは蘭魚への金を渡したのだが、小桜屋は金主はしばらく考える、と言ったそうだ」

「あの婆さんが、金主になるのを止したんですか」

「うん。精《くわ》しいことは判らないが、手を引いたことは確からしい」

頓鈍はこれも納得できなかった。

あの強欲なたけが、目の前に金儲けが転がっているのを見逃すわけがない。

「で、先生は石霊園にいくら渡したのですか」

「取りあえず、十両」

「十両……」

金主にしてはわずかな金額ではないか。岩成は言った。

「上野屋、大坂屋、石霊園、わしとが十両ずつ出し合い、〆《しめ》て四十両。何でも、池袋の農家の空家を買い、吹き場に直す金が三十両。あとの十両は蘭魚がマテリヤプリマを採取に行く旅費だそうだ」

「すると、蘭魚はその四十両持って？」

「いや、旅費の十両だけ懐ろに入れ、今朝、飛騨に発《た》ったそうだ」

また判らなくなる。

蘭魚がぺてん師なら、低く見積っても、金主の一人一人から百両。五百両の金を集めて消えてしまう、ぐらいのことを考えていた。それが、蘭魚は十両だけ持って旅立ったという。十両ぐらいの金で、手の混んだぺてんをするわけがない。

一方、たけはその十両の金も出し惜しんだそうだ。ひょっとすると、たけはあの錬金術がぺてんだったのを見抜いたのではないだろうか。しかし――本草究理の大先生も信じてしまった錬金術を、どうやってたけだけにぺてんが判ったというのだ。とにかく、たけに会って、何がどうしたのか訊き出さなければならない。

頓鈍は早早に岩成の家を辞して、深川の小桜屋へ。

小桜屋にたけはいなかった。深川八幡にお富士さんをお参りすると言って家を出たのだが、気が変り易い性分なので、どこへ行ったか判らないという返事だった。

その足で石霊園へ。

長右衛門は黄金の湯船にでも浸っているようなにこにこ顔で、

「その通りです。あの福の神さまは、実に無欲な方だ。十両の旅費だけでいいとおっしゃって、今朝、わたくしのところから旅立ちなされました」

と、言った。

「あの、マテリヤプリマですがね。蘭魚先生は旅に持って行かれたのですか」

「いや、ここに置いて行かれました」

「ここに？」

「ええ。ただし、使い方によっては、大変危険なこともあるとおっしゃいましたから、番頭さんと相談して、北の蔵の中にしまいました」

　頓鈍はまた不思議に思った。

　恐らく、蘭魚の唯一無二の秘薬がマテリヤプリマなのだ。それを、あっさり他人に預けて旅に立つ気持が判らない。

「本当に、マテリヤプリマがここにあるんで？」

「ええ。昨日の使い残りがそっくり。あれだけでも、四、五千両分の金ができるだろうとのことですよ」

「……それを、ちょっと拝見したいんですがね」

「でも、だめですよ」

　長右衛門はにやっと笑った。

「だめ、というのは？」

「蘭魚先生がおっしゃいました。多分、この薬水を見たがる者がいるかも知れない。臭《にお》いを嗅いだり舐めてみたりして、それが何であるか知ろうとする者がいるかも知れない。しかし、何人《なにびと》が調べても、その薬水の正体が判るわけでもないから、見たい者があったら、隠さずに見せろ、と」

「大した自信ですね」

「だから、頓鈍さん。あんたが見たって、だめだと言うんです」

「そういうご主人、あなたは？」

長右衛門は手を振った。

「その後、蘭魚先生は怖しいことをおっしゃいましたよ。もし、薬水を嗅いだりしたため、一命を亡《うしな》うようなことがあっても、拙者の責任ではない、と」

「なるほど」

「そんなおっかない薬、とても調べて見る気にはなりませんね」

「そうですか。じゃ、死んでも文句がなければ、私も見ることができるわけだ」

「お止しなさいよ。悪いことは言わない」

「……しかし、瓶の外から、ちょいと見るだけ」

「弱るなあ……先生は誰に見せてもいいと言ったし」

「でしょう。そのためにどんなことがあっても、覚悟の上ですよ」

長右衛門は番頭の儀八を呼び、薬水を持って来るように言った。

ところが、儀八ははいと言って部屋を出て行ったきり、なかなか帰って来ない。小僧を見にやらせると、儀八はその小僧が蒼くなって戻って来て、番頭さんが北の蔵の前で倒れている、と報告した。

「だから言わないこっちゃない。きっと薬水のせいだ」

頓鈍と長右衛門は急いで蔵の前に駈け付ける。

儀八は息を吹き返していたが、長右衛門の顔を見ると、もつれる舌で、飛んでもないことを言った。

「旦那、大変です。蔵の中の小判が、全部、砂になっています」

「……そんな、ばかな」

蔵の中の状態は、外からでも判った。蔵の中に、長持ほどの砂の山ができていて、そのてっぺんに、ギヤマンの小瓶が人をばかにしたように転がっていた。頓鈍が近付いて見ると、瓶の栓が外されて、中は空だった。砂の山の中腹には、空になった千両箱が半分顔を出している。

長右衛門の顔が赤く脹らんだ。そのまま、ぶっ倒れるかと思うほどだ。

「番、番頭さん。ここには、千両箱がいくつありました」

「……四つ、です」

「四千両……皆、砂になったのか」

「そ、そのようです」

「蘭魚先生が、危険な薬水だと念を押されていたが、真逆、こうなるとは……」

いくぶん、落ち着きを取り戻した儀八が言った。

「恐ろしい……あの薬水は砂を金に変えると同時に、金も砂に変えるんです。きっと、鼠が騒いで瓶を倒し、運悪く薬水が千両箱の上に垂れ、中に浸み込んで小判を砂にしてしまったのに違いありません」

「仕方がない……蘭魚先生がお帰りになるまでこのままにしておきましょう。蘭魚先生の術で再びこの砂を金に戻してもらう他ありませんな」

頓鈍はしかし、蘭魚はもう絶対に石霊園へは戻って来ないだろう、と思った。

草藤蘭魚の企みが、少しずつ判ってきたからだ。蘭魚の目的は、旅費の十両などではなく、石霊園の蔵に収められていた四千両の小判だったのだ。

「大方、そんなこったろうと思った」

と、たけはくさやを千切ってまるの口に入れながら頓鈍に言った。

「ああいう器用な奴だから、石霊園へ泊っている間、そっと蔵の鍵を持ち出して合鍵を作り、それを使って四千両と砂とを入れ替えるぐらい、わけない仕事だったんだろう」

「しかし……石霊園じゃ、それをまだマテリヤプリマのせいだと信じていますぜ」

「おや、お前さんも人の悪い。そう教えてやらなかったのかい」

「この上、蘭魚がぺてん師だと判れば、余計気の毒だと思いましてね。でも、八丁堀へはちょっと耳打ちをして来ました」

「八丁堀は誰だい」

「夢裡庵《むりあん》先生で」

「ああ、あの男なら、少少野暮だが捕者は名人だ」

小桜屋の、小ぢんまりとしたたけの部屋。遠くから微《かす》かに一中節の三味線が聞こえてくる。

頓鈍は首を捻《ひね》って、

「しかし、ご隠居。本草の岩成先生でも欺されたのに、よく、蘭魚を怪しいと思いましたね」

「なに、蘭魚に術を教えたという、おらんだ人の名が気に入らねえや。ジョベノン　ローコキときやがった。ありゃ、ベンジョョノ　コーロギのことじゃねえか」

「便所の蟋蟀《こおろぎ》……」

頓鈍は口に出してみて、あっと言った。

「何だい、洒落で神さんを持ったお前が気付かなかったのかい」

「ほら、黄金に群がる連中をコオロギにたとえるなんざ、敵もさる者だ」

「しかし……蘭魚を怪しいと思ったのは、それだけじゃねえでしょう」

「ああ。奴は試し会のとき、汚え手を使ったのが判ったからね」

「……結局、錬金術は偽物で、からくりがあった？」

「大ありさ。大あり名古屋の金のしゃっちょこさ」

「一体、どんな手を使ったんです」

「蘭魚は坩堝を火に掛ける前、本物の金の塊を坩堝の中に投げ込んだわけさ」

「……しかし、蘭魚は坩堝にほとんど手を触れませんでしたよ。坩堝の上に、手もかざさなかった」

「まず、それで皆が欺されたのさ。おれだって、このまるがいなかったら、ころりとやられるところだった」

「この……猫が？」

「そう。石霊園の納屋に入ったとき、どうもまるの様子が変なんだ。懐ろの中でもぞもぞして、顔を出して蘭魚に見付かったりしてね。それで、ははあ、まるは近くに好物があるのを嗅ぎ付けたな、と思ってね」

「好物というと……貝ですか」

「……面目ない」

「うん。特に蛤なんかにゃ目がないからね。けれども、蘭魚がどうして貝を納屋に持ち込んだか判らねえ。見たところ、貝のようなものは見当らなかったしね。そのとき、どういうわけだか、ふと、子供の頃、蛤を釣って遊んだことを思い出してね」

「蛤を釣る？」

「そう、お前さんはやらなかったかい。ほら、蛤を静かに置いておくと少し口を開く。そこに糸を垂らして、蛤が咥《くわ》え込んだところを引き上げる、って奴さ」

「……やりましたよ。私だって」

「つまり、その手を使えば、砂の入った坩堝の中に、金の塊りを投げ込むことがわけなくできる、と思ったのさ」

「…………」

「いいかい。予《あらかじ》め用意した金の塊りを糸で結び、糸の片方を蛤に咥えさせておく。そうした奴を神棚に隠しておくのさ。多分、金は注連縄の裏側、蛤の方はお宮さんの奥にでも入れておくだけでいい。金は親指の頭ぐらいしかねえから、ちょっと大ぶりの蛤なら充分に持ちこたえられるさ。でも、蛤だってかったるくなるだろうから、しばらくすると口を開けるさ。すると、糸が外れて、金は自分の重みで下に落ちていく。その直下に坩堝があるわけさ。坩堝の中にゃ砂が入っているから、落ちる音もしないって寸法だ」

「……蘭魚は坩堝に砂と亜鉛を入れてから、神棚の下に作られていた台の上に置きましたね。坩堝が変にきちんと乗ると思ったら、金の落下の位置が、ちゃんと計って作られていたわけだ」

「そう。多分、蘭魚があのマテリヤプリマを取り出し、全員がそれを見詰めていたとき、貝が口を開けて金を落っことしたに違えねえ。そのすぐ後で、坩堝は火に掛けられたから、金に結ばれていた糸も燃え、いかさまの証拠もなくなってしまったんだ」

「……なるほどねえ。意外と単純なからくりだったんですねえ」

「ローコキの頭がいいからだよ。だからと言って、単純なだけでもいけねえ。ほら、蘭魚は皆を納得させた後、金主から多額の金を巻き上げるという、単純な手は使わなかったろう。石霊園の蔵の四千両が砂になったのは、あくまでマテリヤプリマのせいにしてしまおうという、憎い手を考え出したんだ」

「しかし、ご隠居。それだけ判っていて、自分だけ手を引いたんですか」

「そうさ。もし、素人《しろうと》のおれがそれを言ったら、田岡岩成先生の顔が潰れちまうだろう。せっかくその気になってるのに気の毒でね。なに、実はあの先生に、少しだけ死んだ亭主の面影があるんだ」

まるは一つ首を振ると、部屋から出て行ってしまった。

その頃、草藤蘭魚は、これも洒落のつもりかどうかは判らないのだが、下肥《しもごえ》を運搬する葛西船《かさいぶね》に、石霊園から盗み出した四千両の黄金を積み込み、手下の者共と赤羽から板橋に向かって逃げ出そうとしたところを、張込んでいた夢裡庵の配下の者に発見されて、全員が捕えられてしまった。

夢裡庵が調べると、蘭魚がおらんだの通詞というのは真っ赤な嘘で、野州《やしゅう》白杉《しらすぎ》藩の武士だったが、藩の取潰しに遭って江戸へ出て来た浪人だった。藩士のとき、鉄砲を扱っていたことがあって、薬物の知識があった。

マテリヤプリマの正体は、花火や煙幕用の薬、今で言う四塩化炭素で、蘭魚はこれが砂と亜鉛粉末と化合すると、煙を発して燃えだすことに目を付けて、錬金術に応用することを思い付いたのだった。

錬金術のからくりはたけが考えていたように、蛤を神棚に隠しておくというものだった。蘭魚はまるがたけの懐ろでもぞもぞするのに気付き、万が一神棚に飛び上がられてはと思い、納屋から出させたのだ。

後日、頓鈍が田岡岩成のところへ行くと、先生、気恥かしそうな顔をして、

「最初は真逆と思ったんじゃが、不覚にも欲に目が眩《くら》んでしまった」

と、述懐した。

芸者の首

「ほう……もう、富士祭りか。暑いのも無理はねえ」

部屋に入って来た小荒井新十郎《こあらいしんじゅうろう》は、神棚の上の麦藁《むぎわら》作りの蛇を見ながら、たけの前に胡座《あぐら》をかいた。

「商売繁昌、結構だ」

「嫌ですねえ、小荒井さん。これは、商売繁昌の縁起物じゃござんせんよ」

「……夫婦和合だったか」

「あほらしい。亭主なんかとうに死にましたさ。これは火避《よ》けのお守りです」

「そうだったか。それにしても、これで火事が防げりゃ、安いもんだ」

例年六月一日は富士開き。深川山本町にも富士講中があって、一、二日前から駿河《するが》へ旅立っている。講に加わらない人人は、深川八幡宮の社内に作られた富士山に登って富士詣でをする。麦藁の蛇はその八幡宮で売られている縁起物だ。

「どこへ行っても、人だけは出てますねえ」

と、たけは煙草盆を新十郎の方に押してやった。

「ありがてえじゃねえか。ご利益があるんだ。八幡さまから流れて来る客も結構多いだろう」

「いけませんねえ。この節《せつ》のお客は勘定高くってね」

「それだけ、人間が利口になったんだろう。女将《おかみ》の若えときにゃ、江戸城にゃまだ強的《ごうてき》な金の鯱《しゃちほこ》があったろう」

「冗談じゃございませんよ。そんな時代から生きてりゃ、お化けでしょう」

「そんなかな。だが、まだ遊びも大様だったんだろう。深川芸者は若衆髷《まげ》に結い、羽織を着て威張っていたんだ」

「別に威張っちゃいませんがねえ。この深川は意気と情《なさけ》の源《みなもと》にて、およそ浮世の流行を、思い辰巳《たつみ》の伊達《だて》衣装、模様の好み染色も、げに深川が魁《さきがけ》にて、なんてね」

深川が吉原と張り合うほど繁昌した時代があった。その頃、たけは小桜屋の抱え芸者で、器量がよく芸もしっかりしているというので、大変な売れっ妓《こ》だった。それが、小桜屋の若旦那に見初《みそ》められて嫁入りし、やがて小桜屋を継いで女将となった。

だが、これまで決して順調な人生だったわけではない。むしろ、厄難続きの境遇で、よく今迄、小桜屋を続けて来られたか、考えると不思議なほどだ。というのは深川の遊女屋は認可されていない岡場所だから、いくら繁昌していても、明日がどうなるか判らない。

実際、深川は何度お上の手入れを受けたか算《かぞ》え切れないほど。この摘発を驚動《けいどう》というが、驚動が来る度、深川の女郎芸者は捕えられて、全員が吉原へ送り込まれる。天保の改革のときなどは、さしもの深川も火が消えたようになり、それ以来名物の羽織芸者も姿を消してしまった。

「なんだ。昔を言うようになっちゃ、女将も気の弱りか」

と、新十郎は銀《しろ》の延べ煙管《ぎせる》から煙を細く吐いた。

「大弱りでさ。いっそ、あんたを養子にしたいよ」

「ほう……そりゃあ、玉の輿《こし》だ。芸者に囲まれて将棋でも差しているなんぞは俺の性に合う。だが、そんなことを言うところをみると、正之助《しょうのすけ》がどうかしたのか」

「どうもしねえから頭痛の種なんでさ。毎朝、明けの鐘前《かねまえ》に起きて、道場通いをしてまさ」

「それは感心だ。剛毅木訥仁《ごうきぼくとつじん》に近し、と言う」

「変なことを言っちゃ、困ります。芸者は刀じゃ動きませんよ」

「それはもっともだ。だが、道場じゃ師範格だそうじゃないか」

「煽《おだ》てられてるだけなんですよ。道場だって、商売ですからね」

「なるほどな。で、正之助は小桜屋を襲《つ》ぐ気はねえのか」

「全くありませんねえ。あの年になって、まだ、白粉《おしろい》臭え家に住むのは嫌だなどと言ってまさ」

「勿体《もったい》ねえ話だな。正之助はいくつになった」

「呆《とぼ》けないで下さいよ。小荒井さんと同い年でしょう」

「……とすると、二十四だ」

「二十四にもなって、まだ分別が付かないんですかねえ。今度会ったら、よく言っておいて下さいよ」

「そりゃ……ちょいと言い難えな」

「そうか。あんたも親を困らしている口でござんしたね」

小荒井新十郎、父親は江戸城将棋所二十石の家禄を持っている。新十郎もものの心付くと将棋を指していて、実力は父親を越しているらしいが、頭を丸めるのが嫌だと言って、どうしても家を継ぐ気がない。

当人としては、将棋の腕力があるので、裕福な屋敷に招かれたりして、結構小遣いには困らないから、態態《わざわざ》、堅苦しい将棋所などへ勤めるのが真っ平なのだ。それに、将棋所へ出入りするには頭を剃って坊主にならなければならないから殊更だ。

といって、普段の新十郎は微塵《みじん》も洒落《しゃれ》っ気がなく、今も、褪《あ》せて茶っこくなった黒絹の着流しで、丸に三つ柏《がしわ》の紋が暈《ぼ》けて、丸に三つ星みたいになっているのにも一向頓着がない。

たけの孫、正之助に剣術の目を開かせてしまったのが、この新十郎だった。

何年か前、小桜屋の前で、酒に酔った三人の藩士が、二人の芸者を囲んで抜刀するという騒ぎがあった。浅黄裏が鼻であしらわれるのは色街ではざらにあることだが、この場合はよくよくの事情だったらしい。たまたま、そこへ通り掛かった新十郎が、暴れている三人の藩士を道傍に叩き伏せてしまった。

そのとき、新十郎はたった独り。自分の刀に手も触れなかったというから、芝居でも見るようだった。その一部始終を見ていたのが小桜屋の正之助で、新十郎の活躍が相当身に応えてしまった。すぐに弟子になりたいと新十郎に頼み込んだ。

若かったから、新十郎もかなり生意気だった。

「俺は将棋坊主だ。やっとうの定跡は知らねえのだ」

などと、思い切ってきざな言い方をしたが、それがまた正之助を狂喜させた。

結局、新十郎の紹介で、正之助は永代橋を渡った新堀町の真布施《まぶせ》一刀流の町道場へ通うようになった。新十郎の方はそれ以来、ちょいちょい小桜屋へ遊びに来る。

といって、芸者に手を出すわけではない。よくって表二階の座敷で横になり、芸者に新内節などを語らしてうつらうつらしている。

中には、小桜屋に呼ばれた芸者が色目を使ったりするのだが、新十郎は目も向けない。

大体が、遊ばなくとも花街にいるのが好きらしく、たけの部屋にのっそりと上がり込んで、酒を飲みながら無駄話をしては帰っていく。

たけがそんな新十郎を小桜屋の養子にしたいと口走ったのは、半分は本音だった。

「全く、あんた方は生まれ方を間違えたんだよ」

と、たけは言った。

「正之助が小荒井家へ、新十郎さんが小桜屋に生まれていたら、万事が丸く収まっていたでしょうにね」

新十郎は軽子《かるこ》が運んで来た酒をちびちび飲《や》りながら、

「そんなことは、百万遍も聞いて、耳にたこが出来ているぜ。女将、今日の大むずかしは、そんなことじゃねえの」

「判りますか」

「ああ。さっき、ここに来るとき、由美吉《ゆみきち》に擦れ違ったが、妙に浮かねえ顔をしていたぜ」

「由美吉ね。あの妓もねえ」

「あの妓も、などと言うと、まだ他にもごた付きがあるのか」

「あっちも、こっちもね」

「それは恐ろしすぎる。養子の話は願い下げだ」

「由美吉の場合は、客の選り好みが強すぎるのさ」

「……由美吉は誰にも愛想がいい。そんなには見えねえが」

「普段はいいんですよ。ところが、その客が来ると、決まってやれ病気だ、さわり用事だと言って座敷へも顔を出さないんですよ」

「……誰だい、由美吉に振られるような果報者は」

「新石町の紙問屋で、多田屋《ただや》源兵衛《げんべえ》という旦那でさ」

「金放れでも悪いか」

「いいえ、逆なんですよ。源兵衛さんはよく判った人で、いつも内番《うちばん》や定吉にまで過分な祝儀をくれます」

「すると、顔か」

「それがねえ。歳は四十がらみですが、芝居の杜若《とじゃく》にちょっと似て、苦《にが》み走ったいい男なんです」

「……面白えの」

「人事だと思って、勝手なことを言うね」

「だって、女将。そうじゃあねえか。相手が嫌な客なら、金銀を山と積まれても靡《なび》かねえ。それが、深川芸者の意気じゃあなかったか」

「そんなのは、昔でござんす」

「はて、意気と情の源を懐かしがっていたのはどなたさんだった」

「そりゃ、そうですけど、こうして店を張っている身にもなってごらんなさい。子供が皆そんなじゃ、おまんまが食えませんよ」

「そんなものかな」

「そんなものですよ。由美吉にゃ、さっき、とっくり話して置きましたから、もう勝手な真似はしねえでしょうけれど」

「そりゃ、可哀相じゃねえか」

「可哀相なもんですか。源兵衛さんに身請けでもされりゃ、楽な身体になる。由美吉のために言ってるんですよ」

「ほう……身請け話もあるのか」

「ええ。でも、当人が嫌だと言う。こんな勿体ねえ話はないでしょう」

「深川も捨てたものでもねえな。まだそんな気っぷの芸者がいるとはの」

「なんの、はかないものさ」

「その、源兵衛という者が、今夜も来ているのか」

「へえ……全く、あれも生まれ方を違えた口でさ」

新十郎は変な顔をしてたけの方を見た。

「内の、豊菊《とよぎく》も、ねえ」

「ああ、あの、新内の上手な。近頃、元気になったか」

「本当は、由美吉よりも、豊菊の方が心配でねえ」

「まだ、本調子じゃねえのか」

「この節、また痩せましたよ。ところが、あの人が来ると、急に元気が出るんだから、現金なものだ」

「……あの豊菊に、好いた男がいたのか」

「好いた、なんてもんじゃござんせんわ。惚れて惚れてを十遍も言うほど惚れ抜いてまさ」

「ふうん……判らねえものだな」

「新十郎さんも知っていなさるでしょう。元元、豊菊は男嫌い。それが、すぐ客に判るものだから、器量はいいがあんまり売れる妓じゃあない。豊菊の声を聞きに来る客は別ですがね」

「まあ、そんなのは万《まん》が稀《まれ》だろう」

「新十郎さんの他はね」

「豊菊も変われば変わるものだな」

「それに、その客はお侍には違いないんですが、どういう方なのかさっぱり判らない。それも、心配の一つでね」

深川は岡場所だから、あまり武士は足を向けない。遊びに来ても、御家人《ごけにん》とか中間《ちゅうげん》で、あまり立派な武士の姿は見掛けない。

今年の初め、珍しく小桜屋に四人の武士が上がって、芸者や幇間《ほうかん》を呼んで、派手に騒いだことがあった。

俺達は四君子などと言い、蘭之助《らんのすけ》、菊之助《きくのすけ》、梅之助《うめのすけ》、竹之助《たけのすけ》と呼び合い、本名を口にしなかった。本名を口にしない理由は、世間を憚《はばか》ってのことだろうが、それにしても遠慮のない遊び方で、芸者達は最後には皆へとへとになってしまった。

その四人のうち、竹之助と呼ばれる一番若い武士だけは酒に弱いとみえて、あまり羽目を外さず、たまたま相方を勤めたのが豊菊だった。竹之助はその豊菊がすっかり気に入ったようで、その後、他の三人は一度も姿を見せなかったが、竹之助だけは独りで小桜屋へ通って来るようになった。竹之助が二、三度通ううち、今度は豊菊の方が、ぞっこん熱くなってしまった。それも、並の惚れ方とは思えない。

豊菊は元元、身体が丈夫な方ではない。去年の秋、風邪を引いてから顔に生気がなくなり、変な咳《せき》が止まらなくなっている。それが、竹之助が来ると様子ががらりと変わってしまう。

小桜屋に奉公している、内番や定吉、軽子が口を揃えて言う。

「あれじゃ、豊菊さんは死んでしまいますよ」

竹之助が来ると、豊菊は絶対に他の部屋に行かなくなる。

翌朝、明け六ツ（午前六時）頃の八幡鐘で茶屋の客は送り出されるが、竹之助を帰したあとの豊菊は気息奄奄《えんえん》という態で、それでも竹之助を放したくはない気持を露骨に見せ付ける。たけも、一度ならず注意したのだが、豊菊は竹之助の顔を見ると、そんな意見などは何もかも頭から消えてしまうらしい。

「一体、どういう了簡なんでしょうかねえ」

と、たけは言った。

「一度、女がそうなると、了簡なんかなくなるものさ」

と、新十郎が答える。

「そりゃ、判らないこともないが、遊女芸者は身体が元手ですからねえ」

「なるほど、うまくはいかねえの。豊菊の情を、少しだけ由美吉に分けてやりてえ気がする」

「そうでしょう。豊菊と由美吉は、大の仲良しなんですからねえ」

小桜屋の抱え芸者は五人。由美吉と豊菊を除いては、まだ田舎訛りも抜けないというような子供で、肝心の二人がこのところ調子を狂わせているので、たけはいらいらしているのだ。

「あの二人共、生まれは江戸だったな」

と、新十郎が訊いた。

「ええ、由美吉は確か、平川町で親が大きな店を持っていたそうです。気の毒なことに、由美吉が小さいとき火事で焼け出されて父親もそのとき死んで、精しいことは由美吉も話したがりませんがね」

「……最初は、吉原だったな」

「ええ。一昨年、鞍替えして、ここに来ました」

「あっちで、年《ねん》が明けたという年でもねえな」

「そうなんですよ。ああいういい妓ですから、客も多かったと思うんですが、自分は深川の水が合うと言って家に来たんです」

「豊菊の方は？」

「豊菊はれっきとしたお旗本のお嬢さんだという。これは噂ですがね。これも気の毒で、父親がささいなことから同僚と言い争った。これがお城の中だったそうで、それがために家禄を没収されて所払い。その父親は今、病気とかですよ」

「……なるほど、二人とも元の家はよかったんだな」

「結局は、芯が我がままなんでしょうかね」

「しかし、豊菊が死ぬほどだとすると、よくよくだな」

「新十郎さんだって、好きな新内が聞けなくなりますよ」

「相手の侍は、豊菊が弱いてえのを知らねえのか」

「そこが口惜しいんでさ。豊菊は竹之助さんの前では、そんな素振りを、これっぱかりも見せねえらしいんでさ」

「……ふうん」

「ですから、竹之助さんを送り出すと、その日は豊菊の枕が上がらねえほどなんです。ねえ、どうにかなりませんか」

「……それは難かしいの」

「せめて、竹之助さんが誰ぐらいのことか判りませんかねえ。新十郎さんだって、おなじ侍でしょう」

「しかし、侍だって、数が多いぜ」

「餅屋は餅屋、というじゃございませんか」

「餅屋と一緒にされてたまるか」

と言うものの、新十郎は矢張り気になるとみえ、蚊遣《や》りの煙の行き先を目で追っていたが、

「その、竹之助てえ侍の紋を覚えてるか」

と、訊いた。

「そう……珍しい紋でしたよ。椿《つばき》の花が三つで」

「椿……あまり見ねえの」

「それが手掛かりになりますか」

「女のいる場所へ、正紋で来る奴はいねえから、多分、替紋《かえもん》だろうが、正紋でねえとすると探し当てるのは厄介だろうな」

「……そうでしょうねえ」

「他に、竹之助のことで、他と変わっていることがあるか」

「そういえば……あの人はいつもいい匂いをさせていますねえ」

「……香水か」

「とも、違うんですよ。別の妓が聞いたんですが、何でも、シャボンを使っているらしいんです」

「……シャボンね。そりゃ、また、贅沢《ぜいたく》だの」

たけもその点がどうもうなずけないでいる。渡りもののシャボンをいつも使うほど竹之助は裕福には見えないし、見栄で嘘を言う男とも思えないのだ。

その日、竹之助は小桜屋には来なかった。たけが内心ほっとしているとき、由美吉の方がまた、源兵衛を袖にしていた。

そのうち、正之助も帰って来る。

たけの前に四角く坐って、面擦れのできた額を畳に付けるようにして、

「祖母上、唯今帰宅いたしました。祖母上には今日一日恙《つつが》なく恐悦《きょうえつ》に存じます」

などと、武士気取り。

子と孫とでは情合いが違う、とたけはつくづく正之助の顔を見る。

正之助が早く二親に死に別れたと思うと殊更だ。甘やかすわけではないが、つい、小言の切っ先が鈍くなる。

そんなたけの顔を見て、新十郎は傍で煙管をくわえていたが、すぐ正之助と部屋を出て行った。これから、正之助の部屋で将棋を差すのだ。正之助はやっと新十郎と平手合《ひらてあい》になったばかり。将棋も面白くてならないようだ。

それから、しばらくした四ツ（午後十時）頃を大分過ぎたころだった。

たけの部屋の横にある裏階段の方で、足音が聞こえた。あたりを憚るような忍び足だが、階段のきしみで誰かが降りて来ることが判った。

たけは気になって、部屋を出て階段の方を見ると、多田屋源兵衛がばつの悪そうな顔をして身体を小さくした。

「おや、旦那。由美吉はどうなさいました」

たけが訊くと、源兵衛は声を低くしろという身振りで、

「なに、由美吉ならすっかり酔って寝てしまった」

と、額に手を当てた。

「冗談じゃございませんよ」

「いや、女将。今夜は何も言わず、帰してくれ」

「……冗談じゃございませんよ」

たけは繰り返した。さっき由美吉に言い聞かせたばかり。むらむらと腹が立って、他の言葉が出ないのだ。

声を聞き付けて、内番が小走りで廊下を駈けて来た。芸者と客の間を切り廻している老女で、吉原でいう遣り手だ。内番は紗の羽織をきちんと着ている源兵衛を一目見て、事情を悟ったようだ。

「旦那、すぐ、由美吉を連れて来ましょう」

「いや、あれは大分疲れているようだ。そっと、寝せておいてくれ」

「旦那、寝ごかしになさるんですか」

「俺が悪かったら、謝る」

源兵衛は懐ろから銭入れを取り出し、手早く紙にひねったものを内番の掌に握らせる。

「これで、ないことにしてくれ。由美吉は今日は仕舞いだ」

「いつも、済みませんねえ」

と、内番はあからさまに顔を和らげて手を懐ろに入れた。

たけも金には一番弱い。たった一人の孫が言う通りにならなければ、頼るものは金しかないからだ。

「じゃあ、旦那。気分を換えて、一口飲み直しませんかね」

と、たけは言った。

「そうか。じゃあ、女将の部屋で茶でもいただこうか」

「あたしのところは困りやす」

たけは内番に目配せする。内番はすぐ空いている一階の廻し部屋に源兵衛を案内した。

床の間を背に座った源兵衛を改めて見ると、引き締った顔立ちに嫌味のない貫禄が加わった立派な大店《おおだな》の旦那だ。それを、どうして由美吉が嫌い抜くのか考えられない。

内番が言い付けたようで、定吉が酒と小肴《こざかな》を運んで来る。

「どうも、あの妓の了簡が判りませんよ」

と、たけが言うと、源兵衛は顔の前で手を振って、

「いや、由美吉にゃ何も言ってくれるな」

「旦那がそうおっしゃるのなら、何も言いませんがねえ」

「女将から言われて、嫌嫌付き合わされちゃ、面白くもないからねえ。由美吉が金でも転ばないところが、何とも可愛いのさ。なに、そのうち、きっと、こっちを向くようにしてみせましょう。それが遊びというものでしょう」

「……粋なことをおっしゃいます。優しい方ですねえ」

「なに、女将によく思われても仕方がない」

物判りがよすぎて、気味が悪くなるほどだが、勿論、荒れて暴れ廻る客よりはずっといい。

そのうち、内番が三味線を抱えた豊菊を連れて部屋に入って来た。

「由美吉があんなで、お座敷が勤まりませんから、代わりというわけじゃございませんが、この妓の唄でも聞いてやっておくんなさい」

と、内番が豊菊を招き入れる。

「そりゃ気を遣わしたな。うん、豊菊か。知っている。いつかも、由美吉の名代で来たな」

豊菊は源兵衛の傍に寄って、徳利を持って酌をする。

それをきっかけに、

「豊菊にはよくわけを話しておきましたから、何なりとお言い付けなさい」

と、意味あり気に言って立ち上がった。たけも続いて部屋を出て、

「それじゃあ、随分、おかせぎなさい」

と、襖《ふすま》を閉める。

廊下に出ると内番は忌《い》ま忌ましそうに、

「由美吉の奴、叩き起こしましょうか」

と、歯ぎしりをしないばかり。たけは内番を宥《なだ》めた。

「まあ、旦那が納得してくれてるのだから、今のところは丸くしておくんだね」

「全く、仏の顔も三度というが、今日は五度目ですよ」

「ところで、豊菊には客はいなかったのかい」

「いましたがね。米問屋の手代衆で、どうってことはござんせん」

そのまま、たけは自分の部屋に戻ったのだが、いつになく由美吉のことが心に引っ掛かって放れない。

いつも、あまり酒を飲まない由美吉が、源兵衛の前では正体のなくなるまで酔い潰れたというから、よくよくのことだ。さっきまで、たけの部屋で愚痴を聞いていてくれた新十郎は、由美吉が吉原にいたことを気にしていた。たけは吉原より深川の水が合うと言った由美吉の話を単純に信じていたが、本当はもっと深い意味があったのかも知れない。たとえば、由美吉が吉原にいたときから多田屋源兵衛が通い詰め、相手を振り続けられなくなって、由美吉は深川へ鞍替えした。しかし、源兵衛の執念深い詮索で、由美吉が小桜屋の抱え芸者になっているのを突き止められてしまった、とも考えられる。

あれか、これか、たけが思いに耽っているうち、あちこちから聞こえていた三味線の音も一つ減り二つ減り、一節残るのが鶴賀《つるが》の節で、

〽憂《う》きふし繁《しげ》き三筋の流れ、辛《つら》い座敷の折り合いに……

「お、女将さん――」

悲鳴に近い声で、どたどたと慌だしい足音が部屋の外で駈け廻る。

たけはびっくりして襖を開けた。部屋廻りの定吉が廊下にへたり込んでいる。

「一体、どうしたんだ」

「た……大変です」

「何が？」

「と、豊菊さんが――」

あとは声にならない。

廊下の向こうに、人だかりができている。源兵衛を案内した廻し部屋だった。

たけが棒立ちになっていると、隣の襖が開いて、正之助が顔を出した。

「何かあったようだよ。見て来ておくれ」

正之助の後から、新十郎も出て来て、廻し部屋の方へ廊下を歩き出す。たけも恐る恐る二人の後をついて行く。

廻し部屋を遠巻きにしているのは、内番や軽子達で、正之助が近付いたとき、わっと言って一斉に飛び退いた。

「あっ……」

廻し部屋の襖が開かれ、中の様子が一目で見えた。その中央に、凄い表情で立ち尽している豊菊の姿が、行燈《あんどん》の光で浮かびあがっていた。

少し傾《かし》いだ潰し島田に無返《むぞ》り一文字の鼈甲《べっこう》の櫛を横差し、五つ紋の紫の裾模様《すそもよう》に黒繻子《くろじゅす》の帯。薄化粧した右頬から喉元にかけて、叩き付けられたような真っ赤な血が滴《したた》っている。

豊菊は静かに右手を持ち上げたが、その手に血塗《ちまみ》れになった剃刀《かみそり》が握り締められていて、それを見た廊下の人達が声をあげて逃げ腰になったのだ。

「豊菊、どうしたんだ」

さすがの正之助も、あまりに凄艶な姿に、声を掛けるだけで近付くことができない。

そのとき、二階の階段を、もつれるように降りて来る足音がした。振り返ると、由美吉が軽子に支えられるようにして廊下に降り立った。

「豊菊さん――」

由美吉はまだ、酔いの醒《さ》めない足で、だが、一目で事情を読み取ったようだ。軽子の手を振り解《ほど》くと、豊菊の方に駈け寄った。

「あ、危い――」

誰かが叫んだ。

豊菊の手から、剃刀がぽとりと床に落ちた。次の瞬間、ぐらりと身体が傾く。由美吉はその豊菊を抱き止めた。だが、身体が言うことをきかない。二人はそのまま床の上に崩れた。

部屋の中は凄まじい光景だ。信じられぬほどの血が飛び散り、その血の海の真ん中に、手足をくねらせた源兵衛があおのけにひっくり返っていた。着物はずたずたで、止どめは喉の一えぐりだったらしい。くわっと目を開け、苦痛に口を歪《ゆが》めた表情は、二目《ふため》と見られぬ恐ろしさだ。

「そう、泣いてばかりいたんじゃ、埒《らち》が明かねえ」

八丁堀の同心、富士宇衛門《うえもん》こと夢裡庵《むりあん》の前で、由美吉はただ泣くばかり。

小桜屋の変事を聞いた町《ちょう》役人が八丁堀の組屋敷へ駆け付け、定廻り同心、夢裡庵と浜田彦一郎以下中間《ちゅうげん》小者達と山本町へ来たのがあれから半刻《とき》ばかり後だった。

夢裡庵達が検視を済ませて、源兵衛の遺体は一時自身番へ運ばれる。前後して、報らせを受けた多田屋の店の者達が、皆、取り乱した姿で駆け込んで来た。源兵衛のあまりの変り果てた姿を見て、声を出す者もなかった。

「由美吉、お調べに手間を掛けさせちゃいけねえよ」

と、たけが口を添えると、

「済みません」

と、やっとの思いで細い声を出す。

「大分、酔っているようだの」

と、夢裡庵が言った。

「つい……少しばかり過ごしました」

「水を飲みな」

由美吉はさっき軽子が運んで来た湯呑みに手を伸ばす。

たけの部屋。由美吉の前に夢裡庵が坐り、隅の方に正之助と新十郎が控えている。由美吉は一時半狂乱で、外へ連れ出される豊菊から引き離すのに大変だった。

やや、落着きを取り戻した由美吉を見て、夢裡庵が言った。

「源兵衛はお前の客だったそうだな」

「……はい」

「酒は源兵衛が勧めたのか」

「……最初は」

「途中からは？」

「……茶碗で」

「そりゃ目覚ましい。酒は好きなのか」

「いえ」

「好きでもねえ酒を、なぜ飲んだ」

「……源兵衛さんが、酔わせておいて説《と》き伏せようとする気持が判りましたから、先に飲み潰れてしまおうと思ったのです」

「すると、源兵衛の言うことを聞きたくなかったのだな」

「はい」

「源兵衛が来たのは、何度目だ」

「……五回目でござんす」

「一度も、言うことを聞かなかったのか」

「はい」

「なぜだ」

由美吉はまたしゃくりあげた。夢裡庵はたけの方を見た。たけは言った。

「余っ程、馬が合わないんでしょうねえ。この妓は初手から源兵衛さんを嫌い抜いていました」

「ここの家は、それで済むのか」

「前の深川はそんなところでしたよ」

たけは半分不貞腐《ふてくさ》れていた。騒ぎを知った客は這這《ほうほう》の体《てい》で帰ってしまう。明日から店は開けそうにもない。

「欲のねえ女将だ」

夢裡庵はにやりと笑った。

「なんの、源兵衛さんが近しくなさったときにゃ、盛大に気張ってくれる約束でしたからね」

「なるほど。で、由美吉の名代は、いつも豊菊なのか」

「……確か、今日で二度目です」

「豊菊の方は、どう思っていた」

「別に源兵衛さんを毛嫌いしているようには見えませんでした」

「もっとはっきりさせなきゃならねえんだが、さっき豊菊が口走ったところによると、源兵衛は名代に出た豊菊に手を出そうとした。それで、豊菊は由美吉の義理を立てるため、よんどころなく殺《や》ってしまった――こう言うんだがの」

「………」

「名代がいちいち姉女郎に義理を立てるために、そんなものを懐ろに忍ばせて客に出るとは、物騒でならねえ。それとも、それも前の深川のやり方か」

「……ご冗談で」

「そうだろうな。逆だろう。源兵衛がこの家に来るのは、五度目だ。そうそう、すげない扱いもできめえ。今日、豊菊が名代に出るとき、もし、源兵衛がその気になったら、別懇《べっこん》にしてやれと、因果を含めて部屋にやったに違えねえが」

「……お見通しでやす。由美吉が嫌う客に、豊菊が義理を立てることはござんせんからね」

「そうだろう。とすると、豊菊は最初から殺る気で源兵衛のいる部屋に行った、と、こうなる」

「恐い話でござんすねえ」

「俺にゃ、そこが腑《ふ》に落ちねえ。由美吉への義理なんかでなく、豊菊が源兵衛を殺そうとした、別の理由がなけりゃならねえが、その点はどうだ」

「豊菊が源兵衛さんを殺そうとしていただなんて、藪《やぶ》から棒でござんすのさ」

「……本当か」

夢裡庵は由美吉の方を見た。やや、落着きを取り戻している。

「お前は豊菊と仲が良かったそうだな」

「はい」

「今度のことで、何か豊菊から打ち明けられたことがありゃしねえか」

「……何も」

「そうか、何もねえのか」

「はい」

「すると、逆か。お前が豊菊に相談を持ち掛けたことはねえか」

「………」

「源兵衛を諦めさせるにゃ、どうしたらいい、とかだが」

「……」

「そうか。忘れたか。まあ、酔いが醒めたら思い出すだろう」

そして、たけに言った。

「それまで、女将。お前に由美吉を預けておく、粗相のねえように見てやっていてくれ」

翌朝、豊菊は茅場町《かやばちょう》の大番所へ連れて行かれる。

小桜屋には町役人が居坐って、源兵衛が殺された部屋の間取りとか、血が散っている状態などを細かく帳面に書き留める。

正之助はこんなときぐらい家にいてくれというたけの言葉を振り切って、いつものようにぷいと家を出て行ってしまう。抱えの芸者達や奉公人はそれぞれ一間に寄り集まって、じっとしている。実に気ぶっせいだが、どうすることもできない。

昼過ぎ、小桜屋へ小荒井新十郎がのっそりと入って来て、

「正之助はいるか」

と、たけに訊いた。

「そうかい。俺はまた、正之助は足留めを食って、退屈しているだろうかと思い、両落ち殺しの手を考えて来たんだ」

「お前さんも呑気《のんき》だねえ。ちっとはこっちの身にもなっておくれよ」

「それが、そう呑気でもねえのさ。今、あっちへ行って帰って来たばかりだ」

「……吉原かい」

「ああ」

「そりゃ、大変だったねえ」

「なに、猪牙船《ちょきぶね》を誂《あつら》えたから、わけはねえ」

「吉原に、何かあったのかい」

「女将も勘が鈍ったの。京町一丁目の岡本屋へ行って、昔の話を聞いて来たんだ」

「えっ……」

岡本屋といえば、元、由美吉が出ていた妓楼だ。それにしても、身銭を切って昔のことを聞きに行くなど、大した茶人だ。

新十郎は声を落とした。

「岡本屋の話だと、由美吉が売られて来たのは今から八年前、十七のときだ。由美吉の親は平川町で千鳥《ちどり》屋という筆屋だったが、その年に隣から出た火事で焼け出され、父親が焼け死んでしまった。おおよそのことは、女将から聞いたことがある」

「そうでしたね」

「千鳥屋じゃ、大黒柱をなくしてやっていかれなくなり、由美吉が勤め奉公することになった。岡本屋の源氏名は若菜《わかな》。あの通りの妓だから、評判の悪いわけはねえ。ところが、一昨年の秋、由美吉に妙な客が付きまとうようになった」

「……多田屋源兵衛かい」

「さすが、女将だ」

「嫌だねえ。上げたり下げたりして」

「その吉原でも、由美吉は源兵衛を振り通したんだ。ここでの由美吉と全く同じだった。仕舞いにゃ、岡本屋も女郎は売り物買い物、由美吉を無理矢理得心させようとした」

「それを嫌って、由美吉はここへ鞍替えして来たんだ」

「そう。源兵衛の目を逃れるためにな。ところが、源兵衛は小桜屋の由美吉になっている元の若菜をしつこく探し出したんだ」

「……一体、源兵衛という男は、何者なんです」

「俺が調べたところだと、源兵衛は元、千鳥屋に奉公していた番頭だった」

「そうだったのか……それじゃ、由美吉が源兵衛が何と言っても得心しねえわけだ」

「由美吉は？」

「二階にいまさ。呼びましょうか」

「そうしてくれ」

由美吉は髷を解いた櫛巻き。白粉のない顔が悲しくも淋しい。

新十郎が労《いたわ》るように、

「なあ、由美吉。たとえ廓《くるわ》の女郎になっても、元は主家のお嬢様だ。そのお前を金で承知させようという源兵衛は、おとなしそうな面をしているが、とんでもねえ没義道《もぎどう》な奴だったんだな。お前があくまで身を守る気になったのも、もっともだ」

と、言うと、由美吉はじっと唇を嚙んでいたが、

「源兵衛はもっと無体なことをしていたんでござんす」

と、声を震わせた。

「憚りながら千鳥屋は、一度や二度の火事で取り潰れるような身代《しんだい》じゃございません。それというのが、源兵衛の奸智で、店にいるときは忠義一途な風を装っていたので、父はすっかり信用してしまい、源兵衛に大切な帳面まで預けるようにしていたのです。それをいいことに、源兵衛は店の金をなし崩しに持ち出し、勝手に相場などに手を出していたのです」

「……そうだったのか」

「ですから、あのときの火事は、源兵衛には勿怪《もっけ》の幸いだったんです。父が死に帳面も焼けてしまえば、跡には何の証拠もなくなります」

「それで、源兵衛は千鳥屋の身代限りを傍で見ていただけなのだな」

「はい。わたしと母、奥では店のことは何も判りませんので、源兵衛のいいようにされて

しまいました。わたしが仕方なく吉原に年季奉公に出ると、今度は独りになった母に言い寄り……」

「それは、ひでえ畜生だ」

由美吉が途切れ途切れに話したことによると、頼りのなくなった母親は、仕方なく源兵衛のものになった。といって、源兵衛は正妻に立てたわけではなく、主人の内儀を手に入れたと噂が立っては困るという口実で、日蔭《ひかげ》の暮らしを強《し》いて、今でも妾宅通いを続けている。

一方、源兵衛は主家からくすねておいた金を元手に、紙問屋の株を買って主人に収まってからはとんとん拍子。大家《たいけ》の娘を正妻にして、身代は不動のものとなった。

「そういういきさつを、誰が話してくれたんだ」

と、新十郎は由美吉に訊いた。

「源兵衛の口からです」

「……自分でそう言ったのか」

「はい。岡本屋に奉公することは、誰にも言いませんでしたが、一昨年の秋、源兵衛は見世を張っていたわたしを見て、店に上がったのでござんす。そして、酒を飲みながら、少しずつ本当はこうだったと訊きもせぬのに話しだしました」

「……そういう奴が、いるんだ」

と、たけは言った。

「女が口惜しがるのを見て、にやにやする奴が、ときたまいるもんだ」

「そうなんでございます。もし、わたしが騒ぎ立てたところで、女郎の身。あの火事も十年近くも前のことですから、何の証拠も残っていない。そう、見縊《みくび》ってのことです」

新十郎は難かしそうな顔をして言った。

「だとすると、そうしたお前なら、源兵衛を殺しても不思議はねえ。だが、なぜ、豊菊が源兵衛を殺さなけりゃならなかったんだ」

由美吉は居住まいを正して、

「八丁堀の旦那から、酔いが醒めたら思い出せと言われましたが、酔っていたって忘れやしません。豊菊さんに源兵衛のことを話し、殺しても飽き足らない、と打ち明けたことがございます」

「……それで？」

「豊菊さんは、それはいけない。お前には先きがあるから、と」

「なだめられたわけか」

「はい。もし、由美吉さんが、どうしても源兵衛を宥《ゆる》せなかったら、わたしが仇を討ってやる、と」

「…………」

「それが、真逆《まさか》、本当になるとは思いませんでした」

「……それは、そうだろう」

「豊菊さんは、ただ仲の良い朋輩。それなのに、自分の命をかけてしまうなんて、乱暴すぎます」

「……最近、豊菊はあまり丈夫じゃなかったようだの」

「それは知っていました。それにしても、あんまり無分別です」

新十郎はたけに言った。

「なあ女将。女は血の道てえが、若えときは随分かっとしたこともあったろう」

「そりゃあ、他人のことでも我慢のならないときもござんしたよ。でも、人は殺しませんでしたねえ」

それからしばらくして、夢裡庵があまり冴えない顔で小桜屋へやって来た。

新十郎が由美吉から訊き出した一部始終を告げると、夢裡庵は由美吉を呼び出して、更に今迄のいきさつを確かめる。

夢裡庵はじっと由美吉の話を聞いていたが、

「いや、よく話した。嫌なことを思い出させたな」

と、口では穏やかに言ったが、表情は一向に晴れない。

「しかし、どうも判らねえ。由美吉が豊菊なら話は別だが」

「二人は生まれ方を違えたんですよ」

と、たけが口を挟んだ。

「そうか、生まれ方を違えたのか。だがの、調べにそうも書けねえ」

「豊菊はどうしています」

「まだ、何も訊けねえ。昨夜、血を吐いたようだ」

「まあ……そんなに悪いんでござんすか」

「医者は労咳《ろうがい》らしいと言う。だから、そっとしている。豊菊は前から患っていたのか」

「……弱い妓でしたけど、そんなに悪いとは気が付きませんでしたよ」

「じゃあ、悪いのを隠していたんだな」

「可哀相に……これから、どうなるんでしょう」

「とにかく、人を一人殺したんだ。いずれ、小伝馬町の牢に送られて、お仕置《しおき》になる」

「どんなにか切《せつ》ねえでしょうねえ」

「なに、一思いだ。役人には一刀流の腕前が揃っている」

「……死ぬ前に、あの方に一目、会わせてやりたいねえ」

「あの方？」

「へえ。豊菊のお客でござんすが、豊菊が惚れ抜いている方です」

「……豊菊にそんな男がいたのか」

「へえ、豊菊がどんなに工合が悪くとも、その方が上がると、這《は》ってでも勤めていました」

夢裡庵の目がきらりと光った。

「それは何という男だ」

「竹之助というお侍。それしか判りません。竹之助というのも本名じゃねえんです」

夢裡庵は由美吉の方に顔を向ける。

「お前、その侍を知らねえか」

由美吉は頭を振った。

「豊菊さんはその方のことには一切何も……」

そのとき、新十郎があっと声をあげた。

「そうか……つい、竹之助のことを忘れていた」

そして、そわそわと立ちあがる。

「おや、新十郎さん、どこへ？」

「正之助が行っている道場だ。餅屋は餅屋、行って訊いて来る」

わけのわからないことを言って出て行ったが、小半刻もすると戻って来て、

「竹之助の正体が判った。竹之助も真布施一刀流の免許皆伝。竹之助を知っている師範が

いて、竹之助も一時、真布施の道場へ通っていたことがあったらしい。凄く腕の立つ男だという」

「それはいいが、竹之助さんがどんな方か、知れたかえ?」

と、たけが訊いた。

「うん、知れた。竹之助の本名は切岡孝太郎《きりおかこうたろう》。小伝馬町の牢役人、討役同心《うちやくどうしん》だ」

「討役同心?」

「平たく言えば、首斬《き》り役人だ」

「……首斬り役」

たけはそれを聞いて、ぞっとした。

最初、竹之助が小桜屋へあがったとき、三人の侍と一緒だったが、その三人も同役に違いない。人の嫌がる不浄役人だからこそ、絶対に本名や身分を明かさず、変名を呼び合っていたのだ。馴染みになってから、豊菊はそのことを知ったに違いないが、一番仲良しの由美吉にも打ち明けなかった。それも同じ理由からだ。

「まあ、討役といっても、相手が罪人でも首を落とすのは嫌だろう。で、大体は専門の浪人などに代わってもらうのだが、自分が役を引き受ければ、それ相当のお手当てが出る。切岡の家はあまり楽ではねえようで、番が廻って来ると、自分の手で罪人を討つという」

「……恐ろしいねえ」

「番のときにゃ、どうしても返り血を浴びる。それで、討役には特別にシャボンが渡されて、それで身体を洗い潔《きよ》めるんだ」

「すると、竹之助さんが家に来る日というと……」

「そうさ、罪人を斬って来た後だったろうな」

「………」

「討役だって人の子だ。人を殺せば胸が痛む。竹之助はあまり酒を飲まねえようだったから、好きな女と話をして憂さを晴らしていたんだ」

「すると、着物に椿の紋を付けたのも？」

「そう。普通、侍は首から落ちると言って、椿を嫌うものだが、竹之助の場合は、首を落とすという意味で使っていたんだ」

それでも、夢裡庵は納得がいかない表情で、

「しかし、小荒井さん。だからと言って、それと豊菊が源兵衛を殺したことと、どういう関係があるんだ」

と、訊いた。

新十郎は変にもの淋しそうな口調で、夢裡庵に言った。

「豊菊は人を殺せば、牢送りになるのを承知だったんです」

「……それで？」

「豊菊は病いで死ぬより、切岡孝太郎の手に掛かって、首を斬り落とされたかったんですよ」

「言うことは判るが……どうも、女の気持は奥が深えの」

「そう。本当は好きな相手に食われてしまう。そこまでいくのが、極めつきの情愛でしょうね。なあ、女将」

たけは言った。

「へえ。よく判りますよ。じわじわ女を苛《いじ》めて楽しむような男の気持は判りませんがね」

刑場に引き出された豊菊は、土壇場《どたんば》の前に敷かれた筵《むしろ》の上に、落着いた態度で坐った。最後に言い残すことはないかという牢役人に向かって、豊菊は、

「もし、お許しいただければ、切岡孝太郎さまのお手に掛かりとうございます」

と、言った。

大の男でも、この期《ご》に及ぶと、暴れたりわめいたりする者がほとんどだ。役人は最初から豊菊の気品ある姿に圧倒されていたから、すぐ、孝太郎を呼ぶことにした。

孝太郎は非番だったが、それを聞いてすぐ身支度をして刑場に赴いた。

豊菊は目隠しの面紙《めんぴ》も断わり、孝太郎が引き抜いた白刃の前に首を差し伸した。

それを見て、孝太郎の手元が一瞬ためらいをみせたかに思われた。だが豊菊の細い頸《くび》を打ち損うほどではなかった。首穴に落ちた豊菊の首は、微かな笑みさえ浮べていたという。

虎の女

「これから、王《おう》の字を入れます。それで、仕舞いです」

いつもは無口な彫重《ほりしげ》が、そう言うと膝を立て直した。

「画龍点睛《がりょうてんせい》て奴だな」

「へえ」

「これで、気兼なく湯にも入れる」

「へえ」

「最初のうちは、障子を背負ってるなどと陰口をきかれて閉口した」

彫重はにこりともせず、針に墨を含ませる。

やがて、さくさくという小さな音とともに、俯《うつぶ》せになっている新十郎の背に鋭い痛みが続いていく。しばらくして、彫重は針の運びを止めたが、まだ終りではない。小桶を引き寄せ、中の水を綿に含ませて、新十郎の背を丁寧に拭った。火照《ほて》った肌がひいやりとして、たちまちに痛みが遠退いていく。

「はい、仕上がりました。鏡をご覧なすって」

新十郎は花茣蓙《ござ》の上に起き直り、差し出された鏡で、合わせ鏡をして自分の背を見た。背の中央いっぱいに将棋盤が彫られ、桝目《ますめ》の中に、駒が散っている。その配列は全部記憶していて、彫りの途中でも何度も確かめているので間違いはない。彫重の腕は期待以上で、盤の桝目は定規で引いたようにきちんとした毛彫、駒の字は水無瀬《みなせ》流、非の打ちどころがない。

「見事だな。よく彫れた」

「お気に召しましたか」

「うん、気に入った」

「長い間、お疲れさまでした」

彫重は小桶を元の場所に戻す。

「それは、薬なのか」

「へえ。こういう暑い時期には、どうかすると、彫った跡が膿《う》む方がいらっしゃいますんで、これで洗いますと、その心配はございませんし、墨も鮮やかになるんです」

「なるほどな。どんな薬を使う?」

「…………」

「一子相伝の秘密か」

「いや、そんな大層なもんじゃねえんです。ドクウツギの実を煎《せん》じたものです」

「ドクウツギ……そりゃ、猛毒じゃあねえか」

「へえ。濃い奴を飲んだりしたら、大変なことになりやす」

「なるほど、トリカブトでも微量に用いると、若返りの薬になるたとえだな」

「難かしいことは判りませんが、大力《だいりき》で覚えた職人は、皆、仕上げにこの薬を使いやす」

「お前の師匠なら、大力というのも名人だろうな」

「それが……弟子の口から言うのもなんですが……」

「大した腕じゃねえのか」

「へえ。悪く言いたかありませんが、そうなんで。大力にいたのは一年足らず。それから横浜へ行きまして、大分、修業をして来ました」

「横浜は景気がよさそうだの」

「へえ。もの珍しいのか、異人の客がかなりありました」

仕事が一段落してほっとしたのか、彫重はいつになく口が軽い。

「異人が横浜で彫物を入れたがるのももっともなんです。異人の彫物もずいぶん見ましたが、満足なのは一つもねえ。まず、子供のいたずら描きがいいとこですから、こっちの彫物を見たら、誰でもびっくり仰天しやす」

彫重は三十前後、悪相というほどではないが、大きくあぐらをかいた鼻と、分厚な唇がだれた感じで顔の半分以上を占めている。自分を稽古台にしたようで、手首まで統一のない彫物が見える。

「異人にも般若《はんにゃ》や龍を入れるのか」

と、新十郎は訊いた。

「へえ。あるときなどは、下絵を見せたら、不動明王を注文されました」

「面白いな」

「意味が判らなくても、あの形相《ぎょうそう》が気に入ったんです。とんでもない奴が来たことがありやす。肌の真っ黒な黒ん坊でしてね」

「……ほう、どうした？」

「墨を使ったって見えねえでしょう。まあ、朱彫とかでね」

飯田町の彫重の仕事場、新十郎の横では大柄な若い男が俯せになって、額から玉の汗を流して歯を食いしばっている。彫重の弟子、栄七《えいしち》が筋彫りの間を墨で埋めているところだ。図柄は弁天小僧に桜の散らし。彫り上がったらさぞ美事だろうと思う。

彫重は栄七の仕事ぶりをちょっと見てから、半紙に書いた詰め物の見本を畳んで、新十郎に返した。

「長いこと厄介になった」

新十郎が肌を入れるのを、名残惜《なごり》しそうに見ていた彫重が言った。

「近くに将棋自慢の男がいましてね。その詰め物を見せてやったら、七日七晩考え続けて熱を出してしまいましたよ」

「そりゃ、気の毒だった。で、解けたのか？」

「解けやしません。でも、強情な奴ですから、まだ諦めません」

「偉いな」

「で、どうでしょう。初手だけ教えてやってくれませんか。初手が偉い難かしいらしいですね」

「なんの、初手ならわけはねえ。龍で金を取って、王手だ」

「……金を、取るんですか」

「ああ」

「詰将棋で最初から相手の駒を取るのはあまりありませんね」

「そこが俺の臍《へそ》の曲がっているゆえんだ」

　臍が曲がっていなければ、小荒井新十郎はとうに父親の家禄を継ぐ気になっていると思う。父親は小荒井不成《ふせい》といい、江戸城将棋所二十石扶持《ぶち》の将棋役。新十郎もものの心付くと将棋を指していたが、頭を丸めるのが嫌で父親の役職を継ぐ気がない。もう一つには、残念だが自分の将棋は上手以上でないのを知ったからだった。

　将棋所には「献上図式《ずしき》」という百番の詰将棋を作る習わしがある。新十郎は腕試しにとあるとき、一つの図式を思い立ったが、これが血を吐く思い。

「冗談じゃあねえ。こんなものを百番も作らされたら、命を縮めてしまう」

それよりも、町の会所でぶらぶらしながら、小遣いを稼いでいる方が気が楽だ。多少、骨のある奴には背の彫物が威嚇《いかく》に使えるのである。

彫重は煙草に火を付け、新たに一枚の下絵を取り出して拡げた。見ると、一匹の大きな虎が口を開けてこちらに向かって来る図だった。

新十郎は声を低くした。

「この虎は、二階の？」

「へえ、さいです」

新十郎が彫っているとき、裏口からあたりを憚《はばか》るようにして入って来たお高祖頭巾《こそずきん》の女がいたのだ。女は彫重に頭を下げると、そのまま二階に登って行った。もの腰が静かで、とても彫物を入れに来たとは思えなかったので、新十郎は彫重の返事にちょっとびっくりした。

「何者だ？」

「存じません。余計な詮索をしねえ約束なんです」

「そうか。ずいぶん堅気の新造に見えたが」

「さいです。若くて美しい方ですよ。たぶん、ご亭主が彫物好きなんでしょう」

「自分が彫りたくとも、立場があるから、代わりに女房に彫らせる、ってやつだな」

「ときどき、そういう方がいらっしゃいます」

「そりゃ、災難だ。亭主のために痛え思いをする」

「でも、ご当人はそれほど迷惑とも思っていねえようです」

「辛抱強いんだな」

「へえ」

「図柄は当人の好みか」

「いえ、あたしが勧めましたんで」

「下司《げす》なようだが、目の保養だな」

「冗談言っちゃいけません。仕事ですから変な考えじゃ、いい彫物はできません」

彫重は下絵を丸めると、じゃ、ごゆっくり休んでいらっしゃいと言い、二階に登っていった。

簾障子の向こうが玄関の四畳半。新十郎が仕事場を出ると、その座敷に子供ぐらいの男が、ちょこんと坐っていた。新十郎の顔を見ると、愛敬《あいきょう》のいい笑顔になって、ひょっこり頭を下げた。

「旦那、お済みですか」

「ああ、今日で全部仕舞いだ」

「それはようござんした」

「お前が来ているところを見ると、外はまだ降っているようだの」

「へえ。いい加減にしてもれえてえもんですね。こう雨続きじゃ、逆に顎の方が干上がってしまいます」

東芥子之助《あずまけしのすけ》という、浅草奥山で品玉を見せている大道芸人。豆と徳利《とっくり》と鎌、大きさも形も重さも違う三つの品を手玉に取り、最後には空中に投げ上げた鎌で豆を真っ二つに切るという放れ業をやる名人だ。その芥子之助、口ではぼやいているが、顔は一向に困っている様子がない。

「お前は何を彫る」

「どっち道、この身体じゃ彫りでがござんせんからね。思い付いたことがあって、花札を一枚」

「……一枚だけか」

「へえ。四十八枚彫ってもらうほど、稼ぎがありやせん」

「判った。お前また、その一枚で客を誑《たぶら》かそうとしているな」

「……先生に会っちゃ敵《かな》わねえ。読み筋でやす」

芥子之助は人差指と親指とで丸を作り、それを目に当てて遠眼鏡でも覗くような恰好をした。

「あたしだって、先生の、読めましたよ」

「俺の、何をだ」

「背中の、詰め物」

前の日も雨で、そのときは芥子之助の方が先きに一区切りしたところだった。新十郎が彫重の前で肌脱ぎになると、芥子之助は珍しそうな顔をして彫物と見本とを見較べていた。それを覚えてしまったとみえる。

だが、新十郎は笑った。

「ばかを言え。ちょっとやそっとでこれが解けるものか」

「ものの弾み、ってことがあるんですよ、先生。雨で退屈していましたからねえ。一度、端を手繰《たぐ》ってたら、するすると解けちゃいましてね」

「嘘を吐《つ》け」

「まあ、楽だったわけじゃありませんがね。手数《てかず》は、二百三十四手、最後に王さんは金と、と金で雪隠詰《せっちんづ》めになるでしょう」

「……こりゃ、驚いた。本当に解いたんだな」

「へえ。手数にゃびっくりはしねえが、その道中が凄《すさ》まじい。初手は詰め方の方が片端から駒を取っていく。王さん、裸になったかと思うと、今度は取った駒をどんどん捨てていって、詰み上がりはたったの三枚。頗《すこぶ》る付きの詰め物ですねえ」

新十郎、思わず坐り直した。

「こりゃあ、見損なった。お前は豆蔵にしておくには惜しい男だ」

「冗談言っちゃいけません。あたしは芸を見せて、見物衆が口を丸く開ける顔を見るのが大好きなんですから」

「……そりゃ、面白かろうな」

「先生だって、そうでしょう」

「なにが」

「失礼だが、こんな詰め物を作りなさるのに、身を立てようとはなさらない」

「……似たようなものか」

「あたしなんかと先生とは一緒になりませんがね」

「よし、近いうちに奥山へ行って、お前が新規の彫物で客を欺《だま》すのを見に行こうか」

「お待ちしてます。四万六千日までに雨が上がってくれると大助かりなんですが……」

新十郎は外に出、傘を拡げる前に、彫重の二階を見上げた。二階の座敷では、さっきちらりと見た新造が、痛さを堪《こら》え白い肌に虎を彫られているのだ。


七月九日は観世音菩薩の千日参り、俗にいう四万六千日。

芥子之助が気に病んでいた雨もあがり、この日は朝から雲一つない。新十郎は外の陽差しと雑踏を思うと、腰をあげたくはなかったが、昼過ぎになってから、ぶらりと八丁堀松屋町の家を出た。

浅草寺が近くなると、参詣《さんけい》を終えて来た人達が、手に手に雷避《よ》けの赤トウモロコシを下げて帰って来る。

風雷神門を目の前にした並木町あたりで、新十郎はふと一人の女の後ろ姿が気になった。お高祖頭巾に青梅縞《おうめじま》の着物、黒い帯。むしろ目立たない身形《みなり》だが、そのもの腰が、二、三日前、彫重の家に虎の彫物を入れに来た女と、どことなく似ているのだ。女は俯《うつむ》きかげんに新十郎の前を歩いていたが、すぐ雷門を右側に折れて見えなくなった。

頭巾を取った顔を見ているわけではないので、ただ似ている、としかいえない。その目で見れば、向こうから来る商人の内儀らしい女も、彫物の女に似ている。

——あれ以来、邪念が付きまとって、どうもいけねえな。

だから、勝負師には向かない、と思う。勝負の最中に、女が裸になろうと大地震が起きようと、太陽が西から登ろうと心を動かした方が負けだ。

風雷神門をくぐると東側が二十軒茶屋、茶屋の看板娘たちが盛んに参詣者に愛敬を振りまいている。西側は浅草餅、楊子《ようじ》店が並ぶ。仁王門を過ぎて本堂、大慈閣。新十郎は至って無信心だから人混みを遠くに見てちょいと片手合掌しただけで本堂の裏手に出る。淡島明神を西に見て、六角堂から念仏堂のあたりに来ると、小屋掛けの小芝居、講釈や浄瑠璃《じょうるり》が並び、見世物の呼び込みが絶え間なく参詣者をあおり立てる。大道では軽業、覗きからくり、松井《まつい》源水《げんすい》の独楽《こま》廻し、長井《ながい》兵助《ひょうすけ》の居合抜き。

芥子之助が出ているのは高麗《こま》堂裏の空地で、その奥は楊弓《ようきゅう》場。何十軒も店を並べて、早口の女の呼込みが雀のさえずりに聞こえてくる。

「ほう――やっているな」

遠巻きにした人垣の中で、どんどこどんどこ、太鼓がはやし立てている。芥子之助は重そうな沢庵《たくあん》石と、銀銭と、一枚の花札を空中に投げ上げ、手玉に取っているところだった。しばらく三つの品を手玉に取っていた芥子之助は、頃を見計らっていたようで、やっと掛け声とともに花札を遠くに飛ばした。次に落ちて来る銀銭を口に咥《くわ》えて取る、と同時に首をすくめて、沢庵石を首筋で受け止める。そこへ、空中に飛ばした花札が見物人の頭の上を旋回して戻って来るから、右手を伸ばしてそれを捕える。全て、一瞬のうちの仕事だった。

すかさず、仲間の一人が笊《ざる》を持って見物人の前を廻る。感心した見物人がその中へ銭を投げ込む。

芥子之助は石と銀銭を地面に置き、手拭で汗を拭っていたが、仲間が銭を集め終ると、新十郎の方を向いて、にこっと笑った。

「さあお立会、今度は不思議な芸を見せよう。不思議も不思議、強的《ごうてき》に不思議な奴でござる。今日お集まりのお立会は幸せものだ」

と、芥子之助が見物人に持っていた一枚の花札をひらひらさせると、笊を持っている男が口を挟む。

「芥子之助さん、ここらで一服しねえんですか」

「そうさな。一服といきてえところだが、今日は他ならねえ千日参り。こう見物衆が多いと、力が入るてえ奴だ」

「それは、結構ですがね。まあ、これを見や」

と、相手は笊の中を見せる。芥子之助はちゅうちゅうと指先きでざっと算《かぞ》え、

「こりゃあ、少ねえや」

「ずいぶん安く積ったでしょう」

「違えねえ。これを見たら、急に張り合いが抜けた。帰って、寝た方がましだ」

「これはきつい変わりようだ」

「そうさ、大の男三人の立ち前がこれっきりだ」

「それを言うなら、大の男が二人、小の男が一人」

「俺は嫌だから帰る」

「まあ、待ちや。仕様模様《しようもよう》があらあな。俺がもう一度廻って来る。今日のお立会は、皆、活計歓楽《かっけいかんらく》の相をしてござらっしゃる」

相手は再び見物人に笊を廻すと、二人のやりとりに大笑いしていた見物人がさっきより余計に銭を笊に投げ込んだ。

「さあ、こんならどうだ」

「うん、最初からこう集まりゃ、文句は言わねえ」

「機嫌が直ったか」

「直った直った。俺の病いは銭の顔を見りゃ、すぐに直る」

客を上げたり下げたりしながら金を集めてしまう二人の呼吸もまた名人級だ。

芥子之助はさっきから持っていた花札を遠くへ飛ばし、円を描いて戻って来るのを手で受け止める。それを二三度繰り返して、

「さあ、お立会。ここに一枚の札がござる。袁彦道博奕《えんげんどうばくえき》になくてならぬがこのキリの一枚。この札を身体の中に入れて見せよう。と言って食うんじゃねえ。薄皮一枚の下に入れてしまう」

芥子之助は言い終ると、左の二の腕をまくり上げ、花札をその上に乗せると右掌でその上を強く叩いた。すると、札は二の腕に貼り付いてしまった。

芥子之助が彫重で花札を入れたのを知っているから、新十郎はなるほど、こんな使い方をするのか、と思った。ただし、元の本物の札がどこに消えたかは判らない。美事な手妻《てづま》だ。

「さあお立会。ようく見や。身体の中に札が入り込んでしまった。触っても叩いてもいい。正真正銘の花札だ」

芥子之助は腕をまくり上げたまま見物人の前を一周する。彫重の腕だから、本物そっくりの彫りで、それが見物人の驚きを大きくする。

「さて、仰天するのはまだ早い。なんとこのキリ、今度はまばたきするかしないうち、他の札に変わってしまう。佐用姫《さよひめ》は石に変わり、弘法《こうぼう》さまは芋を石に変えたが、花札を変える術は知らなかった。俺だって今まで知らなかったんだが、観音様のお告げでね、今日からできるようになったんだ。なあ、そこの坊や、そうだろう。芥子之助のこんな芸を見たことがなかったろう。その通り、この坊やは毎日毎日そこにしゃがんで俺の芸を見に来て下さる。この坊やが言うんだから確かだ。今日が蓋明けの初日の芸。初物は七十五日長生きする。全く、今日ここに来た見物衆は幸せだ」

どろどろの太鼓に合わせ、芥子之助が思い切って大きな見得を切る。後ろ向きになってそっくり返り、再び二の腕をたくし上げると、今までキリだった札が、ボウズに変わっていた。

芥子之助は再び見物人の前を廻って彫物を見せて歩いたが、元のキリは影も形もなかった。中には手を伸ばして芥子之助の腕に触わる者がいる。キリの彫物の上に他の札を貼ったような手では、子供にでも見破られてしまうだろう。

芥子之助の芸が終ると、今度は笊を持って廻っていた男の番になる。この男も芥子之助と掛け合いながら、大太刀を呑み込んだり、手拭を蛇に変えたりして見物人の足を釘付けにして動かさない。

それが一段落したところで、太鼓が止み、芥子之助たちは煙草を取り出すので、見物人はぽつぽつと散っていく。すると、今まで人の陰で見えなかったのだが、変なふうにしゃがみ込んでいる男が新十郎の目に入った。

「彫重じゃあねえか」

芥子之助もそれに気付き、煙草を吸う手を止めて傍に寄って来る。

「どうかしたんですか」

彫重はやっと、といった態度で顔を上げた。顔の色が蒼褪《あおざ》め、額から玉の汗を流している。

「この暑さだ。霍乱《かくらん》を起こしたんじゃねえですか」

「いや、霍乱とは違う」

と、新十郎が言った。

「悪い病のようだ。近くに、医者はいねえか」

芥子之助は新十郎のただならない言葉付に、真面目な態度になった。

「馬道の大下朝庵《おおしたちょうあん》先生を知っていますす」

「よし、すぐ、そこへ運ぼう。一刻を争う容態だ」

芥子之助の仲間二人が近くの楊弓場へ駆け出して戸板を運んでくる。その間にも彫重の呼吸は荒くなり、しゃがんでもいられない。

すぐ、彫重を戸板に乗せ、随身門から境内《けいだい》の外へ。大下朝庵は彫重の顔を見ると、その場で解毒薬を飲ませようとするが、もうその薬も受け付けなくなっていた。

彫重は最期の痙攣《けいれん》を起こして息を引き取る前、

「トラに毒を飲まされた」

とだけ、やっと言い残した。

「そうか、トラに毒を飲まされた、こう言って彫重は死んだのか」

八丁堀から駈け付けて来た定廻り同心、富士宇衛門《うえもん》こと夢裡庵《むりあん》は、新十郎や芥子之助から事情を聞くと、そう言って首を捻《ひね》った。彫重に毒を盛った者を見付けるには一番の手掛かりだが、ただ、トラとだけでは雲をつかむようなものだと思ったのだろう。

「小荒井さん、あなたは前からこの彫重を知っていたんですか」

と、夢裡庵が新十郎に訊いた。

「そう、最近、ちっとばかりいたずらをしました」

「彫物を入れられたのですな」

夢裡庵は四角な顔の中で口をへの字に曲げた。

一応、夢裡庵などという雅号で通っている男だが、古い時代の風流が好きなのだ。今流行《はやり》の無気力で自堕落な風潮が全て気に入らない。武士が鳶《とび》や博徒の風を真似て、彫物を入れるなどとは怪《け》しからぬ。しかし、ここでは役目が大切、そのことについては我慢しなければならないから、口の方が曲がるのだろう。

「すると、彫重宅へは出入りをしていたわけだ」

「そうです」

「そのとき、トラというような名を聞きませんでしたか」

「……名ではないんですが、一つだけ心当たりがある。というのは、彫重のところへ、虎の彫物を入れに通って来ている女がおりました」

「……女が、ですか」

「そう。もっとも、人に憚るようにして来たところを一度だけ見ただけですから、どんな女かはわかりません。彫重もその女の素姓は知らなかったようです」

「……彫物をするような女だ。堅気じゃありますまい」

「ところが、彫重が言うには、商家の新造といった感じだったそうです」

「ふうむ……」

夢裡庵はまた考え込んだ。世の中は乱倫を極めている、と言いたそうだ。

夢裡庵たちが大下朝庵のところに到着したのは、朝庵が彫重の容態を診《み》て、これは唯事ではないから、役人の検視を願わなければならないと言ったからだった。

彫重は奥の一間で、身体を海老《えび》のように曲げたまま事切れている。夢裡庵がすぐに身体を改める。予想はしていたが、総身に隈《くま》なく彫られた身体は壮絶だった。牡丹《ぼたん》、龍、鯉、面、天女……ありとあらゆるものがごたごたに重なり合い、彫りかけのものや、前の図の上に二重に彫られているところもある。背は仲間の稽古台、前身は自分で試し彫りしたと思われるが、一か所だけ、左の太腿《ふともも》の内側の掌ぐらいの部分が白いのも不思議だった。

新十郎と夢裡庵が話しているところへ、浜田彦一郎がやって来た。

「矢張り、毒ですよ」

と、彦一郎は自信たっぷりに言った。

「夢裡庵さんもご覧になったでしょう。彫重の顔は苦悶《くもん》に歪んでいて、筋肉も固くなっています」

「最期に言い残すことができたのだから、意識はしっかりしていたようですね」

と、夢裡庵が言うと、彦一郎はしたり顔で、

「植物の猛毒、というと、トリカブトですか」

と、言った。

「ドクウツギ、なんかじゃねえでしょうね」

声の方を見ると、部屋の隅で小さくなっている芥子之助だった。

　夢裡庵が振り返って、腹の底に響く声で言った。

「ドクウツギだと？　お前には毒の見立てができるのか」

　芥子之助は慌てて手を振って、

「いや、そんなんじゃござんせんが、彫重の家にドクウツギのあるのをちょいと思い出しましてね」

「ドクウツギ、一名イチロベゴロシ。そんな物騒なものを何に使う」

「薄く煎《せん》じて彫った痕《あと》を拭くんでやす。すると、墨の乗りがいいし、温気《うんき》のころにも膿まねえといいます」

「そうか。で、彫重の家には誰がいる？」

「彫重と、弟子の栄七。それだけです」

「よし、判った」

　傍で聞いていた彦一郎の目が生き生きとしはじめた。

「夢裡庵さん、私が彫重の家の方を当たってみましょう」

と、むずと立ち上がって、外に待たせていた中間《ちゅうげん》を従えて勢いよく朝庵の家を出て行った。

　この彦一郎は同じ八丁堀同心だが、夢裡庵とはかなり違う。月代《さかやき》を広く剃って当世風の小銀杏《こいちょう》。巻羽織の紋も武田菱《たけだびし》を優しい中蔭《ちゅうかげ》に誂《あつら》えている。頭の廻りも早いようで、彫重がドクウツギを使っていると聞いて、それなら同じ家に住んでいる栄七の仕業に違いないと踏んだようで、彫重の屍体は夢裡庵に押し付け、自分は栄七を縛って手柄にするといった機転が新十郎には見えた。

「それも、結構ですがねえ」

ぼんやりと彦一郎を見送っていた芥子之助が、そうつぶやいた。

「結構ですが、が、とは何だ」

と、夢裡庵が言った。

「済みません、旦那。ちょっと、彫重が毒を盛られたところが気になったもんですから」

「……毒を盛られた場所だと？」

「へえ。彫重の家は飯田町ですから、家の中で人が死ぬほどの毒を飲んで、浅草まで歩いて来られる気遣いはねえ。どこか途中でひっくり返っていると思うんです」

「……なるほど、理屈だ。毒を盛られたのは飯田町の家とは思えねえの」

「じゃ、どこでだと言われると、困るんですが」

「彫重の持ち物には薬が入るようなものはなかった」

「へえ」

「すると、家から持ち出した薬じゃねえ。とすると、茶屋ででも飲まされたか」

水茶屋なら茶屋町、奥山、いたるところにある。しかし、夢裡庵の顔が冴えない。寺社内のことは寺社奉行の管轄だ。町方《まちかた》の者があれこれ調べ立てすることができない。

「旦那、出会《であい》茶屋なんかもお忘れなく」

と、芥子之助が言った。

それを聞いて、新十郎ははっとした。

出会茶屋、好いた同士が逢瀬《おうせ》を楽しむ茶屋だ。その出会茶屋が小柳町の裏通りに何軒か並んでいる。新十郎が芥子之助を見に来る途中、小柳町あたりで気になった女が、トラではないのか。虎の彫物をした女は、出会茶屋で彫重と落ち合い、彫重に毒を飲ませてから、一人で茶屋を出てきたところだった、と考えられなくもない。

「それからねえ、旦那」

と、芥子之助が続けた。

「ドクウツギを使っているのは、彫重だけじゃないはずです」

「……他に、誰が使う？」

「同じ彫師です。なんでも、彫重が言うことにゃ、ドクウツギを使うのは、彫重の師匠、大力から教わったそうです。上手な彫師はごく浅く墨を入れるから、針で彫った痕が膿むようなことはねえんです。ところが大力の腕だとどうも膿み易い。そこで、そのやり方をしていたんですが、彫重もそれに倣《なら》い、夏場だけはドクウツギを使っていると言っていました」

「すると、どの彫師もドクウツギを使っているわけじゃねえんだな」

「へえ」

新十郎はふとこの融通の悪そうな男に加勢してやりたくなった。

「夢裡庵さん、わたしが奥山に来る途中、その虎の彫物をした女らしい姿を見掛けましたよ」

「ほう……どこでです」

「雷門の前、小柳町あたりです」

「で、どの方向に行きました？」

「雷門を右に行きましたから、花川戸方面です」

新十郎がそう言うと、玄関の上がり框《がまち》に腰を下ろしていた、太鼓叩きの男が振り向いて、

「花川戸には、大常《だいつね》という若い彫師がいますぜ。確か大力の出だそうです」

と、言った。

夢裡庵、うんと腹に力を入れ、

「小荒井さん、ご苦労だが花川戸まで一緒に行って下さい」

「御彫物所　大常」というあまり目立たない看板。

格子戸を開けて、夢裡庵が奥に声を掛ける。

声に応じて玄関に姿を見せたのは、小ぶりの丸髷《まるまげ》、青梅縞に黒の帯、年齢は二十五、六。

新十郎がうなずくのを見て、夢裡庵は玄関にずっと入る。新十郎も続いて中に入り、格子戸を閉めた。

相手の女は夢裡庵の姿を見るなり、その場へ腰が抜けたように坐り、蛇に見入られた蛙のよう。

「ちょっと、ものを尋ねたいが」

女はすぐには口が利けない。

新十郎が見ると、切れの長い目とすんなりと細い顎のあたりが淋しそうな感じがする。とても大の男を盛り殺すような大胆者には見えないが、夢裡庵を見た脅えようがただではない。どういう事情があるかは知らないが、薄命の運を背負っていると思うと哀れでならない。下手な嘘など言わず、素直に罪を認めてもらいたいと願うしかない。

「主……主人は、今日は、出仕事で、家では仕事をいたしません」

女は聞き取れないほどの声で言った。

「なに、ものを尋ねたいのは、ご主人にじゃねえのさ」

夢裡庵は悠然としている。もう、この女が下手人だと決めて掛かっているのだ。まして相手はか細い女だ。

「お判りだろう。俺は八丁堀からやって来た者だ」

「…………」

「と言えば、大体、用向きは判るな」

「……存じません」

「お前さん、名は何と言う」

「とら、でございます」

「そうかい、おとらさん、飯田町に住む、彫重てえ彫師を知っているな」

「……存じません」

「お前さんのご主人、大常さんとは、親方の大力のところで兄弟弟子だったはずだ」

「……知りません」

「ここで所帯を持って、何年だ」

「二年になります」

「じゃあ、昔のことは置いて、今日の話だ。おとらさん、今日、小柳町のあたりに行かなかったか」

「……行きません」

「彫重とどこかで落ち合ったはずだ」

「……存じません」

「お前の背中には虎の彫物がある。彫重が入れた奴だ」

「……ございません」

「ほう。知らぬ存ぜぬと言い張るなら、お前の身体をここで改めなけりゃならねえぜ」

「……さっきから、わけのわからぬことばかりおっしゃいます。知らぬものは知らないんでございます」

「じゃあ、ここでお前の背中を見せてもらおうか」

とらはようやく落着きを取り戻したようだった。玄関先きでは困ると言い、夢裡庵と新十郎を座敷に上げ、玄関の障子を締め切った。

小ざっぱりとしているが彫重の家よりは狭い。大常の仕事場は二階になっているらしい。

とらはすっかり観念したように静かで、部屋の隅に腰屏風を立て廻すと、その向こうに入った。しばらく、衣擦《きぬず》れの音が聞こえていたが、そのうち静かになり、

「よろしゅうございますか」

と、屏風の向こうから顔を向ける。

「よし、役目の手前だ。改める」

夢裡庵が言った。

とらは屏風からすっくりと立って背を見せたその背には恥らいは見えたが、

「ない……」

夢裡庵はうめくように言った。

真っ白なとらの肌には、小さなしみ一つなかった。細い肩から意外と成熟している腰のあたり、ただ眩しいばかりだ。

とらはゆっくりと身体を廻して、正面を向いた。

だが、彫物はどこにもなかった。股の内側にも、耳の後ろにも、足の裏にも――

「そりゃあ、夢裡庵先生、さぞお力落としだったでしょう」

と、芥子之助が言った。

「そうさな。第一にとらという名、ドクウツギを扱っている者、彫重と係わり合いのありそうな者、全部がとらの方を向いていたんだからな」

「肝心の彫物だけがなかった、と言うんですね」

何日かして、しばらく顔を出していなかった真布施《まぶせ》一刀流の道場に行った帰り、新十郎は気になって奥山に足を向けると、芥子之助はまた降り出しそうな空を眺めてぼんやりしていた。境内は四万六千日の雑踏とは打って変わり、参詣者もまばらだった。

「この間はもう一稼ぎてえところで間違いに巻き込まれ、今日は朝から雨もよい。全く、変な月だ」

と、芥子之助はぼやいたが、自然に彫重殺しの話になる。

「それで、とらの亭主、大常の方はどうなんです」

と、芥子之助が訊いた。

「それがな、事件のあった日、大常は朝から猿屋町にあるお屋敷の中間部屋で一日中仕事をしていて、一歩も外には出なかったそうだ」

「……すると、どっちも大常の方は関係がねえということになりやすね」

「そこで、大力の方だが、大力の親方は目を悪くしちまって、あまり仕事をしちゃいねえんだ。弟子もなくって、すっかりすがれている。昔いた弟子といってもそう多くはねえ。彫重が弟子だったのは一年足らずで、彫重を知っているのは大常ぐらいだったらしい」

「そのころの彫重はどんな男だったんでしょう」

「大力が言うには、仕事の飲み込みは早えが、生意気な奴で好かなかったそうだ。そこへいくと大常は仕事熱心な上に真面目で、きちんと年季を勤め、一人立ちして所帯を持った」

「というと、浜田の旦那の方も、冴えねえようですね」

「ああ、彫重の弟子の栄七なら、毒を使えただろうが、浜田が行ってみると、仕事をしていた。彫重が筋彫りした弁天小僧にぼかしを入れていて、一刻《とき》前からその客に掛かっているから、彫重に毒を盛ることはできねえ理屈だ」

「虎を入れに来た女のことは？」

「栄七は何も知らねえと言う。なにしろ、女が来ると彫重はすぐ二階へ上げてしまう。栄七はその女の顔を碌《ろく》に見てはいねえし、彫重が彫っているところも見ていねえ」

「ちょっと待って下さい。彫っているところも見ていねえんですか」

「女客が来ると、いつも彫重は二階で仕事をする」

「……すると、彫重は本当に女に虎を彫ったんでしょうか。何も彫らなかったとは言えませんか」

「彫らねえでなにをしている」

「痛くねえことを」

「そりゃあ俺も考えねえでもなかったが、だめだ。彫重が二階へ上がると、すぐ、針の音がして、それが途切れると彫重が降りて来る。毎度そうだったと栄七が言っている」

「……じゃ、本当に彫っていたんですね」

「確かに彫っていたな。それで夢裡庵先生、草の根を分けても虎の彫物の女を探すと張り切っているぜ」

「見付かりますか」

「まあ、そんな彫物をしていりゃ、すぐ評判が立つからの」

「おや、先生。とうとう落ちて来やした」

大粒の雨。遠くで雷も聞こえてくる。

芥子之助たちは荷物をまとめて、高麗堂の軒下に駈け込む。間もなく、心太《ところてん》のような雨が降って来た。

「なあ、芥子之助」

「へえ」

「この間の花札の手妻には、すっかり欺された」

「恐れ入りやす」

「図図しい手が気に入った」

「……なんだ。じゃあ、お見通しだったんですか」

「最初は美事に欺されたさ。だが、筋道を読み返すと、全部が解けた」

「ははあ……」

「疑っているなら言おうか。左の腕にキリの彫物がある。とは別に、右の腕にはボウズが彫ってあるはずだ。最初、見物人には左のキリを見せ、大見得を切った後、今度は後ろ向きになって右腕のボウズを出してみせる。どうだ」

「参りやした。その通りです」

「だが、そんな横着な手で、どうして俺が欺されたか、考えりゃ不思議だ」

「手妻は横着な手ほど、いいんです。それにしても、将棋指しは嫌な客だ」

傘も差さず、濡れるにまかせて、ふらふらと歩いて来た女がいる。髷が傾き、帯はずるずるだ。女は芥子之助を見ると笑いながら近付いて来て、どっかりと高麗堂の昇勾欄《のぼりこうらん》に腰を下ろした。

「どうした、芥子之助。不景気な面をしてるな」

芥子之助は苦が笑いし、

「姐《ねえ》さん、この空じゃ、陽気にゃなれませんや」

「聞きゃあ、彫物を入れたってね」

「……なんの、けちなもんです」

「ちょっと、見せねえよ」

「わざわざ見せるほどの代物じゃござんせん」

「投げ銭がねえと見せられねえのか」

「いや、見せますよ」

芥子之助は仕方なく左腕をたくし上げる。女は酒臭い息をしながら顔を近付けていたが、

「可愛い彫物だの。だが、手を出しゃ持てそうに見える。いい出来だ」

「お誉めで恐縮です」

「誰が入れた」

「飯田町の、彫重でやす」

「つい、昨日死んだ?」

「へえ」

「気の毒なことをした。だが、嬉しいことを言う。おれも彫重に入れてもらっている」

「姐さんも？」

「ああ。と言うと、他人の仲とは思えねえだろう」

「……さいですな」

「おれの彫物を見てえか」

「ぜひ、拝見したいもんで」

「じゃあ、酒を奢《おご》るか」

「……手前、酒は無調法でして」

「じゃ、おれと付き合いねえ。どうせ今日は仕事にゃならねえだろう」

「それも……無調法で」

「なんだ。文なしなのか」

「堪忍して下さいよ」

女は新十郎の方を見て、片目を閉じて甘い声を出した。

「ねえ、そちらの旦那。あたしの彫物が見たかあございませんか」

新十郎がそっぽを向くと、女は大きな舌打ちをして、

「どれもこれも、悄然《しょうぜん》としているの。おれの彫物はそうしねえと、おまみえにならねえのさ」

言い捨てると、また雨の中をふらふらと歩いて行った。

芥子之助はぼんやりとその後ろ姿を見送っていたが、

「あっ……どうして今まで、それに気付かなかったんだ」

と、手を打って口惜しがった。

新十郎と芥子之助が彫重の家に行って格子戸を覗くと、案の定、玄関に女物の履物が見えた。

「お前の言う通りだ。栄七は彫重が彫りかけた仕事の続きをしているに違いねえ」

新十郎はそっと格子戸を開けて中に入る。

耳を澄ますと、二階からさくさくと彫物を入れる音が聞こえてくる。新十郎と芥子之助はうなずき合って玄関の座敷に坐っていると、

「本当に痛いねえ。親方のようにゃいかねえのかい」

と、伝法な女の声。続いて男がもぞもぞ言う声が聞こえてくる。

しばらくすると、針の音が止み、栄七が階段を降りて来た。栄七は二人を見ると、びっくりしたように、

「お二人方、彫物はお済みになったはずだが」

と、詰《なじ》るように言った。

「いや、今日は彫ってもらおうというんじゃねえんです。親方に世話になったから、よかったらお位牌など拝ませて下さい」

と、芥子之助はごく神妙な顔で言う。

「そうでしたか。それはまあご親切なことで」

と、栄七は二人を次の間の仏壇の前へ案内した。真新しい白木の位牌の前に二人が線香を上げていると、階段を降りて来る足音がした。

見ると、二十五、六。櫛巻き、三筋格子の浴衣《ゆかた》を着た女だった。目が合うと二人にちょっと会釈して、

「惜しい人を亡くしましたねえ」

と、気さくに言い、栄七に送られて玄関を出て行った。

「親方の後を仕上げていなさるんで？」

と、芥子之助が訊いた。

「さようです。半端な彫物ではいけませんから」

「偉いもんだ。親方の腕を身に着けていなさる」

「なんとか、曲りなりですが」

「今のご新造も、矢張り、白粉彫《おしろいぼり》で？」

すると、栄七の顔が急に険しく変わった。

「あなた方、何の用でここに来たんです」

「ですから、彫重が白粉《おしろい》彫の名人だったのを確かめたくてね」

「…………」

「言わなけりゃ、今の女の後を追い、その女の口から聞き出すまでだ」

芥子之助が腰を浮かせようとするのを、栄七は押し留どめた。顔が蒼くなっている。

「お待ちなさい。あなた方は、強請《ゆす》ろうというのか」

「おっと、そんなんじゃねえ。ここにいなさる小荒井先生も、詰将棋みてえに難題を解いてみたいだけ。八丁堀とは係わりがねえんだ」

それを聞くと、栄七は安心したのか、がっくりと肩を落とした。

「しかし、どうして親方が白粉彫をしていたと知ったんですか」

「親方の屍体を拝ませてもらったからさ。なに、考えりゃその場で判るはずだった。親方の総身にはびっしりと墨が入っていたが、どういうわけか、左腿の部分が白く残っていた。他のところは前の図柄の上に、二重にも彫られたりしているから、これあおかしい。実は、そこにも針が入れられていたんだ。しかし、墨ではなく白粉を使っていたので図柄が見えなかっただけだ」

言われてみると、新十郎にも心当たりがあった。新十郎が言った。

「いつか、彫重は横浜にいたころ黒人に彫物を入れたと話したことがあったな。元元、黒い肌に墨を入れても何にもならねえ。おかしなことを言うと思っていると、朱とか何かを使うと説明したが、そのとき白粉も使ったに違えねえ」

酒を飲ませるか付き合うか、そうしないと「おれの彫物はおまみえにならねえ」と言った女の言葉で新十郎は白粉彫のあることに気付いたのだ。

墨の代わりに白粉を肌に入れる彫物が白粉彫。白粉だから、普段は見えない。ただし、湯に入ったり酒を飲んだり、肌が紅潮するとはじめて彫った図柄が現われる。彫物は大好きだが、身分を気にしたり客相手の商人で、どうも彫物が入れられないというような人には、願ってもない彫物なのだが、白粉には鉛毒がある。それを身体の中に入れるのだから一たまりもない。すぐに死んでしまう。いくら彫物が好きでも、死んでは取り返しがつかないので、よほどの命知らずでないと、白粉彫はできない。

「つまり、彫重は毒でねえ白粉を使っていたんだな」

と、新十郎が言った。栄七はうなずいて、

「なんでも、親方はその粉を横浜の異人から教えてもらったそうです。特別な貝を挽《ひ》いて作った胡粉《ごふん》で、薬と練り合わせると、生白粉《バッチリ》よりも濃くって伸びがよくなるんです」

「それは、お前にも教えねえ秘伝だったのだな」

「へえ、その方法を知りたかったのは、あたしだけじゃなかったんです」

その噂を伝え聞いた大常もそうだった。大常は礼を尽くして白粉彫を教えてほしいと言ってきたが、彫重はせせら笑って相手にしなかった。

仕事熱心な大常は、そこで自分の女房とらに白粉彫を入れさせることにした。白粉彫の仕事は、客を二階に上げて、弟子の栄七にも仕事を見せない注意深さだったが、客にはどうしても見られないわけにはいかない。とらは大常の妻だということを隠して彫重の家へ通ううち、針の作り工合や彫り方を覚えて大常に伝えた。

ある日、とらが彫重の隙を見て、問題の白粉を盗み出そうとした、それを、彫重に見られてしまった。

「親方は前からおとらさんに気があったんです。それで、そんなに白粉彫が知りたかったら、俺と付き合え、と。言われて、非は自分にあるんですから、おとらさんは従うよりなかったんです」

一度身を任せれば、二度三度迫られるのは目に見えている。とらは夫への義理を立てるため、夫の仕事場から毒を持ち出し、白粉彫の秘伝を聞き終えた後で、彫重に毒を飲ませてしまった。

新十郎は言った。

「栄七、お前も何とかしてとらから白粉彫の秘伝を聞き出そうとしたんだな。彫重が死に、秘伝を知っているただ一人のとらが召捕られてはどうすることもできねえから、夢裡庵さんにもとらが白粉彫を入れていた、とは喋られなかったんだ」

「へえ、でも、もうおとらさんには会えなくなりましたよ」
「……どういうわけだ」
「あれからすぐ、大常のところへ行ったんですが、家は蛻《もぬけ》の殻になっていました。早晩、白粉彫のことが八丁堀に知れると思い、二人して逃げたんでしょう。お陰であたしの方も、親方が残した白粉を使い切ると、それでお仕舞いです」

それからしばらくして、両国の柳河岸《がし》で、盂蘭盆《うらぼん》の川供養をしているところへ、水死人が流れ付いた。その水死人は若い女で、しかも背に白虎《びゃっこ》の彫物があるというので、大変な騒ぎになった。

八丁堀の夢裡庵が駈け付けて見ると、それは正《まさ》しく、大常の女房、とらの屍体だった。とらは袂《たもと》に石を入れて入水していたため、永いこと水の中にあったので、身体中は紫色に変色していた。それで、背の白虎がくっきりと姿を現わしたのである。はじめて見る白虎は今にも屍体から飛び出さんばかりで、その物凄い美しさに、夢裡庵は手を合わすのも忘れたほどだったという。

大常の行方《ゆくえ》は判らなかった。

その後、絶えて白粉彫の噂がないところから、大常はとらと一緒に大川に入水したが、海に流れ出てしまったものだろう、と夢裡庵は新十郎と話し合った。

もひとつ観音

「お互い、厄日《やくび》が続くな」

「へい、そろそろお月見だてえのに、こっちは冴えねえ有明《ありあけ》の月でさ」

豆蔵の芥子之助《けしのすけ》、軽業の飛八《とびはち》、噺方《はやしかた》の音吉《おときち》の三人が、ぼんやりと高麗《こま》堂の昇勾欄《のぼりこうらん》に腰を下ろしていると、曲独楽《きょくごま》の松井源水《げんすい》が傍に寄って来て声を掛けた。

黒地《くろじ》抜《ぬ》きの五つ紋の白麻の流水模様の裃《かみしも》、白鞘《しろざや》の一本差しで、髪を大銀杏《おおいちょう》に結い、目のぎょろりとした髭痕《ひげあと》の青い三十五、六の男だった。浅草奥山の大道芸人と言えば、代代、東《あずま》芥子之助と松井源水が双璧だが、このところあまり客が寄り付かない。

「雨降り風間《かざま》、思い掛けねえ難になりましたね、先生」

と、芥子之助が言った。

「まあ、いつもの流行物《はやりもの》、長続きするとは思わんが、芥子之助これを見や」

源水は懐から一枚の刷物《すりもの》を取り出した。墨一色の瓦版《かわらばん》で、中央に観音菩薩《ぼさつ》の像、右端の囲みの中には「いま大評判浅草のもひとつ観音」という字が見える。

「へえ――もうこんな読売が出ましたか」

「うん。さっき雷門の前で、盛んに通行人を煽《あお》り立てておった」

「……とすると、当分は下火になりそうもねえですね」

「そうさな。こんなとき変にじたばたすると、見苦しいでな」

源水は悟ったように芥子之助の横に腰を下ろし煙草入れを抜き取った。

その「もひとつ観音」の小屋は前方に見える。何本も幟《のぼり》を立て、正面には絵看板があがっている。もひとつ観音を見ようとする客が小屋を十重《とえ》二十重《はたえ》に取り巻き、その端は蛇のように長く伸び、大地蔵のあたりから水茶屋の方にまで続いてとぐろを巻いて縮む気配がない。

その、呼び込みの声が風に乗って聞こえてくる。

「さあ、ご用とお急ぎでない方は、一度はこの有難いご開帳をご覧になって自慢の種にしてください。さあ、本物の観音様が拝めます、本物の。絵に描いたり木で作ったりしたものではございません。はい、金龍山浅草寺《せんそうじ》のご本尊は漁師、檜熊《ひのくま》、浜成、武成の三兄弟が宮戸川の沖にこぎいだし、その網に掛かりて上がらせ給《たも》うたのが一寸八分の金のご形像《ぎょうぞう》。さあ、場所も縁《ゆかり》の浅草で、絵に描いたり木で作ったりしたものではございません。勿体《もったい》なくも息をなさって温い血が通っている観音様のご天来です。さあ、大昔西方は弥陀《みだ》の浄土にて善財童子という方が、求道の道を旅していたところ、補陀洛《ふだらく》てえ海に面した美しい山の中で、生身《なまみ》の観音様にお会いして有難い大慈悲の説話をお聞きしたという。さあ、生身の観音様を拝んだのがこの善財童子――さあ押さない押さない。順序よく並んで中に入ればゆっくりと拝めますから押さないで。お代、じゃあない木戸口でお布施、十六文をご報謝していただく。一文で十六枚、波銭で四枚。混んでいるのでご迷惑を掛けます。さあ、今のうちに用意をしてお釣りのないよう。釣銭の手間閑《ひま》で後ろのお客さんをそれだけ待たせることになる。これも大慈悲の心。はい押さない、幼な友達仲良く並ぶ。観音様は観自《かんじ》在《ざい》菩薩と言って三十三に身を現じ給う。千手《せんじゅ》観音、馬頭《ばとう》観音、如意輪《にょいりん》観音、聖《しょう》観音。とても全部は言い切れないが、ここに現じ給うはもひとつ観音。さあ、この観音様はあまた身無し子にお乳を授けるのを見て、お釈迦様が二つの乳では足らぬからも一つの乳をと言って与え下さったので三つの乳房を持っておいでだ。三乳《みっちち》観音俗にもひとつ観音と言い、有難や、今、まのあたりにその三つのお乳が拝めます。絵に描いたり木で作ったものではございません。温い血が通っている生身の三つのお乳、これを拝まなければ末代までの後悔――」

芥子之助が改めて見ると、江戸中の参詣《さんけい》人がもひとつ観音の小屋を目掛けて押し掛けるよう。長い間待たされた見物人は、小屋から出て来ると疲れていて水茶屋へは向かうが、他の見世物には目もくれない。中には芥子之助と源水がいるのを見て足を止める者もいるが二人共芸に覚えがあるから、相当の客が集まらなければ動く気がしないのだ。

「ねえ、先生。前にもこんなことがありましたね」

「うん、いろいろあったな。眼力太郎、熊女、歯力男《はりき》なんぞが出たときには、矢張り客が集まらなくなった」

数ある見世物小屋は、一年中取っ換え引っ換えさまざまな珍しい出し物を集めて多くの客を引こうとする。その見世物に慣れて大抵のことでは驚かなくなった江戸っ児が、何年に一度、びっくり仰天して我も我もと押し掛けることがある。

眼力太郎は本名長次郎《ちょうじろう》と言い、いつもは普通の顔をしているが、一度うんと力むと両眼が一寸あまりも飛び出し、徳利《とっくり》や重箱などを糸でくくってその目玉にぶら下げることができる。熊女というのは全身が黒い渦毛で覆われた女。猟師の子で親の殺生の報いだという。歯力男は歯に並でない怪力があった。六尺ほどの板の片側に大石臼《いしうす》、反対側に四斗樽《しとだる》を乗せ、板の中央を歯でくわえて持ち上げて見せる。

こういう見世物が出ると江戸中の物好きが押し掛けて来る。だが、そういう際物《きわもの》はあまり長続きしたためしがない。騒ぎは一時《いっとき》ですぐ客に飽きられてしまう。歯力男のときは、育ちが田舎だったから、水と食物が合わなかったのかすぐ江戸患《わずら》いに罹って力が出なくなった。

一つ見世物が評判になると奥山が賑《にぎわ》い、その煽りで大道芸にも人が集まるときもあるが、今度だけは別だった。

「日に日に見物人が多くなるようだの」

と、源水はぼんやり小屋の行列を見て言った。

「そうですね。がせねたなら、こうはいきません」

「まず、善男善女が多いのはいいことだ」

瓦版にはもひとつ観音の謂《いわ》れ因縁がもっともらしく書かれている。芥子之助はざっと目を通して源水に返そうとしたとき、瓦版の隅に小さな印を見付けた。

「ねえ、先生。この刷物は頓鈍《とんどん》という男が書いたものですぜ」

「ほう、そんなことが判るか」

「へい、この隅に小さく丸の中に頓という字が見えるでしょう」

「知っている男か」

「以前、あたしの芸を瓦版にして提灯を持ってくれたことがありました。もっとも、よほど出来事のなかったときでしたがね」

「そうか」

「そのころ頓鈍は神田紺屋町《こんやちょう》に住んでいましたが、その後、本郷にある天庵という蕎麦屋《そばや》に入婿したという話を聞きました――おや、先生。噂《うわさ》をすれば影。頓鈍が通り掛かりやすよ」

芥子之助は指で弄《もてあそ》んでいた一枚の花札を遠くに向かって投げた。札は勢いよく飛んで行き、もひとつ観音の小屋に向かって歩いている男の鼻先きをかすめたかと思うと、今度は大きく旋回しながら芥子之助の手元に吸い込まれるように戻って来た。

　男が振り返り、人懐《ひとなつ》っこい笑顔を見せて芥子之助の方へ歩みを変えた。

「こりゃ、先生方、お揃《そろ》いで」

　芥子之助はむっとした顔で、

「俺の形《なり》が小せえんで目に入らなかったのか」

「とんでもない。つい、ご挨拶《あいさつ》が遅くなりました」

「これを書いたのはあんたでしょう」

　芥子之助は頓鈍に刷物を見せた。

「そうなんで」

「頓鈍さん、あんたは蕎麦屋に婿入りしたって聞いたがね」

「でもね、腹は減らなくなったがこの癖は止められねえ。どうです、なかなか殷賑《いんしん》を極めているでしょう」

「というと、あんたあの小屋にも噛《か》んでいるのかい」

「もひとつ観音を見付けたのが、実は私なんです」

「なるほどね。繁昌は結構だが、お陰で俺たちの方は上がったりだ」

「ご冗談でしょう。あんなものでお歴歴の先生方が上がったりなどとおっしゃっちゃ困ります」

と、言うものの、芥子之助と源水が揃って所在なさそうにしているのを見て、

「いかがでしょう。源水先生とは初対面、お近付きの印に、これから橋場の茶《さ》の市《いち》あたりで一杯やりませんか」

「そりゃ、かたじけない」

と、源水は至極真面目な顔をして付け加えた。

「だが、そのもひとつ観音とやらを、一目拝んでからにしたい」

小屋は掘立柱《ほったてばしら》で竹矢来《たけやらい》を組み込み蓆《むしろ》を張り付けただけのもの。正面に掲げた大看板は極彩色で、後光を背負った観音菩薩を瑞雲や天女が取り囲んでいる。

頓鈍は先に立って小屋の裏手に廻り、木戸口から中に入った。

「おや、先生。お帰りなさい」

紺の半纏《はんてん》を着た木戸番が頭を下げる。色の黒い顎の張った男だった。

「六《ろく》さん、今日《きょう》は先生方をお連れした。座主《ざぬし》はいるかい」

「へえ、ちょっとお待ちを」

六と呼ばれた男は蓮の花を染め抜いた暖簾《のれん》をくぐって奥へ行くと、すぐ四十前後の肥った男が顔を出した。連日大入りを続けているためか、座主の顔はのべつに笑っている。

「いや、大先生方にご来駕《らいが》を頂けるとは光栄の至り、私共、鼻を高くすることができますよ」

そして、六に何やら耳打ちをする。

六は再び奥に入り、半紙にくるんだものを持って来て座主に手渡した。

「本来ならお茶など差し上げるところ、すっかり立込んでおりますのでご容赦下さい。これは些少《さしょう》ではありますがお茶代わり、ぜひお納めを」

と、一人一人にくるんだものを渡す。

場内の方が急にざわめきだした。

「ちょうど入れ替えになったようですな。では、ごゆるりとご見物を。六や、いい場所にご案内してな」

と、座主は姿を消す。

場内の見物客がぞろぞろと外に出て行くようだ。頃を見計らって六が、

「さあ、どうぞこちらへ」

と、舞台の横に案内する。

場内は見物客の熱気だけを残している。舞台の両側に一段と高い台が作られていて、揃いの半纏を着た舞台番が二人ずつ陣取っている。

「頭、大切なお客さんです。上げてやって下さい」

六が声を掛け、芥子之助と源水を一方の台の上に押し上げた。頓鈍は反対側の台の上に飛八と音吉を座らせる。

「両先生、ご窮屈でしょうがしばらくご辛抱を」

と、芥子之助の隣にいる舞台番の頭が言った。衣食足りて礼節を知ったのか、小屋の全員がそつがない。

頭は拍子柝《ひょうしぎ》を手にして一つ打ち鳴らす。それが合図で見物客を送り出した木戸口が閉まる。

次の柝で、今度は入口の木戸からわっと新しい客が場内になだれ込んで来た。

「お危うございますから駈《か》けないように。足元にお気を付けて」

と、頭が声を涸《か》らして叫び続ける。またたくうちに場内がぎっしり。それでも、頭はもの足らないように、

「恐れ入りますが、もう少少お繰り合わせを。そこのご新造《しんぞ》、あと半歩前にお進みを。そこの若旦那、もう少少右側に——」

と、言葉は丁寧だが、俵《たわら》に芋《いも》を押し込むばかり。

「あ、そこのお武家様、冠り物を取ってはいただけないでしょうか」

芥子之助が見ると、場内の中ほどに菅《すげ》の一文字笠《がさ》が見えた。その後ろの見物人は迷惑そうに頭を傾けている。

「後ろの方が見えにくうございます。ぜひ、お取りを」

再度言われたが、笠がゆらりと動いただけだ。

「笠を取れ、笠を取れい」

二、三人が伝法に怒鳴った。こうした群集の中では大勢の方が強くなる。武士は渋渋といった様子で笠を取った。芥子之助が傍若無人な面が出て来るかと思っていると、二十五、六、意外と整った顔立ちだった。

さすがに武士の姿は少ない。よほど好奇心の強い武士が、あたりを憚《はばか》るようにして入場したに違いない。

もう、これ以上、錐《きり》も立たないと見たのか、頭は改めて柝を打った。

舞台の中央には御簾《みす》が下ろされている。左右には大きな賽銭《さいせん》箱。天井からは金ぴかの天蓋《てんがい》が吊られ、背景には五色の布を引き廻し、左右の置灯籠《おきとうろう》、雪洞《ぼんぼり》に火が入っている。

ややあって、磬子《きんす》が打ち鳴らされる。余韻嫋嫋《じょうじょう》嫋の鐘の音で、場内が静まりかかると、舞台の上手《かみて》から口上役が現れた。

普通だと裃姿が定石だが、この口上役は紫の服に金襴《きんらん》の袈裟《けさ》、水晶の数珠《じゅず》を手にした僧形だった。

口上役は舞台中央に着坐《ちゃくざ》すると青い坊主頭を下げる。

「東西――この度ご開帳にあいなりまするもひとつ観音菩薩。木像金像なるみ仏様は各寺《じ》刹《さつ》にましまするが、当お膝元において生身のご開帳は前代未聞と存じまする。古《いにしえ》、大坂は淀川の江口、江口の遊女が普賢《ふげん》菩薩と化しましたる、寛永年間にはお竹如来《たけにょらい》。江戸大伝馬町の豪家、佐久間勘解由《さくまかげゆ》の下女お竹《たけ》が、勿体なくも大日如来の化身であったという。ここに俗名お照《てる》、生家は野州宇都宮豪家にて、生まれながらにして三つの乳房を持ち、二親は驚き訝《いぶか》しみてなんの因果でかかるふしぎな姿で生まれたるかと、長く屋敷から外に出さず育てられました。お照はすくすくと成長しまして、三つの乳房も共にふくよかとなるころ、越前の国永平寺の高僧がお照の家を一夜の宿としたるとき、父親は娘の身の上を打ち明けたりしが、お上人お照の姿を高覧あそばされてうち呆《あき》れ、これこそ紛れもなき生身の観音菩薩にあらせられるとのたまいける。それより、一目お姿を拝みたいという者後を絶たず門前市をなしけるとか。ここに、現世に現ぜられましたる大慈悲、拝するときは七難三毒を除き、二求を適《かな》えるとされまする。これをご拝《はい》する我我の果報、つくづくと有難きお姿を直覧されまするよう、まずは口上、東西――」

口上役が退場するとまた鐘となり、太鼓、木魚、鉦鼓《しょうこ》のゆったりした音が続いて、左右から若い踊子が天女の衣装で現れ、ひとくさり舞って退場するといよいよ観音菩薩の開帳。一際高く磬子が打ち鳴らされて、静静と御簾が上方へ巻き上げられる。

もひとつ観音の全身が舞台中央にしつらえられた蓮弁《れんべん》の台の上に現れたとき、固唾《かたず》を呑《の》んで見守っていた見物人の口から、ほうっという声が小屋をゆるがすように満ちていった。

見物人が嘆声を禁じえないはず。美美しい宝冠、白毫《びゃくごう》をほどこした顔は神神しいばかりで背後に本物の輪光が現れているかと思われるほどだった。照は右手の臂《ひじ》を軽く曲げ掌を外に向ける。左手は同じ形に下げ、衆生の畏《おそ》れを去り願いを与える印相を示していたが、見物人のどよめきを待って、ゆっくりと台座から降り、肩に掛かっていた純白の天衣に手を掛けた。

薄衣《うすぎぬ》が下に落ちる。涼やかな雪肌で、胸には形の良い三つの乳房が整然と横に並び、紅色の乳首を光らせている。銀の首飾、臂釧《ひじわ》、腕釧《うでわ》が、裸身をきりりと引き締め、その姿を見ているだけでたちまちに邪心が洗い清められるような感じがする。

そのうち、見物人の熱気が伝わるのか、他人の前に肌を晒《さら》す羞恥からか、照の肌がぽうっと赤味を増す。照は舞台の右左、一周して台座に戻り、静かに合掌すると、御簾がするすると下がってきた。

頭が柝を打ち鳴らす。

「さあ、ご開帳はこれまで。お帰りは出口から順順に願います。お静かにお足元に気を付けて……」

いくつかの銭が賽銭箱に投げ込まれる。それを見ると後ろの方の見物人は我も我もと銭を取りだし、中にはきらりと光る一分銀も見える熱気。

「ううん……」

源水が唸った。

「芥子之助、もう一度見よう」

「……相当お気に召したようですね」

「いや、あの照という女、前に見たことがあるんだ」

源水は声を低くした。

「少し前、東両国の小屋で見た、狼娘《おおかみむすめ》という女だ」

東両国は同じ盛り場でも、浅草奥山や西両国と違い、見世物の格がぐっと下がり、いかさまやいかがわしい出し物が多くなる。

「先生も妙な趣味をお持ちなんですね」

「いや、全て後学のため。しかし、三つ乳の女なんてそうざらにいるもんじゃない。それに、お照の脇腹には確かなほくろがあった」

「すると、因果物で出ていたんですか」

「そう。髪の毛はざんばら、腰にぼろを巻いて、四つん這いになって、狼男と生まの鶏肉を食らうという類いの見世物だ」

「へへえ、その狼男も三つ乳なんですか」

「いや、男の方は鶏を食い千切るだけの役だった」

「それにしても、化けるものですね」

「うん。あの狼娘を持って来て、もひとつ観音に仕立て上げた頓鈍てえのは、どうも偉い男だな」

「賽銭箱を置いたのも頓鈍の智慧《ちえ》でしょうね」

「だから、芥子之助。茶の市へ行ったら、遠慮せずにうんと飲んでやろう」


源水の言葉を真《ま》に受けたので、その翌日は二日酔。

十五夜の月見で、人出は多いはずだが、どうせ参詣客はもひとつ観音の方へ吸い取られてしまうと思うから、気分の悪いのを押して仕事に出掛ける気になれない。芥子之助はその日一日長屋でごろごろしていて、翌日、奥山に出掛けると、どうしたことか朝から黒山のような見物人が集まって来た。

もひとつ観音の小屋を見ると、妙にひっそりとしていて、小屋の方へ足を向ける人の流れがそこで立ち止まって別の方に散って行く。

様子を見に行った音吉が帰って来て、小屋の正面に「本日都合により休帳仕り候」という紙が貼り出されている、と言った。もひとつ観音を見に来た客が方方へ流れているのだ。

客が多くなるとぼんやりはしていられない。

「さあ、お立合《たちあい》。態態《わざわざ》芥子之助を見に来て下さった。とても他人とは思えねえ。今日は豪《ごう》的《てき》に不思議な芸を見せよう」

相手の飛八も調子に乗って来る。

「そうは言うがね、芥子之助さん。今日の見物衆はどうやらあんたを見に来たんじゃなさそうですぜ」

「なんだ。俺を見に来たんじゃねえ?」

「そうとも。お立合の顔に書いてある。本当はもひとつ観音が目当てなんだ。ねえ、図星でしょう」

飛八に顔を覗かれた男は苦笑いした。

「ねえ、芥子之助さん。俺達はとうにもひとつ観音を拝んだね」

「ああ、拝んだ。だからたちまちご利益があった」

「どんなご利益を受けた」

「只酒をたんと食らった」

「折角だから今日拝めなかったお立合にもひとつ観音のお姿を話してみや」

「……美しかった」

「それから?」

「お乳が三つあった。有難いお姿でござった」

「お乳の多いのが有難かったら牛を見ねえ。五つも六つもある」

「白熊にゃ、二十四もある」

「そんなにあったかな」

「四六《しろく》ま二十四だ」

「置きねえな。駄洒落《だじゃれ》より芸を見せねえな」

「おっと合点、さあお立合、この手拭《てぬぐい》を生き物にして見せよう……」

芥子之助の芸が一段落すると、頓鈍が駈け付けて来た。

「どこかで、お照を見やしなかったか」

流れる汗を拭く閑もない。

「さあ、知りませんがね。一体、どうしたんです」

「朝、小屋を開けようとして、いなくなっているのに気付いたんだ」

「昨日は？」

「いつもの通りだった。ただ、お照は小屋が閉まってから外へ出掛けたらしいんだが、四つ（十時ごろ）にはちゃんと帰って来た、という」

「そいつはご心配で」

「じゃ、何か気が付いたことがあったら教えてくれ」

頓鈍はあたふたといなくなった。

肝心の照がいなくなったのでは、小屋が開かないはずだ。一座の狼狽《ろうばい》しているところが目に見えるようだ。

それから芥子之助はもひとつ観音の小屋を気にしていたのだが、昼を少し過ぎる頃、参詣客の流れが変わった。

もひとつ観音の威勢のいい呼び込みがはじまり、境内の客はその方に吸い寄せられていく。

照が戻ってきたのかと芥子之助が人事ならずほっとしていると、頓鈍がやって来た。

「さっきは騒がせて済まなかった。どうやら一件落着だ」

「一体、どうしたんです」

「それがどうもはっきりしねえ。八方手分けをして探し廻ったところ、長命寺の土手でぼんやり大川を見ていたお照を六さんが見付けて連れて帰って来た。いろいろ問いただしたんだが、自分でもさっぱり覚えがねえという。夢を見ているような気持で気が付くとそこにいた。とんと、離魂病だ」

「お照はそのあたりの土地に明るいんですか」

「なに、田舎者だから小屋を離れたら西も東も判らねえはずだ」

「口上では野州宇都宮の生まれだそうですね」

「そう。もっとも豪家なんかじゃなく、ただの百姓の娘だ」

「少し前に、お照は東両国で狼娘だったんでしょう」

「……驚いたな。なるほど、蛇《じゃ》の道は蛇《へび》だ」

「源水先生がその狼娘を見たと言っていました」

「うん、見られていちゃあ仕方がねえ。最初お照は狼娘でね、たまたま俺が見たところなかなかいい顔立ちをしているから、狼娘なんかでは勿体ねえと思い、座主から買い取ってもひとつ観音に仕立てたんだ」

「勿論、呼込みや口上も頓鈍さんが書いたんでしょう」

「うん」

「源水先生が誉めてましたよ。偉い男だって」

「そりゃあ面目だが、お照にあんな病いがあるとは思わなかった」

「頓鈍さんのことだから、読売の種になるでしょう。観音、神隠しになる、なんてね」

「いや、やるんならもっと大きなことだ。もひとつ観音がこうまで客を集めるとは思わなかった。お照はあんな見世物じゃまだ勿体ねえ。教祖になりゃ、うんと信者が集まるはずだ」

「……もひとつ宗《しゅう》ですか」

「それまでは大切な身体だ。お照は蚊にも食わせられねえ」

そこへ、一人の男が駈けて来た。

「頓鈍さん、ずいぶん探しました」

流行の杜若《とじゃく》小紋に三尺帯、髷《まげ》も小ざっぱりした若い男だ。

「貞次か、お照なら見付かった」

「そうじゃねえんです。今しがた牡蠣売町《かきうりちょう》の川岸で、何者かに喉《のど》を食い切られた侍の屍《し》骸《がい》が上がったんです」

「……そりゃあ、獣《けだもの》か？」

「何だか判りませんが、毛唐の国にゃ狼男てのがいて、満月の夜、狼に化けて人を食い殺すそうですぜ」


新大橋の下流。

牡蠣売町の川岸に、八丁堀同心富士宇衛門《うえもん》こと夢裡庵《むりあん》が来ていて、同役の浜田彦一郎と屍体の検視の最中だった。野次馬が遠巻きにしているが、勿論、見世物でないから大声で話し合う者はいない。ほとんどが及び腰で顔だけを前に突き出している。

芥子之助に頓鈍、貞次の三人が野次馬の間から覗くと、目敏《めざと》く夢裡庵が気付いた。

「おう、頓鈍か。相変わらず耳が早え」

そして、横にいる芥子之助にも目を向けた。

「なんだ、芥子之助もか。この日和《ひより》に商売をしねえのか」

芥子之助は頭を掻《か》いた。

「それがね、旦那。このところさっぱり仕事にならねえんで」

夢裡庵は目をぎょろりとさせた。

黒絽《ろ》五つ紋の巻羽織《まきばおり》、博多の帯に紺足袋雪駄《たびせった》ばき。同役の浜田と同じ服装だが、万事に垢抜《あかぬ》けして見える浜田に較べると、夢裡庵の方は月代《さかやき》も伸びて無精髭、かなり武骨だった。それだけに睨《にら》まれると大抵の者は縮みあがる。

「だが、ちょうどいい。今、お前を呼びにやろうと思っていたところだ」

と、夢裡庵は頓鈍に言った。

「私が、何か？」

「まあ、待ちねえ。態態ここまで来たんだから、急用もねえだろう」

夢裡庵は屍体に目を戻した。

屍体は仰向《あおむ》けにされている。その横に並べられた、大小の刀、菅笠、紙入れ、印籠《いんろう》などはその持ち物らしい。黒絽の羽織袴《はかま》は水と泥でくたくただった。嫌でも目に付くのが右首筋にある生ま生ましい傷口で、血は洗い流されているものの、ぱっくりと丸くえぐり取られた痕を見ると得体の知れない獣に食い千切られたとしか思えない。

夢裡庵は外傷を改めてから、屍体の衣服を解いた。浜田が半紙に細細《こまごま》と何か書き取っている。身体の方には傷はないようで、侍は一思いに喉をえぐり取られ、それが致命傷だったらしい。

夢裡庵はしばらく検視を続けていたが、町役人に命じて屍体に筵《むしろ》を掛けさせた。浜田も筆を矢立《やたて》に戻し、紙を懐に入れる。一応それで検視は終ったようで、夢裡庵は芥子之助達三人に町内の自身番まで来るように言った。

夢裡庵が番屋へ入ると、番の者が手桶に水を運んで来る。

「どうも、夏の仏《ほとけ》は往生だの」

口をすすぎ手を洗う。それでも臭いが鼻に付いたのか、夢裡庵は印籠から丸薬を取り出して嚙み砕き、鼻の下に塗り付けた。

「あの侍を知っているか」

と、夢裡庵が三人に訊《き》いた。

芥子之助は一昨日もひとつ観音を見に行ったとき、同じ小屋で見掛けた一文字笠の武士に似ていると思ったが、身体は青黒く変色している上に苦悶《くもん》の表情が物凄くて、確かなことが言えない。頓鈍の方はしぶとく、

「そのお侍の名は？」

と、訊いた。

夢裡庵は不機嫌そうに唇を曲げて、

「書付《かきつけ》を持っていて名があった。越後長岡藩、分石寅之助《わけいしとらのすけ》という。今、牧野《まきの》様のお屋敷へ報らせにやった。間もなくその人物かどうか判るはずだ」

頓鈍は首を傾げる。さり気なくその名を記憶に刻み付けているようだ。

「分石寅之助……聞きませんねえ」

「あれは知っているな」

夢裡庵は顎をしゃくった。

自身番の上り框《かまち》に半乾きになった紙が拡げてあった。墨は滲《にじ》んでいるが、もひとつ観音の瓦版だった。

「お前の所で出した刷物だな」

「……そうです」

「分石寅之助の懐にあったんだ」

夢裡庵は読売の貞次の方を見た。

「さあ……売った客の顔を一一覚えちゃいませんがね」

と、貞次が言った。

「そりゃあもっともだ。この刷物は見世物小屋の座主にでも頼まれたのか」

頓鈍が腰を低くして言った。

「実は私も座元の端くれに加わっている、といったわけで」

「ほう、そうだったのか。すると、もひとつ観音の筋書を書いたのは頓鈍、お前だったんだな」

「へえ」

夢裡庵は興味深そうに相手を見る。

「大層な景気だそうじゃねえか」

「恐れ入ります」

「観音を務めているのは、どういう素姓の者だ」

「素姓——というほどのものはありゃしません。野州宇都宮の在の百姓の三女で名は照、東両国の見世物に出ていたのを私が見付け、化粧栄えのする顔立だと思ったんで、買い取ったんです」

「照と言ったな。その女は乳が三つあるそうだ」

「へえ」

「本当の乳か」

「正真、ございやす」

「東両国に出ていたときは観音じゃなかろう」

「へえ」

「何と言っていた」

「……狼娘、でやす」

「狼娘だと？」

夢裡庵は顔を険しくした。

「狼娘はただ黙って乳を見せていたわけでもあるめえ。何をしていた」

「……四つん這いになって、生まの鶏の肉を食らったりしていました」

「そりゃ、凄まじい。じゃ、観音になると言やあ二つ返事だ」

「へえ」

「昨日、照はどうしていた」

「一日中、見世物に出ていました」

「夜は？」

「夜のことは……ちと」

「照は客を取るのか」

「冗談じゃございません。曲りなりにも観音様です。また、お照はああいう身体ですから、小さいときから男に馬鹿にされると思い、すっかり男嫌いで、それを承知するような女じゃございません。夜のことが知れねえのは木戸を閉めると私は家へ帰るからなんで」

「なるほど……上《かみ》さんは元気か」

「へえ、相変わらずで。私のなすことに叱言《こごと》ばかり言います」

「今日も照は見世物に出ているのか」

　頓鈍の顔が曇った。夢裡庵はその表情を読むために上さんのことを口にしたようだった。

「どうした。いつものように出ちゃあいねえのか」

「いえ……今はちゃんと出ていますが」

「いますが？」

夢裡庵に畳み込まれて、頓鈍は仕方なく照の失踪《しっそう》の一件を話した。

そうこうしているうち、牧野の屋敷へ駈け出して行った小者《こもの》が、何人かの若侍を連れて帰って来た。

早速、屍体を改めた結果、長岡藩上《かみ》屋敷に勤番している馬廻り役、分石寅之助に間違いないことが判った。

分石は昨日は非番で、昼前に屋敷の長屋を出たまま夜になっても戻らなかった。日頃から生真面目な性格なので、悪い所にいて時を忘れたとも思えない。間違いでもなければいいがと、皆が心配していた最中だった。

分石は酒も煙草も飲まず、他人が卑猥《ひわい》な話をすると嫌な顔をするほどの堅物。分石の同僚の話だと、分石は四年ほど前から、足軽格で屋敷に奉公していたが、閑なときには剣道の道場へ通い、夜は兵法の書を読むというので仲間からは変物扱いされていた。それが一昨年の冬の夜、屋敷に忍び込んだ盗賊をただ一人で取り押えた。この手柄と日頃の誠実さが認められて、馬廻り役に取り立てられ、この分石に馬廻り役の頭がぞっこん惚《ほ》れ込み、娘との縁組が噂されている、という。そういう出来すぎた男だから、誉める者は多く悪く言う者はいない。

「その、分石が捕えたという賊の名を知っていますか」

と、夢裡庵が訊いた。同僚の一人がその名を覚えていた。

「輪止《わど》めの捨吉《すてきち》、二十三、四の男です。足袋の職人でしたが、家でじっと仕事をしているのが嫌いだったとか」

夢裡庵は少し考えていたが首を振った。大名の上屋敷へ忍び込んで捕ったら死罪は免れない。輪止めの捨吉が生き延びて、分石に仇《あだ》を返すと思うのは無理だろう。

「分石は入水したようですね」

と、一人の侍が夢裡庵に訊いた。

「そう。杭《くい》に引っ掛かっているのを、町内の者が見付けて岸に上げたのです」

「……傷は入水してからのもの、あるいは……」

侍は声を詰まらせた。分石の凄い顔が目の前にちらつくのだろう。

「あるいは、の方です。死んでから魚に咬《か》まれたような傷は傷口は白っぽく血も出ません。調べたところ分石の着ている物には下着にまで血が浸み通っている。従って、死後、水の中に投げ込まれたに違いありません」

「……刀で斬《き》られたようではないが」

「よく見ると、歯の痕が残っています。傷は歯で食い千切られたものです」

「……何ということだ」

「分石の身寄りの者は?」

「それが、江戸にはいません」

「すると、お国に?」

「いや、分石は野州宇都宮で生まれた者なのです」

夢裡庵はそれを聞き終ると浜田に言った。

「後をお相手してくれ。俺は浅草へ行って来る。頓鈍、行くぞ」

「太夫《たゆう》、忙しいところを済まねえ。少しだけ話が聞きてえ」

と、夢裡庵が照に言った。

もひとつ観音の楽屋。

照は鏡台の前でふしぎそうな顔で夢裡庵を迎えた。黒髪をまとめて頭の後ろで小さく束ね、棒縞《ぼうじま》の浴衣を羽織っている。観音姿とはがらりと変わった、気取らない美しさだった。

「もしかして、分石寅之助という侍を知りゃあしねえか」

濃化粧をした照の表情は変わらなかったが芥子之助には照の両手が固く握り込まれるのが判った。

「年齢は二十六、お前と同じ宇都宮の生まれだ。寅之助は四年前に江戸へ出て来て、長岡藩の上屋敷で足軽奉公しはじめたが、忠実なところが認められて、今じゃ馬廻り役に取り立てられている。知っているな」

「いいえ、存じません」

照ははっきりと言った。

「ご覧の通りわたしはただの河原者。お侍などは一人も知りません」

「そうじゃあねえんだ。寅之助も元は百姓の伜《せがれ》、若え時分にでも付き合いはなかったか」

「いいえ存じません。一体、そのお侍がどうしたというんですか」

「今日の昼過ぎ、分石の屍体が牡蠣売町の川岸に流れ着いたんだ」

「死んで?」

照ははっとしたように頓鈍の方を見た。頓鈍は無言でうなずいている。

「俺が見たところ、死んだのは多分昨夜。何者かに喉を食い千切られて大川に放り込まれたんだ」

それ以上、照の表情を見ることができなかった。

「旦那、恐れ入ります。太夫の出でございます」

小屋の若い衆《し》が照に宝冠をかぶせ、浴衣を脱がせて天衣に着せ換える。夢裡庵は独りで言葉を続けた。

「と言って、俺はその下手人を捜しに来たんじゃねえ。ここは浅草寺の境内、知ってもいようがたとえ下手人が逃げ込んでも町方の者は手出しができねえんだ。ただ、死んだ分石の懐から、もひとつ観音の瓦版が出て来て、生まれも同じ宇都宮だというから、もしかして知り合いか、そうだったら一言伝えようと思って来ただけだ」

観音の姿になった照は、正面を見たまま、舞台の方へ歩いて行った。

夢裡庵は黙然と腕を組んだまま。

そこへ、木戸番の六が楽屋の夢裡庵達に茶を運んで来た。空になった盆を持って楽屋を出ようとする六を頓鈍が呼び止めた。

「ちょっと使いに行ってもらいてえが」

「へい、どちらでしょう」

「なに、本郷の天庵に手紙を届けてくれ。今日は帰りが遅くなりそうなんで、明日の仕込みの用意など定めて置かなきゃならねえことがある」

頓鈍は半紙に走り書きし、それを畳んで六に持たせた。

六と入れ違いに、舞台を勤め終えた照が戻って来た。

鏡台の前で若い衆が宝冠を取り天衣を浴衣に着換えさせる。衣装が改まると、照は夢裡庵の前に両手を突いた。

「さきほどは何も知らぬなどと嘘《うそ》を言い、申訳ありませんでした」

と、細い声で言う。

「そうかい。本当のことを言う気になったか」

「はい」

「それがいい。物言わねば腹ふくるる。身体にも悪いからの。で、寅之助を知っていたのだな」

「はい。それも、将来を誓い合った仲でございました」

「……そうだったのか」

「寅之助さんは気立ての優しい方で、わたしがこんな身体だと知ってからはことさら心を痛めて、お前を幸せにできるのは俺しかいない、わたしもその気持にほだされて――」

そこまで言うと照は声がもつれて泣き伏してしまった。

照が泣きながら話したところによると、情けを深め合ってからの寅之助は、真剣に将来のことを考えはじめた。寅之助は百姓の四男、ただ、考えもなく暮らしていたら一生梲《うだつ》が上がらず照を幸せにしてやることができない。江戸へ出て一生懸命に働き、三年後には一旗挙げてきっとお前を迎えに来るから待っていてくれ、と照に言い含めて四年前の春の三月に故郷を後にした。

寅之助は小さいときから侍に憧れていたので、どこかの武家屋敷に奉公するだろうと思っていたが、照が約束の三年を待っても寅之助の音沙汰《おとさた》はなかった。それからの一年は一日が千秋の思い。明日は便りがあるか、明日は顔が見られるか。思いは悪い方へも走りがちで、こう便りがないところをみると、仕事が思わしくなく苦労しているのではないか。

それでも手紙ぐらいは書けるはず。もしかすると、何か悪いことが起きて死んでしまったのではないか――。

その一年が過ぎようとしたころ、どこから聞き付けたのか、江戸から来た男が、三つ乳を持つ娘は前代未聞で、江戸に出ればきっと大評判になる。栄耀《えいよう》栄華、美しい物を着て旨い物を食べ放題、と言葉巧みに二親を唆《そそのか》した。

二親はその話に乗り気ではなかったが、照は寅之助が暮している江戸という言葉を聞いただけで気もそぞろになった。自分が評判になれば寅之助の耳に入るに違いない、と一途に思い込み、自分の方から二親を説得にかかったのだ。

そこは世間知らずの娘で、照を連れて江戸に登った男は、すぐ東両国の見世物小屋に照を売り飛ばして姿を消してしまった。話が違うと騒いでも後の祭だった。照は毎日が死ぬ思い。他人には絶対に見せなかった三つの乳を曝《さら》して狼の真似をしなければならない。そんな怪し気な見世物に寅之助が来るとも思えない。たとえ寅之助が来たとしてもその姿では合わせる顔がない。何の因果でこんな姿に生まれ、獣の真似をしなければならないのか。いっそ死んでしまいたいと泣いているところへ、捨てる神あれば拾う神ありというのか、その狼娘が頓鈍の目に止まった。

「それで、寅之助はもひとつ観音になっているお前を見に来たのだな」

と、夢裡庵が訊いた。

「はい、一昨日、わたしを確かめに小屋へ来たそうです。そして、その夜、木戸が閉まってすぐ、六さんが私に会いたいというお侍が待っている、と」

「そうか。それで、どこで会った」

「六さんが案内してくれて……小柳町の水茶屋でした」

照が茶屋の奥に案内されると、見違えるほど立派になった寅之助が待っていた。予感はしていたものの、実際に顔を見ると胸が支《つか》えて声も出ない。

四年ぶりの逢《お》う瀬《せ》。耐え忍んできた思いが一度に身体を燃やし、夢か現《うつつ》か判らないままに寅之助の胸に顔を埋めると、これまでの怨《うら》みまでが恐しいほど甘美な衝動感を助長させるのだった。何度か高みに舞い奈落《ならく》に落ち、覚めるとやるせないほど短い一刻《ひととき》だった。

すでにそのときが辛い気持だったが、更に悲しい言葉が照を待ち受けていた。

身形《みなり》を整えた寅之助は、何を思ったのか照の前に両手を突き、深深と頭を下げ、今迄《いままで》、お前に便りも出さなかったのには理由《わけ》がある。ぜひ、話を聞いてくれ、と言った。

「寅之助さんはどうしてもわたしとは一緒になれない、と切り出しました」

と、照が言った。

「なんだ、そりゃ。約束が違うじゃねえか」

夢裡庵は大声を出した。

「いいえ、聞いてみるとあの人の気持も判ります。昔と違い、今では馬廻り役とはいいながら歴《れっき》とした武士。百姓の娘を娶《めと》るにも差し障りがあるほどだから、見世物小屋へ出ているような女とはとうてい一緒になるわけにはいかない。ぜひ、昔のことはなかったことにしてくれと言います」

「そりゃ、身勝手だ。お前が見世物に出るようになったのも、寅之助を思えばのためだった」

「………」

「で、お前はそれをうんと言ったのか」

「……あの方の出世のためなら」

「そうか。寅之助は近近、馬廻り役の頭の娘と縁組みをする。それも聞いたか」

照はうつむいて首を振るだけだった。

「太夫。それで今朝は舞台に立つ気がしなくなったんだな」

「はい。あれから魂が抜けたようになって、昨夜は一睡もできず、朝になっても全てが嫌でふらふらと外に出て、六さんに声を掛けられて我に返ると、川岸で水の流れを見ながら泣いておりました」

「よし、判った、もうそれでいい。悲しい思いをさせて済まなかった」

夢裡庵はずいと立ち上がった。

「昔から嘘を吐きゃ舌を抜かれるのが定法だ。弱え女の約束を反故《ほご》にして、自分の立身だけを考えるような侍は、満月の夜に狼にでも食い殺されても仕方があるめえ」

そうして、腹立たしそうに一人で小屋を出て行ってしまった。

そのうち、また照の出となる。

芥子之助は夢裡庵の引っ込み方になんとなくすっきりしないものを感じたが、そろそろ自分も腰を上げようとすると、それまでぼんやりしていた読売の貞次が、

「日のあるうちに千住に着けるといいが」

と、独り言のように言った。

夢裡庵が千住へ行くわけはない。芥子之助は貞次に訊いた。

「誰が千住に着くのかね」

貞次は頓鈍の方を見た。頓鈍は口をへの字にしてから、声を低くした。

「じゃ、貞次は知っていたのか」

「そりゃあ判ります。頓鈍さんが天庵の店のことに口出しをするなんざ大いに眉唾《まゆつば》ですからね」

「……こりゃあ、一本取られた」

頓鈍は苦が笑いした。芥子之助はそれでも意味が判らない。芥子之助が黙っているのを見て、貞次が言った。

「ねえ、芥子之助さん。さっき、六さんが頓鈍さんの手紙を持って天庵へ行ったでしょう。天庵のお上さんはそれを読んで六さんに路銀《ろぎん》を渡すんです。六さんはそれで故郷《くに》へ帰るなり、他の土地へ行くなりするわけだ」

「……すると、分石寅之助を殺した下手人が？」

「そう、あの六さん。六さんの前身は、東両国の見世物小屋でお照と一緒に鶏を齧《かじ》っていた狼男だった」

「………………」

「またその前身は歯力男と言って、一時は浅草の客まで東両国に浚《さら》っていった評判男だった」

「……あの、歯力男」

芥子之助は二度びっくりした。歯に異常な怪力をもつ歯力男。六尺の板の両側に大石臼と四斗樽を乗せ、板の中央を歯でくわえてうんと言って持ち上げて喝采を浴びていた男だ。

「歯力男ならすぐ江戸患いになり出なくなったと聞きましたがね」

「そう。それに、人気も下火になったからね。歯力男に代わる見世物が狼娘だった。歯に力がなくなった歯力男は、仕方なく狼娘の脇役で生きた鶏なんかを齧っていたんだが、そのうち、お照にすっかり夢中になってしまった。ねえ、そうなんでしょう。頓鈍さん」

頓鈍が言った。

「貞次の言う通りだ。六さんはお照に惚れ抜いていたが、お照には寅之助への思いがあるからうんとは言わねえ。そのお照に俺が目を付けると、そこの座主が足元を見てね、狼娘だけを手放すわけにはいかねえ。狼男も一緒だと抜かした。まあ、仕方なくその言うなりになったわけだが、六さんにしてみちゃ、お照と一緒にいられるのがどんなにか嬉《うれ》しかったろうな」

「六さんも純だったんですねえ」

「純なのはお照も同じだ。まあ、俺としちゃ、観音様に狼男でもあるめえから、六さんを裏の木戸番にしたが、これがよく働き、お照の面倒をよく見てやっていた」

「そこへ、寅之助が現れたんですね」

「そう。六さんはお照が他の男の言うことをきかないわけを聞いていたから、寅之助のことは知っていたと思う。だが、お照の喜ぶ顔が見たさで、手引きをしてやったんだ。お照が満足して帰って来るか、と思いの外、お照は絶望と悲しみとで生きる力さえなくして戻って来た」

「そりゃあ、六さん、怒るわけだ。あの夢裡庵先生だって顔色を変えた」

　芥子之助が頓鈍に訊いた。

「つまり、六さんはお照に代わって仇を討ったんですか」

「そう。寅之助を宥《ゆる》しちゃ置けねえというので、昨夜、お照の名を使って寅之助を誘い出し、人気《ひとけ》のねえ所で殺して川に投げ込んだのだろう。一時、歯の力はなくなったが、見世物小屋で毎日鶏を食っていたから江戸患いも治っていたんだ。六さんが侍に立ち向かうにゃ、持ち前の歯力に頼るしかなかったんだ」

「……六さんはそれをお照に話したんですか」

「そう。だから、今朝、お照が驚きのあまり前後不覚になって小屋を抜け出してしまったんだ」

「六さんの思い遣りを恩に着なかったんですか」

「恩に着るどころか、怨みに思った。でなければお照が前後不覚になるほど驚きはしなかったはずだ」

「……どうも、女心は判りませんねえ」

「俺にも判らねえが、たとえどんなひどい目に会わされて別れた男でも、いま生きてどうしているか、そう思うだけでも幸せな気持になれるんじゃねえかな。お照は」

舞台の出を終えた照が楽屋に戻って来た。悲痛に堪えている慈悲の観音の姿は紛れもない真の御姿に見えた。

天庵のお上から路銀を貰った六は、結局、江戸を出なかった。

自分の所業が照に悲しみの追い討ちを掛けたことを深く後悔して、八丁堀の夢裡庵の家へ出頭して処罰を受けようとしたのだが、全てを見通していた夢裡庵は六に一切口を利かせなかった。

「分石寅之助の一件だったら、長岡藩の目付《めつけ》が動き出した。向こうで張り切っているものを、こっちであれこれ言うこともねえ、とかくご用煩多な折だからの。もっとも、向こうはこういう事件にかけちゃ素人だから、滅多に下手人は捕まるめえが」

と、言い、夢裡庵は煙草の煙を輪に吹いた。

その後の六の行方は誰も知らない。

小判祭
こばんまつり

「これは目覚ましい。極上上吉《ごくじょうじょうきち》の出来栄えだ」

「さすが、和泉屋目吉《いずみやめきち》。名人ですな」

「これで、伏町《ふせちょう》も鼻が高い」

神田伏町の御酒所《みきしょ》前。

町方《まちかた》の役人たち、地主、家主、商家の旦那衆、職人の親方、祭礼の世話役、鳶《とび》の者以下、町内が総出で新調の山車《だし》を取り囲んでいる。拍子柝《ひょうしぎ》の合図で白布が落とされると同時に湧《わ》き立った歓声が、じわじわと賞讃の声に変わっていく。

貞次も伏町の噂《うわさ》を聞き付けて、多町《たちょう》から駆け付けて来たのだが、新調された山車の見事さに、掛け値なしにびっくりした。

山車は黒漆に金の金具をちりばめた三重勾欄《こうらん》で、三層の屋台の上の人形は愛染明王《あいぜんみょうおう》だった。

伏町の北を藍染川《あいぞめがわ》、南に神田堀が流れている。この水の便がいい伏町は、紺屋《こうや》や紫屋といった染物関係の業者が多く集まっている土地だ。その業者が信仰するのが愛染明王。愛染明王は「藍染」に通じるからだという。その町の人たちが崇拝する愛染明王を神田明神祭礼の山車に作り、この日が町内のお目見得なのだ。

愛染明王は宝瓶《ほうへい》の上にしつらえた蓮台《れんだい》に結跏趺坐《けっかふざ》している。逆立つ頭髪に獅子冠《ししかん》をいただき、額にも目を持っていて、三目の形相と、全身真紅の色は忿怒《ふんぬ》の姿を現している。六臂《ろっぴ》の手にはそれぞれ、蓮華、五鈷杵《ごこしょ》、鈴、弓、箭《や》を持ち、後には焔光《えんこう》を背負い、圧倒されるような力強さだった。人形作りの名人、和泉屋目吉の作だという。

「おい、番付《ばんづけ》の人」

声を掛けられて、貞次は我に返った。顔の四角い、骨太の大男で、朱の入った鳶の半纏《はんてん》を着ている。

「山車に見蕩《みと》れるのも結構だが、商売を忘れちゃいけねえ」

読売の貞次、手拭《てぬぐい》の頰冠《ほおかむ》り、尻を端折《はしょ》って盲縞《じま》の股引《ももひき》に草鞋《わらじ》ばき。いつもなら町辻に立って怪し気な瓦版《かわらばん》など売り歩いているのだが、この日は別で、背負っている小風呂敷には祭礼番付が入っている。番付坂に立てられた高札を、版元が写し取っていち早く一枚摺《ず》りにする。その番付を売り歩いているところだった。

「へい。お祭番付。神田明神様御祭礼番付でございい」

「改まって呼び売りすることもねえが、まあ、一枚買おうか」

「へえ、ありがとうございます」

伏町の鳶の頭、為吉。背中に尾上菊五郎の助六彫物を入れるほどの音羽屋贔屓《びいき》で、人呼んで菊五郎為吉。神田の名物男だった。為吉は貞次から受け取った番付に目を通し、すぐ伏町の番組を見付けた。

「なになに、二十六番伏町一丁目二丁目三丁目愛染明王を新調せり。和泉屋目吉の美作なり。付祭《つけまつり》、小栗判官照手姫《おぐりはんがんてるてひめ》、男形《おとこがた》そめ（十六）かな（十五）囃子《はやし》方十五人、町人十五人、世話役廿五人、警固六人、鉄棒引き四人、荷い茶屋二荷……」

為吉が伏町の番組を読み上げると、傍にいた人たちが我も我もと番付を買っていく。

「お陰様で大層商《あきな》いをさせていただきました」

と、貞次は為吉に礼を言った。

「そりゃ、伏町が番付に載りゃ、買いたくなるのは道理だ」

「それにしましても、何よりなお日和《ひより》で」

「なんだ。天気を誉めるのか」

「そりゃもう、愛染様にはさっきから目が眩《くら》んでいやす」

「そうだろう、五年ぶりの山車の年番だ。ところが、前の山車は知っての通り昨年の火事で焼けてしまった」

「前のは伎芸天でした。あれもなかなか美事な作で」

「ああ。伎芸天もよかったが、何せ時代が経っていた。いい塩梅《あんばい》に、と言っちゃ妙だが、お陰で新規のが出来た」

「前のと人形が変わったのは、矢張り紺屋の力入れで？」

「ああ。一時は今度の祭に間に合うかどうなるかと思ったんだが、恵比須《えびす》屋さんをはじめ、大店の紺屋衆が気を入れてくれてね」

「……あの、恵比須屋さんが？」

為吉はにやっと笑った。

「そうさ、知ってるな。あの、シワエビの旦那が、だ」

「……変わるものですねえ。お天道様が西から出なきゃいいが」

「なに、旦那はちっとも変わっちゃいねえ。お吉《き》っちゃん——じゃねえ、お吉《きち》さまの口利《くちきき》に違いねえ」

神田明神の祭礼は例年九月十五日。六月十五日の山王権現の祭礼とこの二つに限り、祭の行列が江戸城内を巡行して将軍の上覧に浴すことができる。それで、これを江戸天下祭、御用祭と呼ぶのだが、それだけにやかましい仕来《しきた》りが沢山ある。

町内で調達する山車でも、勝手に新調したり改造することはできない。町奉行所に願いを出し、その許可が下りるのを待たなければならない。お上からは祭の費用が下附されるが、雑費は町方の負担だ。その金は町内の地主家持が支出しなければならない。山車を新しく作るとなると、土地や家を持たない長屋住まいの連中は大喜び、何が何でも祭を盛り立てようとするが、地主家持の中には渋い顔をしているのも少なくはない。

紫染所《どころ》の恵比須屋正右衛門《しょうえもん》もその一人だった。為吉が言うように、町内では誰でも恵比須屋をシワエビと呼んでいる。吝《しわ》ん坊の恵比須屋の意味だ。

正右衛門は豊島郡《としまのこおり》池袋村の百姓の三男、三度の飯が食えるならというので江戸に出て来て恵比須屋の丁稚《でっち》となった。元元が吝嗇《りんしょく》な質《たち》の上に、それが貧困な境遇に育ったことで逞《たくま》しさが加わり、身に付いたら垢《あか》でも落としたくないという徹底したけちが出来上がった。その代わり、人が嫌がる仕事も平気で、陰日向なく働く。それが先代の目に留まって、恵比須屋の一人娘の婿となった。その先代が病死して、正右衛門が恵比須屋の主人に収まり、店を切り盛りするようになってから、恵比須屋の身代は倍になったと言われる。当然、吝嗇ぶりにも一層磨きが掛けられるから、祭礼などで無駄な金を遣って店を休むのが嬉《うれ》しいはずはない。

ところが、ふしぎなもので、正右衛門の娘吉が、尋常でない祭好きだった。その吉が口を出したのならシワエビでも仕方なく寄付に付き合う気になったのだろう。

「お吉さん……いい手古舞《てこまい》姿でしたねえ」

と、貞次が言うと、為吉は自分の娘でも誉められたように四角な顔を緩めた。

「覚えていなさるかい」

「へえ。昨日のように覚えていやす。男髷《まげ》の似合う子でした。惜し気もなく毛先きをすっぱりと切って」

「それあ、神田っ児だ。思い切りがいい」

「片肌脱ぎで縮緬《ちりめん》の長襦袢《じゅばん》を見せ、伊勢袴《ばかま》に花笠《はながさ》を背負い、手には牡丹の花を描いた黒骨の扇、鉄棒をついて。あれ以来、お吉さんのような美しい手古舞を見たことがありません」

「そうだなあ。お吉っちゃんだけにゃ、シワエビも金を惜しまなかったからなあ。あの器量に飛び切りの衣装だ。伏町の自慢だった。全くつまらねえことをした。伏町の若え者は全くだらしがねえ。いい子を他にさらわれやがった。俺だって、内の婆《ばば》あがいなかったら……畜生めだ」

為吉はしきりに口惜しがる。

そのはずで、前の祭礼には、吉の手古舞が大評判で、浮世絵師丘本聞滋《おかもとぶんじ》の筆で一枚絵になり絵草子屋の店に並んだ。それが、井藤寿三郎《いとうひささぶろう》という五百石取りの旗本の目に留まった。寿三郎は吉の絵姿を見てからすっかりのぼせ上がり、夢にまで吉を見ては魘《うな》され身も細るありさまになった。見かねた井藤家の用人が恵比須屋を訪れて正右衛門にこの話を聞かせると、染屋の娘が旗本家に見込まれるなどとは身に余る光栄、二つ返事で話が決まって吉は井藤家に奉公させる間もなく、寿三郎のお手が付いて、吉は寿三郎の正妻に収まった。

「しかし、お吉さんもご出世で」

「べら棒め。祭に出られなくて、なにが幸せなものか」

「……そうでしょうか」

「そうだとも。今ごろ、お吉っちゃんの血が騒いで、居ても立ってもいられねえはずだ」

「なるほど。今度の祭は特別ですからなあ」

「あの山車の上に、お吉さんを立たせてやりてえよ」

町奉行の役人たちは、満足そうに山車を見終えて、世話役に案内されてその場を立ち退《さ》っていく。今度は祭に着用する衣装などを改めるのだ。勿論《もちろん》、役人に見せるのは木綿《もめん》物で、祭礼当日には新調の縮緬、綾織《あやおり》、金襴《きんらん》といった金に飽かせて誂《あつら》えた衣装を持ち出して華やかに着飾る。役人もそういうことは最前承知で、改めはそこそこ、すぐ、労《ねぎら》いの酒席に案内される。

まだ、宵宮前というのに、町内はすっかり祭気分。伏町の愛染明王の山車の噂を聞いて、遠くからも見物人が後から後から押し寄せ、いつにない賑《にぎ》わい。役人がいなくなると、囃子屋台では威勢のいい神田囃子がはじまり、町御輿《みこし》が町内を練り歩く。中にはもうすっかり酔いが廻った者がいる。

「おい、番付屋」

真っ赤な顔で団栗眼《どんぐりまなこ》が坐《すわ》っている。双肌《もろはだ》脱ぎの身体には隈《くま》なく彫物が見えるが、色が黒いのと酒の色でなんとなく薄汚い。

「番付屋、番付にゃ俺の名も刷られているだろうな」

「……はあ？」

「俺の名も知らねえのか」

貞次は酔っ払いに逆いたくないから曖昧《あいまい》に笑って見せた。すると男はいきなり後向きになって、自分の肩を叩《たた》いた。彫物は山車と同じ愛染明王だった。ただし、あまり上手な絵とはいえない。

「見たか」

男は向き直って胸を反らせる。貞次は仕方なく言った。

「どうも……美事な彫りで」

「そうさ。愛染の熊松《くままつ》様だ。よく覚えておいて、今度の番付にゃ忘れねえように載せるんだ」

「へえ。版元によく申し伝えましょう」

それで満足したのか、熊松はふらふらと人混みの中へ戻っていく。

「ちえっ」

為吉は舌打ちをした。

「世古《せこ》な彫物がそっくり返ってやがる。誰が愛染の熊松などと呼ぶか。ただの棒手振《ぼてふり》芋屋の態だ」

　貞次が言った。

「いっそ、山車の人形が助六ならようございましたね」

「なに、これぱかりはどうにもならねえ」

　為吉は苦が笑いした。


　十五日の前日は宵宮。

　祭礼に備えて、行列が巡行する大通りは綺麗《きれい》に繕われ小砂利が敷かれて打水がされる。道筋の両側には間瀬《ませ》という低い目の粗い垣が作られて高張り提灯《ちょうちん》が並ぶ。

　家家の軒にも提灯が連なり、店は戸を取り払い、大通りに面して金屛風《きんびょうぶ》を立て廻し、上に花筵《むしろ》や毛氈《もうせん》を敷き花を生ける。酒樽《さかだる》や、菓子の蒸籠《せいろう》、魚の盤台《はんだい》などを高く積み上げ、茶船、荷足《にたり》船、天満船の作り物を飾るのが仕来りだ。

　十五日には往来人留めで、横丁小路を柵《さく》で結びみだりに通行ができない。武家は外出禁止だから、祭礼の道筋の武家や町家は宵宮のうちに親類縁者を招待し、多勢の客と宴席を張りながら夜の明けるのを待つ。その往き来の人や祭見物の人たちで道には人があふれている。

　宵宮の神田明神では、夜の明けぬうちに神主が祝詞《のりと》を奏し、神楽《かぐら》興行がある。夜が明けるとともに参詣者《さんけい》が境内にぞくぞくと集まってくる。

　貞次もいち早く明神を参詣してから祭番付を売りまくる。とにかく、一刻も早く売り捌《さば》いて多町へ帰り、今度は自分も囃子に加わって笛を吹かなければならない。貞次もこの日を待ち兼ねていた一人だった。

　番付は調子よく売れていき、最後になったところで形の良い指が目の前に伸びてきた。貞次の知っている顔だった。

「これは……鍛冶《かじ》町の師匠」

　鍛冶町役者新道に稽古《けいこ》所のある嵯峨山流の白蝶《はくちょう》という踊りの師匠だった。

「いい商売をしている。遠くから貞次さんだと判りましたよ」

「ご冗談でしょう。辻売りをおだてても何にも出やしません」

「でも、もうお仕舞いなんでしょう。景気、良さそうね」

「へえ、これも明神様のお陰で」

　白粉《おしろい》っ気のない顔だが目鼻立ちがはっきりしている。松坂織の花色木綿に黒八丈の鯨《くじら》帯《おび》、地味が自慢というようにすっきりと着こなしていた。よほど前から貞次が惚《ほ》れ抜いているただ一人の女性だが、身持ちが固いのでどうにもならない。

「今しがた、お吉っちゃんが通ったでしょう」

　と、白蝶が言った。貞次はびっくりした。

「柄になく商売熱心にしていたもんで、ちっとも気が付きませんでした」

「そうでしょう。お供の人がお前の番付を買いましたよ」

「そう言や、確かお吉さんはお師匠さんのお弟子さんでしたね」

「ええ。でも、もうお旗本の奥様ですからねえ。旦那様もご一緒だったし、声を掛けそびれてしまいましたよ」

「参詣をしてから、実家の恵比須屋に行くんでしょうかね」

「きっとそうですね。さっき、恵比須屋さんの前を通りかかったんですけど、とても贅沢《ぜいたく》に飾りが出来ていましたから」

「それがねえ……ちょっと気に入らない」

「伏町は久し振りの年番なんですよ。付祭も豪勢だというし、結構じゃありませんか」

「だって、いつものシワエビらしくねえ」

「お吉さんにお世継ぎが出来たんですよ。恵比須屋さんには初孫です。それに、旦那様も中奥番衆とかやらにご出世だそうで」

「なるほど……そうだったんですか」

「ほら、ご覧なさい。参詣を済ませて、お帰りになりますよ」

人の流れに混じって、吉の姿はすぐに判った。

光沢のある黒縮緬の江戸褄《づま》、模様は秋の草花の散らしで、帯は西陣の銀の綴《つづれ》、品のいい丸髷に結って、威勢のいい町娘のころとは見違えるほどの奥様ぶり。少し前を歩いている井藤寿三郎は、上背のある、色の白い細面《ほそおもて》で黒羽二重上り藤に井の字の入った五つ紋の羽織と映りがいい、立派な侍だった。

乳母が抱いているのは三歳ばかり、立派な熨斗目《のしめ》を着せられた、吉に似て目の大きな男の子だった。

「なるほど、こりゃあお師匠さんの言う通り、華華しくて傍へも寄り付けねえ」

と、貞次が感心して見ていると、乳母が抱いている子供がしきりに身体をよじりはじめた。何かをねだっているようだ。寿三郎と吉が顔を見合せる。困惑の中に笑顔が混じる。一行はそのまま行く先きを変え神楽堂の方に歩を進めた。

神楽堂では獅子とひょっとこが踊りまくっている里神楽の最中だ。子供はその神楽が見たかったのだ。

「いいねえ……」

一行を見送っていた白蝶がしみじみと言った。

「お吉さんに似て、お祭好きなんだ。あのお子は」

「おや、お師匠さんにしては珍しいことを聞きますねえ」

「なにがさ」

「いくらお子がよくても、お子は殿方がいねえと作れませんのさ」

「じれってえね」

女師匠は身持ちの固いのが財産。特に嵯峨山流は厳格で名取になると独身を守り通さなければならない。子供を稽古に出す親はそれで安心するわけで、嵯峨山流なら謹直な師匠ばかりだというので多くの子女を集めている。だが、男嫌いが売物の白蝶も、三十近くにもなれば、吉のような家族連れを見て溜息《ためいき》を洩《も》らしたくなるのも当然だ。

「井藤様はお吉さんの一枚絵をご覧になって、心を動かされたんですってね」

と、貞次が言った。

「絵師も味な役をするねえ」

「俺にゃ絵師はいらねえんだがな」

「なんの絵師だえ？」

「だからさ。いつかお師匠さんが万八楼の書画会で出した乗合船の船頭。あれを見てから井藤様でやす」

「何が言いたいのだい」

「何が、って、ですから、あれ以来、師匠の夢ばかり見ている」

「ばかばかしいよ」

「なるほどなあ。相手がお旗本なら話は別ですか」

「困った人ですねえ。わたしはもう娘っ子じゃないよ。お侍ならいいというわけでもねえのさ」

「そうですかねえ。なるほど、お侍の奥様になりゃ、好きな祭の中にも飛び込んでいけなくなる」

「そう。お吉さんは並の祭好きじゃなかったから、気持を押えるのに辛い思いをしていなさるだろうねえ。それに――」

「まだ、あるんですか」

「ああ見えても、井藤様のご内証は火の車らしい」

「……でもご子息には綺麗な着物を着させていたでしょう」

「それがさ、お旗本というお家柄、いくら困ってもそれが外に現れてはいけない」

白蝶は声を落とした。

「恵比須屋に弥八《やはち》という若い衆《し》がいる」

「へえ」

「その弥八さんもわたしの弟子なんですがね。お吉さんがお嫁に行ってから、旦那の頭痛の種が増えた、とさ」

「……最初は喜んでいなさったんじゃねえんですか」

「最初は、さ。そのうちご内証のことが判って来ると、侍は掛かりが多い。上役への付け届け、ちょっとした会合でも蕎麦《そば》屋の二階でというようなわけにはいかない。一事が万事、体面に関わることだと下下《しもじも》のように節約することができない。そのくせ、入って来る家禄というのは、そんなに多くない、という」

「……そんなもんですかねえ」

「それにあのお吉さんのことだから、みみっちいことが大嫌い。勝ち気だから他人が一両で済ますところを二両出さないと気分がよくない。それも、お吉さんの後ろにゃ、恵比須屋が付いているからできることさ」

「なるほど。すると、お吉さんはあのシワエビのところへ金を無心に来るわけなんですね」

「そう。お産やお宮参り、物入りになるとお吉さんは必ず恵比須屋へやって来ては金を持ち出して帰って行く」

「……今度の祭もシワエビの飾りは豪的でしたよ」

「それもお吉さんの口利でしょうね。なにしろ、お殿様と若君様が恵比須屋へお成りになるんですから」

その若君様は、供侍の肩に乗って神楽を見物している姿が見え隠れしていたが、いつの間にか人に紛れてしまった。

祭礼の当日、各町で作られた山車、練物《ねりもの》、付祭は夜の明けぬうちに、湯島聖堂横の桜の馬場に大集合する。

　貞次が住む多町は年番ではないので岩に牡丹の山車が一基だけだが、それでも囃子方が十四人、牛追いの町人が八人、警固の鳶の者が六人、世話役十九人、鉄棒引き四人と、かなり大人数だ。

　白蝶が踊屋台の後見で連なっている鍛冶町は自慢の山車が小鍛冶宗近の人形。連雀町《れんじゃくちょう》は熊坂長範《くまさかちょうはん》、須田町は名作と名高い関羽《かんう》人形、その他、三河町は僧正坊牛若丸《うしわかまる》、橋本町が二見が浦、雉子町《きじちょう》が白大雉子、塗師町《ぬしちょう》が猩猩《しょうじょう》猩人形……六十の町から出される祭礼番組は三十六。

　各町が趣向を凝らした山車や練物が、続続と馬場に集まって来るが、どうしたものか、伏町の愛染明王がいつになっても姿を見せない。

　祭礼行列二十八番、元乗物町の山車の前で出を待っていた二十七番の鍛冶町の白蝶が貞次の傍に来て、

「伏町は遅いわ、どうしたんでしょう」

　と、不安顔で言った。

「新規の山車だからなあ。間違いでもなきゃいいが」

　貞次も心配しているうち、定時が来て、行列の先頭、神輿《しんよ》行列が静静と馬場を出発する。

　白布の狩衣に立烏帽子《たてえぼし》、神官たちが小旗、大旗、長柄槍《やり》を捧《ささ》げ、続いて、黒の素袍《すおう》に冠

の神官たち、白馬に騎乗して数騎が続く。その間間に太鼓、御幣、榊《さかき》を持った神官たちの大行列。

町方の山車番組、一番は大伝馬町で白い巨大な諌鼓鶏《かんこどり》を止まらせた金蒔絵《まきえ》の大太鼓。二番は南伝馬町の猿舞の山車で、次は、お雇祭《やといまつり》と言って、お上からの希望で町方が用意する番組。祭は町人だけが夢中になるのではなく、城内、特に大奥の女性たちが楽しみにしている。その大奥の意向で、お雇祭は太神楽《だいかぐら》曲芸の丸一角八《まるいちかくはち》一行に、曲独楽《ごま》の名人松井源水。三番は神田旅籠町《はたごちょう》の翁の舞、この山車が動きだすころ、ようやく伏町の愛染明王が湯島の坂を登って来るのが見えた。うっかりすると、先頭の行列と鉢合わせになるところだ。

「こんなに焦ったこたあねえ」

と、伏町の為吉が大汗を掻《か》いている。

「一体、どうなさったんです。白蝶師匠とずっと心配していたんですよ」

と、貞次が訊《き》いた。

「どうしたもこうしたもねえ。愛染様にいたずらをした奴がいる」

「……それは、とんでもねえ奴です」

貞次は到着したばかりの山車を見上げたが、別に変わったところはなかった。

「愛染様の持っている箭《や》を、血で汚した奴がいるんだ」

「……本物の血、なんですか」

　と、白蝶が訊いた。

「そう。俺が臭《か》いを嗅いだから間違いはねえ。昨夜から提灯の明りが並んでいても、昼とは違う。誰も気が付かなかったんだ。いざ、山車を引き出そうとして、俺のところの目のいい奴がそれを見つけた」

「……早く見つかって、ようござんした」

「うん。ご祭礼に血で穢《けが》れたような物を持ち出したら大事だ。愛染様の手から箭だけを取ろうとしたが、びくともしねえ。名人の作も考えもんだ」

「それで、手間取ったんですね」

「ああ。人形を傷めねえようにやっと外して見ると、まるで愛染様がその箭で人を刺しでもしたようにべっとりと血糊《ちのり》が付いている。それを綺麗に洗って塩で清めて元通りにしていたんだ」

「ひどいいたずらですね。一体、誰がやったんですか」

「判らねえ。宵宮はあの騒ぎだ。いつ、誰がどうしてそんなことをしたのか、雲をつかむようだ」

「あの箭の矢尻は光っていますね」

　と、貞次が言った。

しい。


「うん、鉄を磨いて作ってある。本物と同じ作りだ」

「すると、誰かがあの箭を取って、本当に人を刺したと考えられませんか」

「おい、これ以上、物騒なことを言うな。それじゃなくても、まだ頭が痛え」

愛染明王の山車は二匹の黒牛で引かせている。道中急がせられたようで牛の鼻息が荒荒しい。

伏町は年番に当たっていて、この山車の他に小栗判官照手姫の付祭が一緒だった。これは仮装行列で、練物《ねりもの》という。扮装《ふんそう》しているのは祭番付に載っているとおり、そめとかなという二人の伏町小町。二人の囲りを家来や腰元が取り巻いている。長唄連中が十人、後見が二人、囃子方十五人、その他、揃いの半纏に花笠を背負った町人、警固役、鉄棒引き、牛追い、荷い茶屋。地主家持は揃いの裃《かみしも》姿で花笠を冠って世話役として山車と練物に付き添っている。世話役の中には恵比須屋正右衛門の顔も見えた。気のせいかあまり浮き浮きした表情ではない。祭に引き出された牛と同じで、なにか迷惑そうな感じだった。

伏町の総勢を見渡した貞次は為吉に訊いた。

「愛染明王を背負った熊松さんがいませんね。町内に居残りですか」

為吉の声はますます重くなる。

「いや、この山車に付くことになっていて、当人は前から張り切っていたんだが、どうしたのか昨夕から行方が判らねえ」

「……行方不明？」

「そう。まあ、芋屋の熊一人いなくっても、祭にゃ差し支えねえんだが……」

晴れない顔をしているのは、矢張り気懸りなのだ。

「酔ってどこかに倒れているんじゃねえんですか」

「俺も多分そんなことだろうと思ったんだが、町内でなら誰かが拾って来る。余所《よそ》でひっくり返っていても伏町の半纏を着ているから誰かが知らせてくれるはずだがな」

「熊松は誰かと喧嘩《けんか》などしていませんでしたか」

「いや、喧嘩はしねえ。ただ……」

「……ただ？」

「昨日の夕方、まだ暗くならねえうちだったが、熊松の奴、恵比須屋の蔵のあたりから、ヤマカガシを捕えて来た」

「ヤマカガシ……蛇ですね」

「それをぶら下げて来て、子供たちを追い廻して喜んでいた。俺は小言を言ってやりたかったんだが、どうもあの長虫とは相性がよくねえ」

「頭《かしら》にも恐いものがあったんですか」

「なに、恐いものか。気味が悪いだけだ。それで、誰も近付けねえものだから、熊の奴調子に乗って、そのヤマカガシを生きたまま生ま皮を剝《は》いだ」

白蝶が眉《まゆ》をひそめて言う。

「悪ふざけにしても、ひどい仕打ちですねえ」

「そう。その内、蛇は死んじまう。長虫が動かなけりゃ何ともねえ。鰻《うなぎ》だって俺は蒲焼きなら大好きだ」

為吉は変な威張り方をした。

「祭の最中に殺生をするとはとんでもねえ野郎だと俺が叱《しか》ると、熊の奴、なにこれは血祭だとうそぶきゃあがった」

「町内の人だって黙っちゃいなかったでしょう。蛇は弁天様のお使いですからね」

「そう。寄ってたかって非難すると、多勢に無勢、熊の奴静かになって、ふらりといなくなった。それきり熊は町内へ戻って来なかった」

「……さすがに恥しくなったんでしょうか」

「いや、へべれけに酔っていたから、酔が醒《さ》めたって自分のしたことなど覚えちゃいめえ」

「……知らなかったんでしょうかね。愛染明王と弁才天様は、小栗判官照手姫として、この世に示現《じげん》したという話を」

「そうだ、愛染様と弁天様はいわば夫婦の間だ。その女房のお使いの蛇がむごい殺され方をしたとなると、亭主は黙っちゃいなかろうな」

為吉は山車の人形を見上げた。昇りはじめた朝日を受けて、愛染明王の三つの目がぎらぎら輝いていた。

番組の十一番、金沢町の月に薄《すすき》の山車の後ろが神輿行列。

一の宮、二の宮の神輿に前後して、太鼓、獅子頭、田楽、鉾《ほこ》、諸侯より出された長柄槍、神馬。その行列に並んで神官の騎馬が整然と列を組んで進んでいく。神主が乗った研ぎ出し蒔絵の轅《ながえ》、狩衣の神官。絢爛《けんらん》たる大絵巻が静静と動きはじめる。

神輿の後は十二番の岩井町の菊慈童《きくじどう》人形。

伏町の愛染明王は二十六番、白蝶がいる鍛冶町の小鍛冶宗近の人形は二十七番、貞次の元乗物町は岩に牡丹の山車で二十八番だった。

行列は桜の馬場を出ると、御茶ノ水河岸通り昌平坂を登り、右へ曲って本郷竹町、本郷通りから神田明神本社の前に出る。これから、湯島の坂を下って旅籠《はたご》町、仲町と加賀原の間を抜けて筋違《すじかい》門に入る。いつもなら往来の人の多い広場も静かで、ほどよく水を打たれて行列を待ち受けている。御門の先きは須田町、鍋町で行列は西に折れ、鍋町、西横町から、横大工町。二階からの見物は禁止されているので、通りに面した商家では軒の下に青竹の欄を作って桟敷とし、そこにぎっしりと見物の人が寄り合っている。ところどころで、柝《き》が入ると行列を止め、練物の所作や踊、芸が披露されてやんやの喝采だ。

神田橋から堀端通りに出て一ツ橋、本多《ほんだ》家の屋敷を過ぎて護持院《ごじいん》ヶ原に着くころはもう昼で、行列はここで休息、銘銘が昼食をとる。

持ち寄った弁当は小鰭《こはだ》の鮨《すし》や秋鯖《あきさば》、煮物に赤飯、荷い茶屋の茶釜《ちゃがま》から熱い茶が配られる。

貞次は篠笛《しのぶえ》を吹きづめで、好きだといってもさすがくたびれる。お堀に沿う芝生にひっくり返っていると、遠くからただならぬ叫びが起こった。

護持院ヶ原というところは、護持院の敷地だったが、享保《きょうほう》のとき火災で焼失してしまった。それから後、護持院は護国寺に併合され、跡地は火除《ひよけ》地とされ広大な原になっている。原は一番原から四番原まであり、叫び声が起こったのは、一ツ橋御門と雉子《きじ》橋御門の間、三番原だった。

貞次がその声を聞き付けて立ち上がると、原の奥に伏町の半纏を着た若い男が地面に坐り込んでしきりに手を振っている。

愛染明王の山車の下から、伏町の為吉と、二、三人が駆け出して行くのが見えた。貞次もいつもの読売という商売意識が戻って、野次馬根性からその方角に駆け付ける。

先に到着した為吉たちが呆然《ぼうぜん》とした顔で地面を見下ろしている。為吉は貞次が来たのを見ると、思い切ったように腰をかがめた。

草叢《くさむら》の中に一人の男が腹を出して仰向けになっているのが見えた。男は双肌脱ぎで、彫物の入った身体の下には花笠が押し潰《つぶ》されていた。左の胸、彫物の火焔が渦巻くあたりに突傷のように肉が弾け、吹き出した血が黒く固っている。為吉は男の顔を覆っている草を掻き分けた。貞次はその顔に見覚えがあった。

「こりゃ……芋屋の熊松じゃありませんか」

「多分な。もう、冷たくなっている」

為吉は男を俯《うつぶ》せにした。背の彫物は愛染明王だった。腰に巻き付いている半纏も伏町の揃いだ。

「この野郎、死んでまで手間を掛けやがる」

為吉は舌打ちをした。

「傷を見ると、誰かに突き殺されたようだ。放って置くわけにゃいかねえ」

「八丁堀は忙しい最中でしょう」

と、貞次が言った。

「旦那衆の多くは常盤《ときわ》橋御門に出向いて、祭に立会っています」

「そうだった。ここから常盤橋なら、鎌倉河岸からついそこだ。長太《ちょうた》は足が自慢だったな」

長太と呼ばれた鳶の若い者がへえと返事をした。

「常盤橋へ行って旦那衆の耳に入れて来てくれ。伊助《いすけ》は熊松の大家にこのことを報らせてくれ。俺はここに付いている」

為吉はてきぱきと指図した。

長太が花笠を背にしたまま鎌倉河岸の方へ駆け出す。伊助が山車の方へ行き、迷惑そうな顔をした音兵衛《おとべえ》長屋の音兵衛を連れて来る。

草原の中で異常なことが起きているらしいと判ると、休息していた祭行列の連中が野次馬となって押し寄せるから、伏町の町役人・五人組が扇を開いて押し返すのに大童《おおわらわ》だ。

しばらくすると、まず長太が戻って来る。四半刻（約三十分）も経っていない。なるほど足の早い男だ。

「すぐ、八丁堀が来るそうです」

と、長太が為吉に報告した。

「旦那はどなただ？」

「富士宇衛門《うえもん》様です」

「……夢裡庵《むりあん》先生か。あの方なら大丈夫。うまくまとめてくださる。まあ、多少野暮ったいのが玉に瑕《きず》だが」

と、為吉が言った。

その夢裡庵、黒の五つ紋の巻羽織に帯刀の着流し、紺足袋に雪駄《せった》ばきと一目で八丁堀の姿だが、洒落《しゃれ》っ気のない男とみえて、羽織の黒は色褪《あ》せ、丸に三つ引きの紋は黄色っぽくぼやけて生地焼けがしている。

連れの若い同心、浜田彦一郎の羽織は、今染め上げたばかりといった黒さで、中蔭武田《たけだ》菱《びし》の三つ紋は小ぶりに、ぱっちりと白く浮き上がっていた。主《あるじ》を見習うのか、二人の中《ちゅう》間《げん》も、夢裡庵の供の者の方がどこか垢抜けない。

夢裡庵は武骨な代わり、見られただけで相手は身体が竦《すく》む。貞次は夢裡庵とうっかり目を合わせてしまい、そっとその場を立ち去ろうとすると、

「読売の貞次じゃねえか」

力強い声が貞次の足を縛り付けた。

「お前の飯の種が転がっている。よく見ておいた方がいい」

「……へえ」

「その代わり、ありていに書くんだな。客を面白がらせようと、ありもしねえことを書くな。判ったか」

「へえ」

「駄洒落、冗句も禁物だ。それに、事実を飾るな。頓鈍《とんどん》にもそう伝えろ」

真面目な男なのである。頓鈍というのは貞次が売る読売を板行《はんこう》する戯作者崩れの男だ。

夢裡庵は町役人に死亡者の身元を訊いてから検視をはじめた。

上半身を改めてから、衣服を脱がせて全身を調べる。傷は胸だけだが、熊松の髪を解くと、地肌に紫色の腫《は》れが見付かった。

「これが、最初の傷だ。熊松はまず誰かに撲《なぐ》り倒され、胸の傷が止どめになったのだろう」

と、夢裡庵が言った。

澄んだ秋の空に澄んだ柝《き》が鳴り響いた。行列の出発だった。

祭行列は護持院ヶ原の北側を通り過ぎ、飯田町魚板橋を渡って中坂を登ると田安門で、門内に入るといよいよ江戸城内。行列はただ神妙を旨とし、失礼不敬なきよう心掛けなければならない。

右側が田安家の屋敷で左側が清水《しみず》家の屋敷、突き当たりが植溜《うえため》で、御徒目付《おかちめつけ》、御使番など大勢の役人たちの指揮に従い、植溜を迂回《うかい》すると吹上の御上覧場だった。

御鷹門の右側が大奥。御台所をはじめ、諸役種種の公子公女が着飾って居並び、錦《にしき》の波を見るよう。祭礼行列は順次その前に山車を止め、所定の踊や芸を披露する。

御鷹門の左側は将軍家。ここにも側近近習《きんじゅ》が綺羅星のごとく居並び行列や演芸を次次とご覧になる。前方には町奉行及び配下の者が蹲居《そんきょ》してずっと見守っている。

上覧が終ると、行列は竹橋門を出て一ツ橋家の屋敷内に入る。ここは神田明神の旧地で、元はこの地に建てられていたのが江戸城の拡張で現在の湯島台へ移され、江戸の丑寅《うしとら》（東北）の鬼門を守る守護神となった。神田明神には平将門《たいらのまさかど》が祀《まつ》られている。その将門塚が一ツ橋家に祭られてあり、行列はそこで奉幣が行なわれる。その他主だった大名屋敷の中に行列が招かれ、殿様がご見物になる。

これより、大手前酒井《さかい》家、小笠原《おがさわら》家の屋敷に沿って松平《まつだいら》越前侯の屋敷前より常盤橋から城内を出る。城内を出るころにはすでに日没だが、何よりもただ神妙を旨として息をするのも遠慮していた町人たち、一度に緊張が解けてあちこちから歓声が湧き起こるほどだった。

城外は町方役人の係。八丁堀の与力同心の指図に従う。

山車や屋台、全ての提灯に火が入れられて、あたりは明りの海、天を焦がすばかりで月もかすむかと思われる。山車の人形も昼の行列とはまた違う美しさだ。

各町の山車や練物はここで解散して、それぞれの町に戻るが、神輿だけは更に行列を整え、本町通りを巡行して日本橋京橋と各町を廻って明神本社へ還輿する。勿論、その日の内には巡行しきれないので、日本橋茅場町《かやばちょう》で一泊し、翌日、改めて神輿行列が続行される。

日本橋本町に出ると祭の解放感が戻り、行列はすっかり乱れて各町内も入り混る。貞次は伏町の熊松の一件が気になってならないので、まず伏町を見て来ようと足を早めると、嵯峨山白蝶とばったり顔を合わせた。

「恵比須屋の旦那をどこかで見掛けませんでしたか」

白蝶の傍に、伏町の祭半纏を着た若い者が立っていた。白蝶はその若い者にちょっと目をやって、

「恵比須屋の手代の弥八さん。さっきからここで伏町がお城から出て来るのを待っていたんですよ」

と、言った。

「伏町がお城から出たのは少し前だ。鍛冶町の一番組前だから」

と、貞次が言った。弥八は途方に暮れたような顔で、

「愛染様の山車はすぐ判ったんですが、旦那を見失ってしまって」

と、あたりを見廻した。これから山車は伏町に帰るだけ。それまで待てないで常盤橋まで迎えに来たとすると、何かわけがありそうだ。

「一体、どうしたんだね」

と、貞次は弥八に訊いた。

「それが……」

「なんだ、煮え切らねえ。伏町へ帰りゃ何も彼も判ってしまうんじゃねえのか」

「そ、そうなんです。実は内の蔵が破られてしまいまして」

「……恵比須屋の蔵が？」

「はい。裏の土蔵の横にぽっかりと穴を開けられてしまいました。お祭のこの騒ぎでございましょう。今日になるまで、誰も気が付きませんでした」

「で、何を盗られた？」

「番頭さんが調べたら、千両箱がすっかりなくなっているそうです」

「……千両箱はいくつあった？」

「さあ、そこまで私には判りません」

弥八が青い顔をして主人の正右衛門を探し廻っているわけだ。

「今日は往来人留め、千両箱を担いで歩き廻れねえから、賊の仕事は昨日のうちだろうな」

と、貞次が言うと、白蝶が首を横に振った。

「今日でも、船を使えば余所へ運び出せるんじゃありません？」

「そうだ。恵比須屋の蔵の裏は神田堀だ。川を下れば浜町川から大川へ出られる」

白蝶は弥八に訊いた。

「今日、八丁堀の夢裡庵先生が伏町へ行きませんでしたか」

「いらっしゃいました。芋屋の熊松さんが殺されたそうですね」

「その下手人は捕まったの」

「いや……」

弥八は目をぱちぱちさせる。あまりいろいろなことが起こったので頭の中で混乱しているらしい。

「夢裡庵様はずっと自身番にいらっしゃいまして、片端から人を呼んで話を聞いていますが、どうもまだ埒《らち》が明かないようで」

「それは大変でしょう。事件が二つも重なったんですから」

「熊松には身寄りの者がいるのかね」

と、貞次が弥八に訊いた。

「なんでも、回向院《えこういん》前に八百屋を開いている兄さんという人がいて、熊松さんの遺体はその人に引き取られることになったようです」

「熊松の友達は?」

「……どうも、あの人が付き合っている人たちは、感心しない者が多いみたいです」

熊松はよんどころなくなると商売に出るが金が続く限りは仲間と小博打をしていたらしい。

「恵比須屋には、お祭でお吉さんがおいでなんでしょう」

と、白蝶が弥八に訊いた。

「はい。旦那様とお子様とご一緒で、昨日から祭見物をなさっていらっしゃいます」

「そう。昨日わたしも神田明神でお姿を見掛けましたよ。お吉さんは大層ご立派になりましたね」

弥八の顔が少しだけ和んだ。

「ええ……でも、お気性は昔のままでございます。私は子供のころからよく存じておりますから」

「まさか、手古舞で出たい、などとはおっしゃらないだろうねえ」

「それはもう、お立場を心得ていらっしゃいますから。でも、じっと我慢なさっているのを見ると、私まで胸が痛くなります」

祭礼行列が乱れると、本町通りの見物人もじっと見るだけではいられない。町内の人は道に出て軒提灯を外して手に持ち、行列と一緒になって山車に付いて廻る。その雑踏ではとても正右衛門が見付かるとも思えない。貞次と白蝶は、どうしても正右衛門を探し出さなければという弥八と別れ、伏町に行って様子を見ることにした。

日本橋本町二丁目を左に、十軒店へ出て時の鐘を右に見て今川橋を渡ると元乗物町。今川橋を渡ろうとする橋の袂《たもと》で、白蝶の足が動かなくなった。

「どうしたんです？」

後見役の白蝶は男髷で紫の裃《かみしも》に袴。白い顎《あご》を襟に埋めて、じっと澱んだ川面に散る提灯の明りを見ていた。河岸には白壁の土蔵が並んでいる。

「ねえ、貞次さん」

「やっと、あたしの長屋に来て、手鍋下げる気になってくれましたか」

「ばか」

「ほい……図図しすぎましたかね」

「そんなことを考えていたんじゃない」

「でも、いい姿だった。川を見ながらもの想いに耽《ふけ》っているなんざ、好きです」

「もっと野暮なことを考えていましたよ。熊松さんが殺した蛇のこと」

「なるほど……あまり美しい図じゃありませんね」

「蛇は弁天様のお使い。という他に、土蔵の蛇は土蔵のお守り。土蔵の蛇を殺すと、その家は貧乏になる、という言い伝えがあるでしょう」

「そう。あたしゃ蔵を持ったことなどねえが、屋敷の中にいる蛇でも殺しちゃいけねえんだそうですね」

「そう。ですからね、熊松さんが恵比須屋の蔵のあたりで捕えたという蛇は、どうして人目に付くようなところへ出て来たのか、と考えていたの」

「……お祭を見に出て来たんじゃねえですかい」

「混っ返すと、話しませんよ」

「ごめんなさい。どうも頭より口の方が先に動く質で。つまり、熊松が捕えた蛇は恵比須屋の蔵の中にいた。それが、蔵に穴が開けられたんで外に出て来た、というんですね」

「必ずしも蔵の中にいたとは思わないけれど、あの蛇は蔵のあたりが急に騒騒しくなったので逃げてきた、と考えました」

「なるほど……そのとき泥棒は蔵に穴を開けていたんだ。蛇を見付けた熊松が、ふと蔵を見て、泥棒の仕事を見付けてしまった。泥棒の方も、熊松に見られて黙ってはいられねえ。その場で熊松を殺して、口を塞《ふさ》いでしまった」

「熊松さんはなぜ泥棒を見付けたとき騒がなかったのかしら」

「……騒ぐ間もなかった」

「よくお考えなさい。熊松さんは蛇を捕えてから、子供たちを恐がらせているんですよ」

「……なぜ騒がなかったんでしょう」

「泥棒は熊松さんの顔見識りの人だった、というのはどう?」

「なるほど……そうか。熊松はその場をやり過ごし、泥棒の仕事がうまくいったところで、後から強請《ゆす》りに行って、金にしようと思ったんだ」

「そう。でも強請りに行ったのはそんな後じゃないわね。泥棒は盗んだ金を分けてやると言って、護持院ヶ原へ熊松さんを誘《おび》き出し、そこで殺してしまった」

「……相当な悪だ。泥棒は熊松と顔見識り、とすると、町内の者ですかね」

「うんと身近だと思う」

「……同じ長屋の住人」

「もっと近く。蔵の傍」

「…………」

「わたしは、その泥棒だったら、恵比須屋の主人だと思う」

「あの、シワエビが……」

貞次は次の言葉が出なくなった。当の白蝶は涼しい顔で、びっくりする貞次を面白そうに見ている。

「ねえ、お師匠さん。どうしてシワエビは自分の金を自分で盗らなきゃならなかったんです」

「それはね、そうしないとその金は全部お吉さんに持って行かれてしまう、と思ったからでしょうね」

「お吉さんが？」

「そう。ご婚家の井藤様は旗本だ直参《じきさん》だと言っても、わずか五百石取りのお侍。ご家来や乳母が何人もいなさるから、決して楽な暮しじゃない。ところが、あのお吉さんの気性はお嫁に行っても変わるもんじゃない。昨日、お吉さんが明神様に参詣しているところを見たでしょう」

「そうだ。お吉さんは勿論、旦那様もお子さんも、実に美美しく着飾っていなさった。あれも、元は恵比須屋から出たお金だったんですか」

「それぱかりじゃあない。旦那様は今度、中奥番衆にお取り立てになったというから、このご出世には、数多くの上役の方に相当のものが撒《ま》かれていたんじゃないか。下種《げす》の勘ぐりのようだけれど」

「いや……違《ちげ》えねえ。あのシワエビは最初のうち、可愛い娘のことだと思い、仕方なく金を出していたんだろうが、とうとう我慢ができなくなったんだな」

「そう。お祭のどさくさ、屋尻切《やじりき》りに遭って、有り金残らず盗まれたら、お吉さんの了簡も変わると思ったんでしょう」

「第一、ない袖《そで》は振れねえや」


その恵比須屋正右衛門、思いの外早く、それも、正右衛門の目の前で熊松の屍体《したい》が発見されてしまったので、行列の間は気もそぞろ、常盤橋御門を出るとすぐ行列から離れ、ひょっとこの面を被って恵比須屋の様子をそっと見に行ったのだが、待ち受けていた夢裡庵にその場で捕ってしまった。

夢裡庵はそのとき、

「他の者なら、弁財天のお使いを血祭にしたのを見て愛染明王がお怒りになり、熊松を刺したのだ、と思うか知らねえが、この夢裡庵はそんな世古《せこ》な手じゃ欺されねえんだ」

と、言ったという。

貞次と白蝶が伏町へ行って見ると、恵比須屋の前は大騒ぎになっていた。

恵比須屋を取り囲んだ群衆は、全員、二階を見上げて手を差し伸べている。その顔へときおり黄金が降り注ぐ。

「お吉さんだ」

貞次がびっくりして叫んだ。

吉は赤い襷《たすき》を掛け二階の窓に片足を載せ、小脇に抱えた千両箱の中に手を突っ込んで小判を握り出してはそれを階下に撒き散らしているのだ。小判がきらめくたびに群衆は大歓声。天地がゆるぐほどだ。

「お吉さんも、とうとう我慢が出来なくなったんだ」

と、白蝶が言った。

それでなくとも、昨夕からの祭の騒ぎで血が滾《たぎ》っている。そこへ事もあろうにシワエビが自分に金を渡さないための卑怯《ひきょう》な企みが露《あらわ》れたので、何も彼もぶっ千切れてしまったのだ。

夢裡庵の姿が見えたので、貞次が傍へ寄ると、

「まあ、しばらくは落着くのを見ているよりねえな。孔子《こうし》様もおっしゃった。怪力乱神を語らずさ。俺も乱にゃ関わらねえのだ」

と言い、たまたま夢裡庵の顔に飛んで来た小判を右掌ではっしとつかむと、その手を懐

の中にねじ込んだ。

その騒ぎの最中に、伏町の山車、練物、囃子屋台の一団が群衆と一緒に帰って来た。

新道《しんみち》の女

〽露と消えなばもろともに　消えぬこの身ぞ怨《うら》みなる
シャン、と白蝶《はくちょう》が口三味線で締めくくると、美音《みね》は静止したままの姿を崩し、舞台の上に正座して上品に頭を下げた。

「たいへんに結構でした。形に香りがでてきましたね」

と、白蝶は正直に感想を言った。

「まあ……どうしましょう」

「本当に上達が早い。次からは段物を付けますよ」

そう言うと、それまで少し不安そうだった表情が消え、美音は嬉《うれ》しそうににっこりした。

丸髷《まるまげ》に輪違いの紋を付けた銀簪《かんざし》が光って見える。越後縮緬《ちりめん》の鼠《ねずみ》の縞《しま》に黒七子《ななこ》の半襟を掛け、黒繻子《じゅす》の丸帯を小ぶりに締めている。どこかしっかりした感じの顔立ちで、美音がこの嵯峨山流の稽古《けいこ》所に通うようになった一月ほど前は、国訛《なま》りも朴訥《ぼくとつ》としていたが、そのころとは較べものにならないほど淑《しと》やかな新妻になっていた。

芸が急速に上達するのを、この世界では「化ける」と言うが、白蝶は自分の指南で化けた美音をもっと誉めてやりたい気持だ。

「思い掛けなく、いい日に稽古へ来た」

と、舞台の下で煙草盆を前にしていた与七《よしち》が言った。与七は咥《くわ》えていた石州の煙管《きせる》を籐《とう》の煙草入れにしまいながら、

「こりゃあ、霧之丞《きりのじょう》も真っ青だ。裸足《はだし》で逃げざなるめえ」

そういえば宮前《みやまえ》座の女方《おんながた》、青衣《あおい》霧之丞に少し似ている。美音は面《おもて》を伏せて、

「たんとおからかいなさい」

「いや、今日はいい目の保養をさせてもらったが、師匠にこんなお弟子さんが来ているとはちっとも知らなかった」

「与七さんがお稽古に本腰でないからですよ。お休みばかり多くて」

と、白蝶が口を添える。

「それを言われちゃあ一言《ひとこと》もねえ」

「そろそろ回向院《えこういん》ですしねえ。お相撲がはじまりゃ、内なんかお見限りでしょうものねえ」

「師匠、堪忍して下さいよ。これからは、せいぜいこまめに足を運んで稽古にはげみます」

与七は三十前後、渡りの仁斯《ジンス》の着物に紺献上博多の帯。踊りの筋はいいのだが、道楽の多い男で、あまり熱心に稽古所に通って来る方ではない。与七は美音に向かって、自分は隣の紺屋町に住む道具屋だと名乗り、

「ご新造さんはどちらの方ですか」

と、訊《き》いた。

「お師匠さんの家の、右斜向《はすむ》かい」

美音が言葉少なに答えると、与七はちょっと首を傾げ、

「はてな。ここの斜向かいだと、仕立屋さんでしたね」

「ええ、先《せん》は仕立屋さんが住んでいたそうです」

「そうだ。仕立屋の伸《しん》ちゃん。引っ越してしまったんですか」

美音は答えられない。白蝶が代わって言った。

「お弟子さんが多くなって、家が手狭になったんですよ。越したのはこの夏の間、京橋の方ですって」

「そうかあ。伸ちゃんは働き者だったからなあ」

当然ながら、仕立屋の伸助《しんすけ》は芸事が嫌いだ。二人の息子に二人の娘がいて、親元に置くと修業が甘くなるというので、それぞれ同業者のところへ小僧や女中に奉公させていると いう堅物で、踊りには目もくれなかった。

「すると、ご新造さんと師匠とは同じ役者新道《しんみち》、ご新造さんと俺とは同じ兄妹弟子というわけだ」

と、与七がつぶやいた。

「一体、何が言いたいんでしょうかね」

白蝶は笑いながら言う。

「人はいろいろな人と出会うものだ、と感心しているんです」

「おや、今日はいやにしんみりしていますね」

「そう。しんみりとかっぽれなど習《さら》ってもらいましょうか」

内弟子のとみが茶を運んで来た。塗り盆に、抹茶色の茶碗が三つ。

「師匠、いつもいい器《うつわ》を使っていますね」

「……今日は特別にお世辞もいいんですねえ」

「いえ、お世辞じゃありません。当ててみましょうか。この渋い色は、笠間《かさま》焼きでしょう」

「さすがね」

「なに、商売柄ですから、あまり自慢にゃなりません」

「それより、中身がちょっと変わってるんですよ」

「……なるほど。茶碗がお茶の色をしているから、普通のお茶ならもっと濃く見えなきゃなりませんね」

「わたしもはじめて飲むんです。今、お毒見します」

白蝶は一つの茶碗を手に取って口に近付けた。香ばしい焦《こ》げた匂《にお》いに、少し薬っぽい刺激臭が混じっているが、ふしぎにいい調和がとれている。味わってみると、淡い色の割には風味が濃い。

「お茶よりも少し甘い。でも、悪くない味だわ」

白蝶は二人に茶を勧めた。与七も茶を口に含み口の中で転がすようにしてから、

「なるほど、甘くてもさっぱりしていやす。何というお茶で?」

「……確か、佐用姫《さよひめ》――じゃない。ええと……」

「佐用姫というと、夫との別れが辛くて、海辺で夫の船を見送りながら、石になってしまったお姫様だ」

「だから、そのお姫様じゃないの。似ている名だったねえ」

「お茶袋、持って来ましょうか」

と、とみが気を利かして、空になった茶袋を持って来た。その茶袋には「佐保姫茶《さほひめちゃ》　延命長寿滋養活力」と茶の名とその効用が刷られている。

「なるほど、佐用姫は石になり、佐保姫は木にさせるか」

と、与七が言った。白蝶は聞こえないふりで、

「今朝、売りに来たんですよ。あまり見掛けない煎茶《せんちゃ》売りでね。お美音さん、気が付かなかったかい」

「ええ……」

「手拭《てぬぐ》いを被《かぶ》っていたけど、ちらりと見えたんだ。片耳のない煎茶売りだったから、なんだか気の毒になってね」

「……ほんとうに、滋養があるお茶なんでしょうか」

「そう、声を掛けりゃよかったかねえ。旦那様は相変わらずかい」

「ええ……あまり外へ出たくない、と言います」

「あまり机にばかり向かっていると、毒ですからね」

「……そのお茶、どこで買えるんでしょうか」

白蝶は茶袋の裏を見た。

「大伝馬町二丁目、中野《なかの》屋惣助《そうすけ》、としてありますよ」

「……中野屋惣助」

美音はよく記憶するようにつぶやいてからその佐保姫茶を口に運んだ。美音の夫、千之《せんの》助《すけ》は寝ているわけではないが、なにか弱い質《たち》らしく、あまり外にいるのを見たことがない。

美音が茶を飲み終えるのを見て、白蝶が言った。

「お美音さん、明日はお家においでですか」

「さっき、石田屋《いしだ》さんの若い衆《し》が来て、明日、ご主人が例のお礼に来たい、と言うんですよ」

「……あのお礼なら、済んでいるはずです」

「いえ。あのときはあのとき。石田屋さんは心ばかりの物を持参したい、と言っているんですよ」

「それは困ります。内の人に知れたら、叱《しか》られてしまう」

「……可愛いことを言いますねえ。まあ、あまり素っ気《そけ》なく断わるのもなんだから、石田屋さんの顔も立てて、明日の昼過ぎ、ここで会うことにしたらどうでしょう。手間は取らせませんよ。困るようだったら、ご主人には黙っていりゃ済むことだしね」

「……じゃ、お師匠さんのいいように計らって下さいな」

美音が立って表の格子戸を開ける。見送っていた与七が、

「お美音さんと言いましたね。柳腰で様子のいいご新造だ。ねえ、師匠――」

それ以上、訊く閑《ひま》もなかった。

一度閉まった格子戸が手荒く開いて、美音が履物を脱ぎ散らしながら内に駈《か》け上がって来た。着物の裾《すそ》がもつれ合い、足を取られて倒れそうになるのを、与七が中腰になって手で支えてやる。

「はい」

「一体、どうしたんです」

美音は床に手を付き、かろうじて身体を立て直した。

「外に出ると、暗がりに変な人が立っているんです」

「変な人？　男か」

「ええ。目のぎょろりとした」

美音は白蝶の前で居住いを直したが、顔はまだこわばっている。

「悪さでもされたのかえ」

と、白蝶が訊いた。

「いいえ……ただ、じっと見ていて。ああ、気味が悪い」

「それだけ？」

娘っ子じゃあるまいし、と言おうとしたが、白蝶は与七がいるので言葉を呑《の》み込んだ。

「待ちなせえ。俺が見て来る」

与七は素早く外に出て行き、しばらくして戻って来た。

「俺の顔を見たら、こそこそ逃げて行きましたよ。あれは俺が来たときにも、ここらでうろうろしていた奴だ。だが、頭隠して尻隠さずだ」

「伝《でん》さんでしょう。伝さんなら覗《のぞ》くだけ、何もしませんよ」

「いや、侍だった」

「……お侍？」

「そう。背中の紋が見えた。丸に三つ目だった……とすると」

「心当たりでもあるのかえ」

「ねえこともねえ。最近、両国の凰文《こうぶん》部屋に居候《いそうろう》している浪人《ろうにん》者が、確か同じ紋だった。四つ目ならよくある紋だが、三つ目は珍しい。それで覚えている」

「与七さんがよく識っているお侍なのかえ」

「いや、侍は愛敬がねえから嫌いだ。なんでも凰文親方と同国だというんですね。下総《しもうさ》の国の久地《くじ》というところで」

「その人はお関取りになる気じゃないのかねえ」

「違いますね。昼の間は外に出て方方の見物ばかりしているようですから」

与七は美音の方を向いた。

「お美音さん、門口までお送りしましょう」

美音は恥しそうに首を振った。

「いいえ、もう、大丈夫。さっきは突然だったのでびっくりしてしまって」

再び、格子戸が開いた。今度はなぜか白蝶がびくっとした。

「おや、お美音さん、与七さんもいらっしゃい」

白蝶の母親の咲《さき》は、湯屋の帰りで濡《ぬれ》手拭を丸めて持っている。

「おっかさん、今、家の近くに誰かうろうろしていなかったかい」

白蝶が言うと、咲は外を振り返って見て、

「いやしないね。いるのはお月様だけさ。明日はべったら市だってね。寒くなるはずだよ」

と、戸を閉めた。


「乗物町の糸屋、石田屋さんの一人娘、お貞《てい》ちゃんというんだが、この子が去年お祝いだったから今年で八つ。人形みたいに可愛い子だと思いなさい」

「はあ」

「今年の春、お習《さら》いで出たのが〈羽根の禿《かむろ》〉。立派に衣装ができましてね。それを見ている石田屋の旦那の顔を見せたかった」

「目の中に入れても痛くない、って奴でしょう」

「男盛りもああなると可愛らしい顔をすると思ってね。目尻は下がる。涎《よだれ》は流す。そのお貞ちゃんがね、ありゃ、五、六日前だったかね」

「おっかさん、あれから十日になりますよ」

と、白蝶が訂正する。

話好きの咲は、与七が何も知らないのが判ると、嬉しそうに貞のことを喋りはじめた。

従って、日付などの正確さはあまり気にしないのだ。

「そうかい。もうそんなになるかい。全く油断がならねえよ。そう、稽古に来たときから、お貞ちゃんの顔色が良くなかった。元元が色の白い子だから目立たなかったんだ。ねえ、与七さん。子供は恐いよ。踊っているうちに、急に倒れてしまったんです。そのときはもう、虫の息でね」

「……急病で？」

「そう。でも、最初は何が何やら判らねえやね。一緒に来たお乳母《んば》さんに訊こうとするとこれも様子がおかしくなっている。そのとき、たまたま居合わせたのがお美音さんだ。お貞ちゃんの様子を見るなり、こりゃあ悪い物を食べて当たったんじゃないか、ってね。一刻も早く吐かせなきゃならない。すぐ胡麻《ごま》油を飲ませ、出た物を見ると鰺《あじ》の干物らしい。それならと、すぐ陳皮《ちんぴ》を煎じてこれを与えてやる。そうこうしていると角《かど》の正塔《しょうとう》先生が来て、まあ、事が急だからあの藪《やぶ》を呼ぶしかなかったんだが、お美音さんの処置に感心していた。まあ、素人の処置でも貶《けな》さねえところが正塔先生の正直なところだ」

「なるほど」

「これ以上、わしがすることもない。もう大丈夫だから静かに寝せておきなさいと帰って行く。入れ違いに石田屋さんの主人が真っ青な顔で駈けて来て、家へ入るや挨拶《あいさつ》抜きで、はばかりをお借りしたい」

「家中が鯵に当たったんだ」

「そう。昼に食べた到来物の干物が古かったらしいんだ。一時《いちどき》に家中の者が苦しみだして大騒ぎになってね、気が付くとお貞ちゃんの姿が見えない。さあ、大変だ。店の者に訊くと、踊りの稽古に行ったという。ねえ、与七さん、食当たりといってもばかにはできねえよ。まあ年で身体も弱っていたんだが、石田屋のご隠居はそれが元で亡くなったんだからねえ」

「じゃ、お美音さんはお貞ちゃんの命の親だ」

「そう。あの人がいなかったら、どうなっていたか判らないねえ」

「全く偉えもんだ」

「当人に言わせると、自分は田舎育ちだから、ちょっとのことじゃ医者などにはかからない。親のするのを見て食当たりの手当てを覚えているだけだ、という」

「自分の手柄を鼻に掛けねえところが、また偉え」

「おや、ずいぶん美音さんがお気に入りのようだね」

こう突っ込まれると、はぐらかすのが上手な与七だったが、このときだけは真面目な顔をした。

「でもねえ、おっかさん。お美音さんにゃ亭主がいるから詰まらねえ」

「判っているんじゃないか」

「その亭主ですがね。何をしている人でしょう」

「判っているのに、未練だねえ」

白蝶が言った。

「お美音さんはあまり内のことを話しませんけど、旦那さんは一日中家にいて、書き物をなさっているようですよ」

「ふうん……師匠は顔を合わせたことがあるんですか」

「二、三度。総髪で色の白い」

「……学者の先生かな」

「どうでしょう。特に定まったお仕事というのはないみたいですね」

「あまり、丈夫じゃねえんだろう」

「……どうして判ります」

「そりゃあ、一日中家に籠《こ》もっていて、お美音さんみてえな女房が傍についていりゃ、そうなる。それに、滋養活力の佐保姫茶を気にしていたし」

「わたしゃ、知りませんよ」

白蝶が下を向いたので、与七は咲に言った。

「なあ、おっかさんもそう思うだろう」

「なにが、ですね」

「あのお美音さん、実を言うと、男だ。そうだろう」

「ええ、れっきとした殿方ですね」

咲があまりあっけらかんと肯定したので、白蝶はびっくりして与七の顔を見た。

「お美音さんが……男ですって?」

与七は自信たっぷりと、

「そう。さっき、お美音さんが外に出て、変な者がいると言って駈け戻って来た。そのとき、転びそうになったので俺が身体を支えてやった。それで、気が付いた。ありゃ、男の骨組だった」

「与七さん、男を抱いたことがあるんですか」

と、咲が訊いた。

「なに、男を抱かねえまでも、俺は相撲部屋でいつも男の裸を見ているから、すぐに判るのさ」

「おや、旨くいなされましたね」

「それより、おっかさんもお美音さんが男だと、知っていたんでしょう」

「そりゃねえ。あたしも男にゃ苦労した方だからねえ」

だが、白蝶は判然としない。

「男同士の夫婦《めおと》だなんて、おかしいねえ」

「世間にはそう思う人が多いから、お美音さんは女の形《なり》をしてるんじゃないか。女振りを良くしようと思って、踊りを習ったりもしてさ」

と、咲は当然のように言う。

「中にゃ、女同士ってのもある」

と、与七が言った。

「そういうのは、普通の夫婦よりも情が濃《こま》やかだって言いますな」

「でも……矢張り変ね」

「師匠もなんだ。あんまり男嫌いを通すと、その方かと勘繰る奴が出て来ますよ」

「下らないことを言っていないで、さあ、習《さら》いますよ」

と、白蝶がうながすと、咲が言った。

「じゃ、あたしが弾こうか」

「そりゃ、光栄です」

「で、何を習います」

「ですから……しんみりと、かっぽれなどを」

「しんみりとかっぽれが弾けますか。この前綱上《つなじょう》を習っていたでしょう。綱上、いいわね」

咲はそう言うと三味線を引き寄せ、否応なく調子を合わせはじめた。

その翌日。

昼の間、稽古所は子供たちの稽古で忙しい。夏には閑な町内の若い者が仕事を早く終えて出入りしていたが、毎年この時期に入ると、商家は忙しくなり、職人は夜業《よなべ》がはじまって呑気《のんき》に稽古事を続ける者は少なくなる。

昨日、石田屋の店の者が、明日主人が礼に来ると言ったので、白蝶が心待ちにしていると、石田屋より先に、道具屋の与七が稽古所にやって来て、ここに美音が来ていないかと訊いた。

「ずいぶんお美音さんにご執心ですねえ」

と、白蝶が冷かし半分に言うと、与七は真顔で、

「いや、そんなんじゃねえんです。今朝、お美音さんのご亭主の千之助という人が、俺を訪ねて来たんです」

「それご覧なさい。女房に近付くなとでも言われたんでしょう」

「まだそんなことを言う。千之助さんは俺に頼みがあって来たんでね」

「与七さんに頼みって、どんなこと」

「俺に刀を買ってもらえねえか、と言うんだ」

「……腰の物を？」

「そう。持って来た刀を見ると、これが立派な拵《こしら》えだ」

「すると……あの方はお侍なんですか」

「いや、違う。刀は代代家に伝わっていたものらしい。だが、俺のところは師匠が知っての通りけちな店だから、侍が持つ刀剣のような値打のあるものは扱っていねえ。知り合いに大きな刀屋がいるので、その品物を預って持って行って見せると、これこれの値なら引き取らせてもらうと言う。そのことを伝えに来たんですが、今、お美音さんの家に行って何度声を掛けても返事がねえ。人のいる気配がねえんです」

「変ですねえ。お美音さんはもうそろそろ家へ来てもいい刻限なんですけどね」

「昨日、聞いていました。石田屋さんが礼に来るんでしょう。それで、もう師匠の家に行ったんじゃねえかと思って、尋ねてみたんです」

「じゃあ、追っ付け来るでしょう。ここでお待ちなさいな」

白蝶の内弟子がいれた茶を飲んでいるうち石田屋が紋付羽織袴《はかま》で、従えている若い者は熨斗《のし》をつけた角樽《つのだる》を二つ持っている。

「師匠、もう一度お美音さんの家を覗いて来ましょう」

与七はそう言い残して外へ。

石田屋は三十五、六。分別盛り、実直さを絵にしたような人物。まずは、娘の快気祝いと、角樽を差し出して、丁重に謝礼の言葉を重ねる。その礼が済まないうち、

「師匠、ちょっと来て見て下さい。いや、師匠でねえ方がいい」

与七が戻るなり、しどろもどろになっている。

「一体、どうしたんですか」

「師匠、来ちゃいけねえ。見ちゃいけねえ」

だが、見るなと言われると見たくなるのは人情だ。白蝶は下駄を突っ掛けて外に飛び出した。

真向かい、せり呉服屋の藤三が軒下の万年青《おもと》の手入れをしていたが、その手を休めて血相の変わっている与七を見た。

「おじさん、今、お美音さんが家から出て行くのを見た、と言ったね」

と、与七が藤三に声を掛けた。

「ああ。お高祖頭巾《こそずきん》を冠っていたがね。お美音さんだ。着物の柄がそうだった」

その右の家が美音の家。言われなければ見過していただろう。白蝶が見ると、格子戸の引き手に豆粒大の血のような痕《あと》がべっとり付いている。

「あのね、師匠」

与七に構わず戸を開ける。正面の腰障子にも同じ汚れが見えた。

「お止《よ》しなさい、師匠」

一気に障子を開ける。

「あ……」

まだ生ま生ましい真っ赤な血が、壁から天井まで飛び散り、畳は血の海だった。

「う……」

与七は口を押えて玄関にかがみ込んだ。血の臭いで目眩《めまい》を起こしたらしい。だが、与七を介抱している場合ではない。玄関の向こうが三畳、その奥が四畳半の座敷で、白蝶が血《ち》溜《だま》りを除《よ》けながら奥に入ると、白布を着せられた人の形が横たわっている。顔に掛かった布を取って見る。

「お美音さん――」

透き通るような肌だった。美音は穏やかすぎるほどの顔で、目を閉じ、口を結び、髪は綺麗《きれい》にくしけずられて人形を見るよう。人形でないのは喉《のど》にある無惨に開いた傷口だった。

「殺されたのは、確かに美音か」

「はい。間違いございません」

「なんだ、美音吉《みねきち》とか美音造《みねぞう》とか言うのか」

「いえ、ただお美音さんと呼んでいました」

「……お美音さん？　女の名のようだの」

「つい、昨日までお美音さんは女だとばかり思っていました」

「ほう……女の形《なり》をしていたのか」

「はい。丸髷のよく似合う、美しいご新造さんでした」

「今、屍体《したい》を改めたところだ。ありゃ、立派な男だったがな」

「そうおっしゃられても、わたしだってちょっとまだ信じられないんですよ」

八丁堀の同心、富士宇衛門《うえもん》こと夢裡庵《むりあん》は、納得のいかない顔で、しきりに首を捻《ひね》った。

惨事の報らせを聞いた町《ちょう》役人が八丁堀の組屋敷へ駈け付け、夢裡庵と同役の浜田彦一郎以下、中間《ちゅうげん》小者たちが役者新道に来て、検視を済ませたばかり。美音は全身に数か所の太刀を受け、止どめは喉だったという。それにしては死顔が綺麗なのは、美音が殺された後で、身体を拭い、着物を替えてやった者がいたらしい。

夢裡庵は美音が稽古所に通っていて、白蝶と親しかったと聞き込んで、検視を済ませると稽古所へやって来たのだが、

「役者新道と言うから判らねえ。ここは、薬師新道と言ったはずだがな。いつから役者新道になったんだ」

と、最初から機嫌がよくなかった。

「美音が自分は女だ、と言ったのか」

「いいえ。本人の口からは一言も」

「誰が見破ったんだ」

「そこにいる与七さんと――」

与七は稽古所の隅に小さくなっていた。夢裡庵は与七を見て、

「最初に事件を見た者だな」

「左様です」

「なぜ、美音が男だと判った？」

「昨夕、ひょっとしたことでお美音さんの身体に触れましたんで」

「お美音を男だと言ったのは与七と、あとは？」

「家のおっかさんです」

白蝶が呼ぶと、咲は奥から出て来て、わたしは色色な人を見て来ましたから、勘で気が付きました、と夢裡庵に言った。

「そうか。それで、それを美音に言ったのか」

「いいえ、お美音さんは女で押し通すつもりでしょうから、あたしゃなにも言いませんでしたよ」

「なるほどな」

「昔、あたしが深川にいたとき、似たような話がありましてねえ。綺麗な若者が店に来て、芸者になりたいと言うんです」

「ほう……それで、芸者にしたのか」

「ええ。三味線や踊りが達者で、すっかり名が売れて、どうしてもという旦那ができて、仕舞いにゃ落籍《ひか》されましたがね」

「その旦那は、芸者が男だというのを知っていたのか」

「勿論《もちろん》、知ってました」

「……どうにも思案の外だの。それで、美音の亭主千之助だが、どんな男だ」

「そうですねえ。あまり外に出ない人でしたからねえ。大人しくて口数の少ない、といった程度で」

「今日は会わなかったか」

与七が、今朝、千之助が刀を持って訪ねて来たと言うと、夢裡庵は興味深そうな顔をした。

「その刀というのは、値打物か」

「へえ。俺は目が利かねえんですが、日本橋村松町に刀屋の識《し》り合いがございまして、そこへ持って行って見せましたら、熊野三所権現長光という銘のある刀だそうで、五十両でならすぐにも引き取らせてもらう、と言ってくれました」

「五十両……大金だな」

「左様で」

「美音が死んで、もし、持主の行方が判らねえとすると、二人の縁者は判らねえのだから、その五十両はお前のものになる」

「冗、冗談言っちゃいけませんよ。俺に変な心がありゃ、こんな話は持ち出しゃしません」

「それもそうだ。千之助は急に金が入用になったわけは言わなかったか」

「それは、聞きませんでした」

そこへ、浜田彦一郎が入って来て、

「美音の屍体が発見される少し前、あの家から出て行った女がいたらしいですよ」

と、夢裡庵に言った。

美音の隣に住むせり呉服の藤三から訊き出したのだ。

藤三は家にいて帳付けをしていて、美音の家を訪れる与七の声を聞いたのだ。それまで、隣を訪れる人は全くと言っていいほどいなかった。はて、どんな人が来たのだろうと、筆を置いて外へ出たときにはもう誰もいなかった。与七が白蝶の家に行った後だったのだ。

その少し前に、藤三は隣の家で決して小さくはない物音を聞いていた。

「きっと、取り込みの最中で出られなかったんでしょう。まあ、若えから仕方がねえが、ご亭主はあまり丈夫な方じゃねえ。お美音さんも少少手加減した方がいい。そう思ってあまり気にもしませんでした」

と、藤三は言った。

藤三は一度家に戻り、しばらく仕事を続けてから、気散じに万年青を見るために外へ出た。この年はよく実が付き、それが赤く色付きはじめていた。藤三が外に出たとき、隣でも格子が開いて、外に出て来たのは、

「紺のお高祖頭巾で、後ろ姿しか見ませんでしたが、お美音さんだとばかり思っていましたよ。着物が鳶八丈《とびはちじょう》の変わり縞で、よく覚えています」

その女は藤三に背を向けたまま、足早やに立ち去った。その後で、再び与七が白蝶の稽古所から出て来て、格子戸に付いている血痕を見付けたのだ。

美音は家の奥で殺されていた。とすると、藤三が見た女は美音ではない。夢裡庵はその女を探すよう、小者に命じた。

「他に千之助の家に出入りした者は、今のところいないようです」

と、彦一郎は言った。

「あの……」

白蝶が言ってよいものやらためらっていると、夢裡庵が目敏《めざと》く見て、

「なんだ、白蝶さん。気になったことでもあるのか」

「これは、今日でなく、昨日のことなんですけど」

「構わねえ。言ってごらんなさい」

「昨夕、ここでお美音さんが習《さら》っていると、格子戸からじっと家の中を覗いている男がい

たんです」

「……ほう」

「ええ。お美音さんが帰ろうとして外に出ると、まだ暗がりにいて、お美音さんは気味悪がって家の中に引き返したほどです」

「近所の者じゃねえのか」

「ええ。でも与七さんが出て見ると、お侍だそうで――」

夢裡庵は与七の方を見た。与七が答える。

「見たところ、月代《さかやき》を生やした小汚い浪人風の男でした」

「……侍か」

「へえ。その侍は俺が出て行くと逃げるようにいなくなりましたが、ちらりと見えた背紋が丸に三つ目で、違っているかも知れませんが心当たりがありやす」

「言ってみねえ」

「最近、両国の凰文部屋にごろごろしている侍が、確か同じ紋の着物を着ているんです」

「名は？」

「判りません。ただ、その侍は凰文親方と同郷で、下総の久地というところから出て来たらしいんです」

「凰文部屋は本所森下町だったな」

「よし、当たってみよう。じゃ、浜田さん、後はよろしくお願いします」

「へえ」

と、夢裡庵は立ち上がった。

浜田は夢裡庵を見送ると、ぽつりと口の中で言った。

「まあ、相変わらずせっかちだ。だが、凰文部屋にゃ贔屓《ひいき》の荒男《あらお》がいるから仕方がねえが……」

その浜田も稽古所からいなくなったとき、与七が言った。

「あの二人、ご同役には見えませんね」

白蝶はうなずいて、

「そう。夢裡庵先生は古武士みたいで当世風が嫌いだし、浜田様はお身形《みなり》も軽やかで小綺麗ですしね」

「だが、夢裡庵先生はかなり気短そうだ。俺の話を半分聞いて飛び出して行ってしまった」

「じゃ、凰文部屋に居候している浪人を追っ掛けるのは、見当違いだ、と言うんですか」

「まあ、お美音さんを外から見ていた浪人者がいたと聞きゃ、追っ掛けたくなるのは人情ですがね」

「すると……別に？」

「昨日、その浪人者とは別に、この役者新道へ見知らぬ男が出入りしてたでしょう」

「……さあ」

「忘れちゃいけねえ。つい、昨日のことでさ」

「……そう言われてもねえ」

「ほら、佐保姫茶を売りに来た、片耳のない男がいたでしょう」

「えっ……」

物売りなどいつでも出入りしているから頭の中に入れていなかったが、言われてみると、あの煎茶売りははじめて見る顔だった。白蝶は言った。

「あの煎茶売りが怪しい、と言うの」

「そう、俺の考えじゃ、お美音さんは石田屋のお貞ちゃんが急に工合を悪くしたとき、落着いて手当てをしたという。そういうしっかり者が、暗がりで妙な浪人者と顔を合わしたとしても、あの驚き方は腑《ふ》に落ちねえ。お美音さんはその前から何かに怯《おび》えていたに違《ちげ》ぇねえ、と思うんだ」

「……昨日、ここに来たときのお美音さんの踊りは落着いていてしっかりしていたがねえ」

「だから、その後だ。師匠が佐保姫茶を出して、煎茶売りの風体をお美音さんに教えたでしょうが」

「すると……あの男に心当たりでもあったのかねえ」

「そう。面体は見なくとも、耳のねえ男はあまりいるものじゃねえ」
「……あの煎茶売りは、何者だろう」
「だから、茶を売りながら江戸の町の隅隅を歩き、千之助とお美音さんの行方を追ってい
た男だ」
「というと、あのお二人に怨みでも持って？」
「まあ、そう考えるのが自然だろうな。あの夫婦は——」
「ちょっと、待って」
白蝶は八幡の藪知らずにでも迷い込んだような気になった。物事をはっきりさせるには、
あの二人の実態をはっきりさせておかなければならない。
「与七さんは昨日、お美音さんは男だ、と言いましたね」
「そう。師匠のおっかさんもちゃんと見抜いていた」
「……つまり、男同士の夫婦？」
「昨日までは俺もそう思っていたが、千之助さんが今日、刀を売りたいと言って来たので
考えを訂正した。千之助さんも姿を変えていたんだ。変生男子《へんじょうなんし》、千之助さんは実は女だ
った」
白蝶はびっくりしたが、言われてみると、考える筋道がやや風通しよくなった感じがす
る。与七が続けた。

「あの二人が入れ替わったのは、物好きや酔狂じゃねえ。自分たちを追っている煎茶売りの目をくらますためだった」

「それで、千之助さんの方はあまり外に出て人と会いたがらなかったわけね」

「そう。元は女だからな。お美音さんのように大胆な真似ができなかったんだろう。だが、身に危険が迫るのを感じりゃ別だ。お美音さんが師匠から、片耳のねえ男の話を聞いて、追手がすぐ傍まで来たのを知った。顔だけは合わさなかったが、もしかするとその男はまだ役者新道にいて、自分が踊っている姿を見たかも知れない。通りすがりならともかく、最初から疑いの目で見られたら、自分の素姓を隠しおおせる自信はねえ。まず、追われる者の気の弱りだ」

「……それで、別になんでもない浪人にも怯えたのね」

「そう。家に帰って千之助さんに話すと、追手の姿がちらちらするような所には長居はできねえ。明日にもここを離れようと相談が決まり、とにかく、先立つものは路用の金、それまで持っていた刀を売り払う気になったんだ」

「……でも、間に合いませんでしたよ」

「残念ながらね。追手が一足早かった。千之助さんが刀を持って俺のところへ来ていた留守、お美音さんは追手に討たれてしまったんだ」

「もし、二人いたら？」

「……二人諸共《もろとも》、だったと思う」

白蝶は恐しさより美音が哀れで目頭が熱くなった。まだ、美音のことを男だと思う実感がないからだ。与七も顔を暗くして言った。

「ここが静かなところだったら、追手は千之助さんが帰って来るのを待っていたはずだ。だが、隣の物音が聞こえるような町中、しかも、そのすぐ後で外からお美音さんを呼ぶ声がする」

「……与七さんでしたね」

「そう。もし、誰かが家の中を覗き、騒ぎ立てられでもしたら、残った千之助さんを討つ機会がなくなってしまう。追手はそう思い、俺が引き返した後で、一時は役者新道から姿を消すことにしたんだ」

するど、与七が美音の家に声を掛けたとき、惨事の現場に凶手が息をひそめていたのだ。二人の居所を突き止めるまで、どれほど苦労を重ねたか判らないが、千之助に対しての執着は計り知れないものがあると言っていいだろう。

「刺客がお美音さんの家を出たすぐ後で、千之助さんが帰って来て惨事を知ったんだ。ほとんど一足違い。さぞ口惜しかっただろうがいつまでも愚図愚図しちゃいられねえ。お美音さんの身体を清めて元の男の姿に戻して供養をし、自分も身形を改めて外に出る。それが、隣の藤三さんが見た、お美音さんの後ろ姿だったんだ」

「お美音さん——じゃない、千之助さんはどこへ行ってしまったんでしょう」

「そうさな……まず、普通なら凶手の手から遠くに逃げたと考えるだろうが、違うな。千之助さんはお美音さんから、茶問屋中野屋惣助の店の場所を聞いたに違えねえから、中野屋へ行って、佐保姫茶売りの居所を聞き、そこへ向かっているはずだ」

「どうしてその男のいる方に行くんですか。逆でしょう。千之助さんは逃げなきゃならないんでしょう」

「いや、逃げねえ」

与七は確信を持った口調で言った。

「お美音さんがいなくなった以上、逃げねえな。その男に討たれるために会いに行ったんだ」

本所森下町、凰文部屋に行った夢裡庵は、丸に三つ目の着物を着ている侍に会った。侍は黒壁龍之助《くろかべりゅうのすけ》といい、元、下総久地藩五万石の船手同心だった。だが、この男あまり水練が上手でなく、あるとき船から海に落ちて溺《おぼ》れかかったので同役たちから冷笑されて嫌気がさし、たまたまその土地で巡業していた凰文部屋に飛び込み、脱藩してとりあえず部屋の用心棒役として江戸に登った。

昨日はたまたま通り掛かった白蝶の稽古所で、格子の間から美音の姿を見て動けなくなったのは事実だ。ところが、それから熱に浮かされたようになり、実際、美音の姿が頭に付いて一刻《いっとき》も離れず、夜も昼もうつらうつらしている状態で、この日は部屋に閉じ籠もったまま、一歩も外に出なかった、という。

だが、夢裡庵は無駄足を踏んだわけではなかった。

後で白蝶が聞いた話では、黒壁が脱藩する少し前、ある艶聞《えんぶん》で城下町は持ち切っていた。それは、久地藩の先手《さきて》組与力、荒井八七八《あらいはなはち》の妻、きぬと藩の抱え医者、深見竹仙《ふかみちくせん》が密通を重ね、とどの詰まり二人が手を取り合っていずれかに逐電したという噂《うわさ》だった。

荒井八七八は若いころ、喧嘩《けんか》をして相手に耳を削《そ》ぎ落とされたというほど乱暴者だった。手を焼いた親は八七八に早くきぬを娶《めあわ》せ、家督を継がせたが、八七八の悪所通いや深酒は一向に治らなかった。

きぬはお納戸役、山本磯左衛門《やまもといそざえもん》の四子で、姉たちがそうであったように、山本家より禄《ろく》高《だか》のいい荒井家へ、とかくよくない噂は知っていても、むしろ求めて縁付かせたのだった。そのとき八七八は二十歳、きぬは十六歳だった。

まだ世間をよく知らぬまま泣く泣く嫁に出され、実家とは違う家風の中で、おろおろしているうち子ができる、という女性の辿《たど》る道は、当時はごく普通の生き方だった。きぬも荒井家に嫁いで二年目、八七八の子を宿したが、不運に早産して育つことができなかった。

それから三年、八七八の行状が改まらないのは、きぬに子が産めないこと、夫の扱いが下手なこと、さまざまに不満を言っていた姑《しゅうとめ》が患い付いてしまった。腰が痛み出して立っていられなくなったのだ。

そのとき、荒井家に呼ばれたのが藩医の深見竹仙だった。

黒壁龍之助はその深見竹仙をよく知っているという。

「竹仙は儒学にも深く、優男《やさおとこ》ではあるがちょっと近付きがたいような品位が備わっていました。総髪で柔い絹物に香などたきしめ、身だしなみがいいから、町を歩くと必ず若い女が見惚《みと》れていましたね。だが、当人は極めて身が固いと評判でした。あの深見先生が、なぜ先手組の妻女などに夢中になってしまったのか、それが誰にも解せません」

きぬが竹仙と落ちたのを知った八七八は、すぐに二人を追って江戸に発った。竹仙が江戸で儒学を学んだのを知っているからだ。狭い藩には二人が隠れるところはない。二人が行くのは江戸しかないはずだ。

「その荒井八七八、ついこの間、見掛けましたよ。大伝馬町の何とかいう茶問屋から出て来たのをね。いえ、声は掛けませんでした。そんなに親しく付き合っていたわけじゃないし、八七八は茶の振り売り姿でした。そんな恰好《かっこう》を郷里《くに》の人に見られたら、ばつが悪いでしょう」

と、黒壁は言った。

これは後の調べで判ったのだが、江戸へ来てから八七八は振り売りをしながら、主に医者や儒学者の家を探っていた。

ある日、居酒屋で酒を飲んでいると、石田屋での騒ぎを話している若い者がいた。話はそこいらの医者より手早い手当てをした美音という女に及び、それを聞いた八七八は、もしかすると、という予感がして、役者新道へ行く気になった、という。


大伝馬町の市。

浅漬大根の露天商の声、提灯を持つ買物客で、町は湧き返っていた。

きぬは人込みに揉《も》まれながらようようの思いで、茶問屋中野屋惣助の店に辿り着き、荒井八七八の居所を訊き出した。

夜道を急ぐ途中、きぬは夫への怨みや悲しみが全くないことを不思議に思った。この空白のような頭の中を巡るのは、ただ竹仙と自分の姿だけだった。

身体が立たなくなった姑の診察を終えた竹仙は、いろいろな注意を与え、きぬが用意した盥《たらい》の湯で手を濯《すす》いだ。きぬが手拭を渡そうとしたとき、ふと、お互いの指先きが触れ合った。その瞬間、きぬは突然に全身に痺《しび》れが走って動くことができなくなってしまった。

どうしてか判らない。竹仙も全く同じように身体が竦《すく》んでしまった、という。

目に見えるものも、時刻も消え失《う》せ、ただ判断できるのは自分が火になって燃えているという感覚だけだった。

次の出逢《であ》いでは、竹仙の胸の中で震えているきぬがいた。

その日から、女とは、人とは、生きているということとは、こうしたものだったのか、ときぬは茫然《ぼうぜん》として理解したのだった。知ってしまった恐さは、知らなかったことの恐さより決して恐しくはなかった。

出逢いの場所、時、それはどうでもいいことだ。お互いの言葉さえさして重要とは思えない。二人が確かに生きている場面だけが、次次と駈け巡る。

過去も故郷も捨てての新しい旅立ち。

お互いの衣装を取り替えたのも、変装とは別の二人同体の願い、混然でありたい思いが籠められていた。

荒井八七八の到来は早かったか遅かったか、それもよく判らない。たとえ三日でも竹仙と同じ屋根の下で暮したい、と思い詰めていた当初を考えれば、もっと早く発見されても悔いはなかったと思うが、矢張り永久に逃げおおせたい気持も強い。竹仙が国を出るとき持って来た太刀を売る気になったのは、次への新たな道への路用を作るためだった。

竹仙の遺体は抵抗した形跡がなかったが、八七八の刃《やいば》がなお凶暴だった証《あかし》を残していた。それを見ても、きぬは比較的落着いて事後の始末をすることができた。生きている重みを知った反面、ふしぎなことに死が恐くなくなっていた。

中野屋で聞いた長屋の一棟に、八七八は明りもつけず、暗がりで目をぎらぎらさせていた。

きぬの求めに応じて、八七八は長屋を後にして人気のない月明りの浜町河岸へ出た。

きぬが地面に坐《すわ》ると、八七八は刀を抜いて背後に廻った。刃が打ち下ろされたが、刀は峰で軽くきぬの肩を叩《たた》いただけだった。八七八は刀を収めると、

「姦婦《かんぷ》は討ち取った。お前は俺について来るのだ」

と言い、きぬの胸に手を入れようとした。

きぬは毅然《きぜん》としてその手を払い、八七八の小刀を抜き取りざま、自分の胸に激しく刃を突き立てた。


白蝶と与七が中野屋に駈け付けると、夢裡庵が店から出て来た。

八七八の長屋には、二人が河岸の方に歩いて行くのを見たという住人がいた。

「ちぇっ、遅かったか」

夢裡庵は遠くの人影に白刃の光るのを見て舌打ちをした。

八七八は倒れたきぬの上になお刀を振るっていた。

夢裡庵が駈け寄ると、血塗《ちまみ》れの八七八は狂った目を向けて、

「おのれ、助太刀は無用だ」

と叫びざま、夢裡庵に斬《き》り掛かって来た。

夢裡庵は一度だけ身を躱《かわ》して刃を避け、次に躍り掛かって来たところを、抜く手も見せず、一刀のもと、相手を袈裟《けさ》掛けに斬り落とした。

白蝶は夢裡庵の刃が骨を切る音を聞いた。

解説

芦沢央

本書の解説を、という依頼を受けた瞬間、私は思わず「やった！」とガッツポーズを取り、すぐに「あ、でも……」と拳《こぶし》を下ろした。急激に心拍数が上がり、口の中が渇《かわ》いていくのを感じる。それでも気づけば「やります」と答えていて、その自分の言葉を耳にした途端に視線が泳ぎ始めた。

という流れを若手ミステリ作家仲間に話したら、「その反応、わかる」とうなずかれた。「よく引き受けたね」としみじみ続けられ、「……断れるわけがないでしょう」と這《は》うような声で返すと、「それもわかる」と再びうなずかれる。

つまり、泡坂妻夫は若手ミステリ作家にとってそういう作家なのだ。いや、あるいは若手にもミステリ作家にも限らないかもしれない。多くのミステリ好きにとって、泡坂妻夫という作家は強烈な読書体験をもたらした特別な存在であるはずだ。

雲の上の存在――それは、泡坂妻夫が日本のミステリの歴史を変えたレジェンドの一人であるという意味でもあり、同時に泡坂作品を象徴する言葉でもあるような気がする。

浮遊感があり、全貌が見えず、突然射し込んできた陽の光に目が眩《くら》んだ一瞬に、それまで見てきたはずのものとまったく別のものがまったく別の雲から飛び出してくる感じとでも言おうか。泡坂作品には氏自身も得意とする奇術がよく登場するが、まさに作品自体が奇術のようなのだ。

さあ、この不思議なものは何でしょう、と奇術師が得体の知れない物を持って軽やかに登場し、その物を扱う手さばきや語りに気を取られていると思いもよらぬところから次々に別の何かが飛んできて、あれは何だこれは何だと目を回しているうちにパッと種明かしをされ、そんなまさか、と奇術師に顔を向けかけたところで、いつの間にかその奇術師自身が消えていることに気づく――

はっきり言って、この鮮やかさは尋常ではない。普通、ミステリの書き手からすれば、種明かしの瞬間が最大の見せ場なのである。伏線を丹念に埋め込めば埋め込むほど、さあ、どうだ、と大仰に種明かしをしたくなるし、その瞬間の観客の驚く顔を見たくなる。なのに、泡坂妻夫は、そうしないのだ。目的はあくまでも驚かせることそのものにあり、種明かしは観客へのサービスとしてのおまけでしかないのだというように。

だが、これまたミステリの書き手からの話になってしまうが、次々に驚かせ続けるというのは想像以上に難しいものなのだ。特に一度でも泡坂作品に魅了された者ほど、次の手を予想しながら読もうとする。そして読めば読むほどそうした予想の幅も広がり、それ以外の場所が狭くなっていくのである。

なのになぜ、泡坂作品では毎回これほどまでに驚かされるのか。

まず一つには、あまりに謎が魅力的すぎるためだろう。たとえば本書に収録されている「びいどろの筆」では、「絵馬に描かれた人間が矢を放ち、人を殺した」としか思えない状況が提示され、「経師屋橋之助《きょうじやはしのすけ》」では、「ある講釈の中の一場面を真似《まね》たかのような殺し」が起きる。さらに「芸者の首」には、多田屋源兵衛《ただやげんべえ》という客を毛嫌いしている由美吉《ゆみきち》、竹之助《たけのすけ》という侍に惚《ほ》れ込んでいる豊菊《とよぎく》という二人の芸者が出てくるのだが、なぜかある日「豊菊の方が多田屋源兵衛を殺す」という事件が起こるのだ。一体、何がどうなっているのか――と頁をめくる手が速まった時点で既《すで》に術中にはまっている。

次に考えられる理由は、作品の中で見せられる別の物語――いわゆる〝作中作〟があまりに面白いがために、読者も作品の中で目を丸くしている観客の一人にさせられてしまうことだ。たとえば、「経師屋橋之助」で描かれる講釈や、「南蛮うどん」での「火を食べる」余興、「砂子四千両」で披露される錬金術の場面。これがまた抜群に面白いのである。騙《だま》されまい、ここに仕掛けられているかもしれない何かを見つけてやろう、と身構えることでその〝作中作〟に集中できなくなってしまうのがもったいなくなるほどに。

さらに、謎解きや物語の筋を抜きにしても魅了されてしまうモチーフの妙や蘊蓄《うんちく》の楽しさも、知らず知らずのうちに構えを解いてしまう要素になっているのだろう。たとえば、

「びいどろの筆」で紹介される泉筆《いずみふで》、「南蛮うどん」で繰り広げられる奇妙な料理についての薀蓄、「砂子四千両」に登場する「砂を金に変えるという秘薬〝マテリヤプリマ〟」、「虎の女」「もひとつ観音」で扱われる彫物や見世物小屋――さながら、奇術で帽子から飛び出すのが鳩ではなく、見たことがない美しい鳥であるようなものだろうか。

そして、ネタバレを避けるために詳述は控えるが、「味競《くらべ》番付で上位になった店がなぜか次々に強盗に狙《ねら》われる」という「泥棒番付」、「神田明神の祭のために新調した山車《だし》が血で汚されていて……」という不気味な始まり方をする「小判祭《こばんまつり》」、しっかり者の美音《みね》が暗がりにいた侍の姿に激しく怯《おび》えた翌日に死体で発見される「新道《しんみち》の女」などの作品で特に顕著なミスディレクションの上手さだ。本来であれば、ミスディレクションと書いてしまうこと自体が興を削《そ》ぐことになってしまいかねないために躊躇《ためら》うところであるというのに、この作品ならばここまで思いきってしまっても問題なかろうと踏み込めてしまうほどである。

いや、そもそも泡坂作品を一作でも読んだことがある人なら――つまりは「泥棒番付」へ至るまでに「びいどろの筆」「経師屋橋之助」「南蛮うどん」と読み進めていれば――ミスディレクションがあることは容易に予想ができるはずなのだ。それでも、真相を予想しきれる人はなかなかいないだろう。わかっている上で、ものの見事に鼻面を引き回されるのだ。

なお、シリーズ全体についての解説が後先になってしまったが、この「夢裡庵《むりあん》先生捕物帳」シリーズは、同心でありながら〝空中楼《くうちゅうろう》夢裡庵〟という文人としての雅号も持つ夢裡庵先生が全編に登場する江戸を舞台にした捕物帳である。

ただし、各短編の主人公が夢裡庵先生とは限らないのがこのシリーズの特徴でもある。前の話での謎解き役が次の話の主人公になり、その話の謎解き役がさらにその次の話の主人公になる、という形でリレーしていく形式なのだ。だからこそ毎回読み口が異なり、推理の展開も事件の幕引きも多様になっている。

何より面白いのは、そうしたある種人工的とも言える構成や、〝空中楼夢裡庵〟〝以前《いぜん》先生〟〝森林木十《きじゅう》〟〝天照月天頓鈍《てんてれつくてんとんどん》〟などの遊び心満載の名前に惑わされて「ああ、これは作り物として読めばいいんだ」と油断していると、突然示される人間心理の鋭さに打ちのめされる羽目になることだ。物語の外側という安全圏から観客として作品を眺めていたはずなのに、いつの間にか眼前に剣先が突きつけられていることに気づく。それはそう、まさに本書の冒頭で示される「絵馬に描かれた人間が矢を放つ」という謎と同じように。

だが、気をつけてほしい、と言うつもりはない。どうぞ、気をつけないでほしい。もし本編より先にこの解説を読んでいるとしたら、ここで読んだことはすっかり忘れて本編へ向かってほしい。

そんなことを言われても、読んだものを忘れることはできない、という方もご心配は無用である。いざ泡坂マジックが始まってしまえば、作品以外の余計なことを考えていられる余裕などなくなってしまうはずだから。

二〇一七年十一月

この作品は徳間文庫として刊行された『びいどろの筆』(1992年11月刊)、『からくり富』(1999年7月刊)、『飛奴』(2005年1月刊)の三冊を上下巻に再編集し改題しました。

なお、本書中に今日では好ましくない表現がありますが、著者が故人であること、および作品の時代背景を考慮し、そのままといたしました。なにとぞご理解のほど、お願い申し上げます。(編集部)

徳間文庫

夢《む》裡《り》庵《あん》先《せん》生《せい》捕《とり》物《もの》帳《ちょう》[上]

2017年12月15日 初刷

著者 泡《あわ》坂《さか》妻《つま》夫《お》

発行者 平野健一

発行所 株式会社徳間書店

東京都港区芝大門二―二―二〒105―8055

電話 編集〇三(五四〇三)四三四九
販売〇四八(四五一)五九六〇

振替 〇〇一四〇―〇―四四三九二

印刷 本郷印刷株式会社

製本 ナショナル製本協同組合

ISBN978-4-19-894281-6 (乱丁、落丁本はお取りかえいたします)